VON WÖLFEN BESESSEN

ASH WÖLFE REIHE

MILA YOUNG

INHALT

ASH WÖLFE REIHE

Von Wölfen Verführt

Von Wölfen Beansprucht

Von Wölfen Besessen

VON WÖLFEN BESESSEN

Es gibt kein Weglaufen mehr ...

... dieses Mal bin ich bereit, bis zum Tod zu kämpfen. Meiner und ihrer.

Meinetwegen wurden meine drei Kameraden von unserem Feind gefangen genommen, und wieder einmal bin ich ganz allein.

Aber ich kann nicht zulassen, dass der Verrat des Feindes ihr Schicksal ist. Nicht für mich, nicht für die Zukunft, von der wir dachten, dass wir sie haben.

Meine einzige Option ist es, diesen Kampf zu ihm zu bringen. Das Monster in mir zu umarmen, das ich mein ganzes Leben lang gefürchtet habe.

Der Feind denkt, ich bin der Schlüssel zu seinem größten Problem ...

Die Untoten.

Ich kann nicht dieser Schlüssel sein. Ich muss zurückkehren. Ich muss meine Männer retten. Koste es, was es wolle.

Mir läuft die Zeit davon. Mein Leben für die Alphas.

Ich habe nur eine Wahl. Das ist eine einfache Entscheidung. Und mein Monster stimmt mir zu. Wir sind auf Blut aus, und dieses Mal gehe ich nicht, bevor der Feind bezahlt hat.

Von Wölfen Besessen ist das letzte Buch dieser Trilogie. Die Spin-off Serie Lost Wolf spielt in der gleichen Welt und erscheint demnächst.

1

Meira

Die Angst schnürt mir die Brust ein.

Ich trete zurück, benutze alle vier Pfoten leicht, was an sich schon seltsam ist.

Ich bin eine verdammte Wölfin mit gelbbraun-rötlichem Fell. Nicht mehr das Mädchen, das ich vor einem Jahr war ... oder gar das Mädchen, das ich noch gestern war. Wir leben in einer brutalen Welt und das verändert dich. In meinem Fall sowohl geistig als auch körperlich.

Mein Blick zuckt zu meinen drei Männern, drei Alphas ... drei Partner, die mich beansprucht haben. Und es bringt mich um, sie auf dem Boden liegen zu sehen, niedergeschlagen von Mads Männern, um an mich heranzukommen. Und alles, woran ich mich erinnern kann, ist, dass sie angegriffen wurden, der Schrecken in Dušans Augen, als er fiel. Dann verwandelte ich mich.

Die Männer, die uns angegriffen haben, kommen auf mich zu; ein Halbkreis von einem halben Dutzend.

Ich will mit jeder Faser meines Seins, dass sie bezahlen, aber ich bin mir nicht einmal sicher, wie ich meinen neuen Wolfskörper kontrollieren soll.

Meine Wölfin ist ihr eigenes Wesen und es ist, als würden wir beide in meinem Körper um die Vorherrschaft kämpfen. Fühlen sich die anderen Wölfe auch so?

Sie stößt gegen mein Inneres und ich stolpere auf meinen Füßen, um mich an irgendeinen Anschein von Normalität zu klammern.

Unwillkürlich neige ich meinen Kopf nach hinten, hebe mein Kinn und stoße ein markerschütterndes Heulen aus.

Ein Schauer überläuft mich, mein Verstand schwankt zwischen Vernunft und der Wildheit meiner Wölfin. Sie ist so stark, dass ich sie kaum zurückhalten kann.

Hunger und Rache durchströmen mich, die Emotionen reißen an mir. Sie sehnt sich nach dem Tod, anders als alles, was ich mir je vorgestellt habe.

Reine, süchtig machende Wildheit, und mir läuft bei dem Gedanken das Wasser im Munde zusammen. Nur dass das nicht ich bin, oder?

Mad und seine Arschlöcher nähern sich mir in Zeitlupe in einem Halbkreis, um mich zu fangen. Noch immer schwimmt die Angst in ihren Blicken und ich rieche sie in ihrer Luft wie sauren Schweiß.

Die Spritze lenkt meine Aufmerksamkeit auf Mads Faust.

Ein großer Rohling stürzt sich auf mich und brüllt mehr wie ein Bär als wie ein Wolf. Etwas blitzt in meinen Gedanken auf, wie ein Funke Energie.

Als Nächstes rase ich auf den Mann zu, der mich

bedroht, mein Kopf ist an zwei Stellen gleichzeitig. Ich schreie innerlich auf, als ich in seine Mitte krache und ihn schnell zu Boden bringe. Während meine Wölfin vor Genugtuung knurrt, jagt mir die Panik einen Schauer über den Rücken, dass sie die Kontrolle über mich hat. Dass ich diejenige bin, die auf dem Rücksitz dieser Beziehung sitzt.

Schneller als der Blitz schnappt sie nach seinem Gesicht, die Zähne versinken in seinem Hals. Sie reißt ihm die Kehle so schnell heraus, dass der Mann keine Chance hat, zu schreien.

Der Schrecken packt mich und ich weiche zurück, um sie zurückzuziehen. Mein Verstand ertrinkt in Bildern von ihrer totalen Dominanz über mich.

Ich klammere mich an diesen Anschein von Kontrolle, während sie gegen mich zieht.

Wenn ich wirklich loslasse und meine Wölfin die Kontrolle übernimmt, werde ich dann jemals wieder zu mir selbst finden?

Mad grinst und kümmert sich nicht einmal darum, dass sein Mann zu seinen Füßen an seinem eigenen Blut erstickt.

Ich knurre, ziehe die Lippen nach hinten und in meinem Nacken sträubt sich das Fell. Der weißhaarige Alpha hatte mich vor so langer Zeit in den Wäldern gefangen genommen, um mit mir zu handeln. Er wird dafür bezahlen, dass er seinen wahren Alpha, Dušan, überfallen und verraten hat.

Einer seiner Kämpfer, ein Fass von einem Mann, kommt auf mich zu, ein Knurren auf seinen Lippen. Ein anderer stürmt ebenfalls auf mich zu, bereits in Tiergestalt. Ein grauer Wolf mit einem riesigen Kopf.

Der Instinkt durchzuckt mich, und meine Wölfin

schnappt zu und übernimmt die Führung. Aber dieses Mal halte ich mich fest und bin neben ihr, wir beide aneinandergepresst auf dem Fahrersitz. Schulter an Schulter schubsen wir uns gegenseitig, während wir draußen gegen den wahren Feind kämpfen.

Ich springe auf den ersten Mann zu und habe plötzlich das Gefühl, dass ich vor Kraft in meinem Körper fliege. Ich krache in ihn hinein, mit dem Kopf voran in seinen Bauch. Er stöhnt auf, landet aber trotzdem einen Schlag auf meinen Rücken. Meine Knie zittern, aber ich weiche nicht zurück.

Mein Körper kribbelt, ich drehe mich und stürze mich auf ihn, um ihm tief in die Schulter zu beißen, das Fleisch bis auf die Knochen zu zerreißen und das Blut auf die toten Blätter um uns herum spritzen zu lassen. Der kupferne Geschmack ist wie Schmutz auf meiner Zunge und mein Körper zittert vor unkontrollierbarer Wut. Das Bedürfnis, sie alle in Stücke zu reißen, schießt durch mich hindurch.

Etwas Weißes blitzt hinter meinen Augen auf, eine nicht zu befriedigende Wut, die mich blendet.

Ein weiterer Angreifer schlägt mir hart in die Seite, wirft mich von den Füßen und mit einem dumpfen Aufprall zu Boden. Ich zittere heftig, mein Kopf dreht sich immer noch.

Sein Gewicht drückt auf mich herab und Schritte nähern sich um mich herum.

Aber ich werde mich nicht fangen lassen, nie wieder.

Das werde ich verdammt nochmal nicht.

Ich bocke gegen den Idioten und reiße meinen Kopf herum, versenke meine Zähne in seinen Arm. Ich reiße ihm Haut und Stoff weg und gebe nicht nach, als er aufschreit.

Hitze peitscht über mich und ich kämpfe mich knurrend auf die Beine. Ich schrecke vor den vier herannahenden Monstern zurück. Mad schreitet vorwärts, sein weißes Haar vom Wind aus dem Gesicht geweht, der Bastard sieht älter aus, erschöpfter als beim letzten Mal, als ich ihn sah. Aber ein Scheißkerl ist immer noch ein Scheißkerl. Sein verdrehter Gesichtsausdruck ist der eines Mannes, der angewidert ist von dem, was er sieht; ich stehe für mich selbst ein.

Ich kann den Blick nicht von der Spritze abwenden, die er umklammert. Sie haben mir schon einmal in den Nacken gestochen und mich damit zu einer Verwandlung gezwungen. Irgendwie bezweifle ich, dass das ihre Absicht war oder dass sie erwartet haben, dass ich mich so wehren würde.

Meine Beine zittern unter mir und Adrenalin pumpt durch meine Adern und hält mich auf Trab. Meine Wölfin treibt mich plötzlich zur Seite und ich weigere mich, sie aufzuhalten. Ich stolpere über meine Füße und knurre, als ich gegen einen Baum krache.

"Was zum Teufel ist mit ihr los?", fragt jemand.

"Hör auf zu kämpfen", schneidet Mads Stimme durch den Wahnsinn in meinem Kopf. "Ich kann mich um dich kümmern. Dich beschützen."

Ich knurre als Antwort. Lügner!

"Du hast die Wahl, Meira." Er hebt die Spritze an. "Komm ruhig mit uns und ich verspreche, meinen Stiefbruder und seine beiden Männer freizulassen. Kämpfe weiter und wir werden dich mit Gewalt mitnehmen. Und damit kann ich garantieren, dass ich sie töten werde."

Er hält plötzlich inne, ebenso wie seine Männer, die mich alle anstarren, als wäre ich nichts weiter als ein Mittel zum Zweck. Ich weiß genau, was er von mir will ...

mein Blut. Sie denken, dass ich das Heilmittel für eine Zombieinfektion bin. Die traurigen Wichser haben keine Ahnung, wie falsch sie liegen.

Mein Herz hämmert in meinen Ohren, meine Wölfin knurrt in meiner Brust und zittert vor heftigem Verlangen, aber es sind vier gegen einen. Selbst ich bin nicht so dumm zu glauben, dass ich gewinnen kann. Ein weiterer Grund, warum ich meine Wölfin zurückhalten muss. Besonders jetzt, wo ein verwundeter Wolf wieder auf die Beine kommt.

Ich schlucke hart, während sich meine Atemzüge beschleunigen.

Mads Gesichtsausdruck verfinstert sich und unter dem Sturm in seinen Augen liegt Verzweiflung - eine, die ich bei machthungrigen Alphas schon oft gesehen habe. Er wird alles tun, jeden töten, um zu bekommen, was er will.

Ich habe nur eine Option: Mad zuerst zu erwischen und ihn zu zerreißen, ohne mich dabei an meine Wölfin zu verlieren.

Leichter gesagt als getan.

Elektrizität summt über meine Haut, genau wie damals, als meine Wölfin das erste Mal aus mir herausdrang. Sie ließ meine Haut zerreißen und zwang sich, herauszukommen. Der Schmerz ist jetzt verschwunden, er verbindet meine Wölfin und mich zu einer Seele, einem Wesen, doch sie kämpft gegen mich. Das kann nicht richtig sein.

Ich weiche zurück, blicke direkt ins Mads Augen. Dies ist nicht der richtige Zeitpunkt, um zu stolpern. Ich trete zurück, stoße gegen einen Baum und erschaudere.

Meine Wölfin knurrt mir ihre Drohung zu. Sie weicht nicht zurück ... nun, ich schon.

Sie kommen näher. Alle fünf von ihnen. Drei sind in Menschengestalt und zwei haben Wolfsgestalt angenommen.

Das Grauen klopft schnell in meiner Brust. Ich schaue mich hektisch nach einem Ausweg um, nach irgendetwas. Als ich zu meinen Männern hinunterschaue, rühren sie sich nicht, und Sorge durchströmt mich. Was war in den Injektionen gewesen, um sie so schnell auszuschalten?

Spannung liegt in der Luft, während die Wut in mir an die Oberfläche steigt und mir den Rücken hinunterläuft.

Ich verabscheue Mad. Zorn steigt in mir auf über das, was diese Männer verdienen.

Aber der Schmerz sticht in meiner Seite, wo der Bastard vorhin in mich hineingeschlagen hat, und pulsiert in meinen Rippen.

"Schnappt sie euch!", brüllt Mad, und mein Instinkt übernimmt.

Ich drehe mich und renne weg, ignoriere das Bedürfnis, mich umzudrehen. Meine Wölfin betrügt mich. Wegzulaufen ist kein Zeichen von Schwäche, sondern ein Zeichen dafür, dass man weiß, wann man in der Unterzahl ist, und einen Weg findet, den Anführer auszuschalten.

Ich weiche den Bäumen aus und tauche tiefer in den dichten Wald ein, um zu entkommen. Die Schatten scheinen jetzt heller zu sein, meine Sicht ist schärfer und klarer. Ich werfe einen Blick über meine Schulter und sehe, dass die fünf mich verfolgen. Aber es ist Mad, den ich holen muss ... Hacke den Kopf ab und das Monster stirbt.

Ich schwinge mich nach vorne und bremse, als eine Armee von Schatten vor mir aus dem Wald auftaucht.

Angst durchzuckt mich augenblicklich. Haben mich

noch mehr Alphas umzingelt? Ich erschrecke und bleibe schlitternd an einer massiven Kiefer stehen, versteife mich und schaue panisch in alle Richtungen, um einen Ausweg zu finden.

Ein raues Stöhnen kommt aus dem Wald, gefolgt von weiteren Geräuschen und dem Klappern von Zähnen oder Knochen.

Meine Haut kribbelt, als der erste Zombie aus der Dunkelheit auftaucht.

Ich schrecke zurück. Werden sie mich angreifen, jetzt, wo ich mich verwandelt habe? Ich presse mich gegen den Baum und schaue zurück zu den Wölfen, die verängstigt gucken, als sie sehen, wer da kommt.

Der Zombie, der den Angriff anführt, hat ein fehlendes Ohr und nur eine dünne Haarschicht über einem fleckigen, blassen Kopf. Zerrissene Kleidung hängt von seinem knochigen Körper herab. Ein anderer, der nach vorne kommt, hat einen verstümmelten Arm, andere gebrochene Gliedmaßen.

Dann folgt die Masse wie ein gebrochener Damm. Sie schwappen aus dem Wald, taumelnd, torkelnd, stöhnend. Andere lecken die Luft, als ob sie bereits das Blut der Wölfe schmecken, die ich gebissen und getötet habe. Das ist es, was sie hierher gelockt hat.

Noch mehr Untote stolpern aus dem Wald. Es müssen an die dreißig sein.

Der Anführer schnappt mit dem Maul und taumelt vorwärts.

Ich drehe mich hastig um, ich muss hier raus, aber ... Scheiße!

Dušan, Lucien und Bardhyl liegen immer noch auf dem Boden und warten darauf, gefressen zu werden. Sind sie mit Blut bedeckt? Ich weiß es nicht mehr. Ich zermartere mir das Hirn und kann nicht mehr klar denken, während sich die Untoten nähern.

Ich tauche weg, um zu entkommen, unsicher, ob ich ihr Futter bin oder nicht.

Leukämie hatte mich immun gegen die Zombies gemacht. Eine Tatsache, die ich vor kurzem gelernt habe, und jeder weiß, wenn ein Wolf sich verwandelt, heilen alle menschlichen Krankheiten. Das bedeutet, dass ich jetzt eine Mahlzeit für die Untoten sein könnte.

Ich sprinte hinter Mad und seinen Männern her, die davonlaufen, meine Wölfin geifert, da sie denkt, dass dies eine Verfolgungsjagd ist. Sie sind schon viel weiter als ich, da sie in der Sekunde abgehauen sind, als sie die Schattenmonster gesehen haben.

Zwei weitere Kreaturen tauchen plötzlich zu meiner Rechten auf, so schnell und unerwartet, dass ich mich zweimal hinschauen muss. Meine Pfote verhakt sich unter einer Baumwurzel und ich mache eine Rolle, bevor ich begreifen kann, was gerade passiert ist. Ich schlage hart auf den Boden auf und kämpfe mich auf die Beine.

Panik macht sich in mir breit, ich fühle mich verwundbar und ungeschützt.

Schatten drängen sich um mich herum, scheinen aus allen Richtungen zu kommen.

Zähneknirschend kommen sie näher und ich krieche rückwärts, Eis füllt meine Lungen, dass sie hinter mir her sind.

Die Kreaturen stolpern vorwärts, und ich erschaudere. Doch dann laufen sie ohne zu zögern an mir vorbei.

Erschrocken traue ich zuerst meinen Augen nicht und beobachte, wie sie an mir vorbeiziehen. Sie bemerken oder berühren mich nicht.

Es dauert einen Moment, bis ich begreife, dass ich in

Sicherheit bin ... und es ist meine Wölfin, die das
Kommando übernimmt und knurrt, um sie zu warnen.

Mit ihrem torkelnden Gang nähern sie sich trotzdem.

Einer von ihnen streift mich, und ich weiche zurück.
Aber sie bleiben nicht stehen. Stöhnend stolpern sie
hinter Mad und seinen Männern her. Diese Monster, die
mich angreifen sollten, tun es nicht. Die Haut löst ab, die
Kiefer sind ausgerenkt, ihre Gesichter mit getrocknetem
Blut verschmiert, aber sie sehen mich nicht.

Ich bin unsichtbar für sie.

Ich wende meinem Kopf hin und her und versuche zu
verstehen, warum sie mich nicht angreifen.

Bin ich immer noch krank? Ich blinzle und beobachte,
wie sie sich wegbewegen.

Aber die Realität holt auch mich ein und ich muss
meine Männer in Sicherheit bringen. Ich werfe mich in
die Herde und schiebe sie beiseite, um weiterzukommen.

Ich springe über Baumstämme und weiche Zombies
aus und stürme nach vorne auf die kleine Lichtung, wo
Mad und seine Männer uns überfallen haben.

Nur, dass dort niemand ist.

Nicht die Wölfe. Nicht Mad. Und auch nicht meine
Männer.

Das Gefühl, zu spät dran zu sein, macht sich in mir
breit. Der Bastard hat sie mitgenommen. Ich sollte froh
sein, dass er sie vor den Untoten gerettet hat, aber
verschafft meinen Männern nicht lange Sicherheit.

Ich bin auch wütend, dass er sie mir weggenommen
hat, um sicherzustellen, dass er ein Druckmittel hat, um
zu bekommen, was er will. Knurren rollt durch meine
Brust und ich stoße ein aufgestautes, verzweifeltes Heulen
aus; ich will sie jagen und meine Wölfe zurückerobern.

Schäumend katapultiere ich mich in Richtung des

Ash-Wölfe-Rudelgeländes, um sie einzuholen. Um sie aufzuhalten.

Die Schattenmonster eilen zu den Stellen auf dem Boden, wo die blutigen Leichen meiner Gegner liegen. Sie fallen auf ihre Hände und Knie und lecken die Überreste auf.

Mein Magen dreht sich um.

Ich gehe weiter, nur Bäume im Blick, denn Dušan hatte vorhin gesagt, dass wir nicht weit von seinem Rudelgelände entfernt sind.

Es dauert nicht lange, bis ich Gestalten vor mir sehe, die tiefer in den Wald eindringen, und einige sehen aus, als würden sie jemanden auf den Schultern tragen.

Mein Puls beschleunigt sich und ich springe nach vorne, als ein Schrei meine Aufmerksamkeit nach links lenkt. Meine Wölfin scheint sich zurückgezogen zu haben. Musste ich einfach die Kontrolle über sie übernehmen? Ist das alles, was es brauchte?

Ich höre auf zu rennen und schaue mir das Ganze genauer an. Ein Mädchen ist an einen Baum gefesselt, ein Knebel über ihrem Mund und sie strampelt, um zu entkommen.

Jae!

Was zur Hölle macht sie hier? Ich bin vor Tagen im Wald auf sie gestoßen, als sie wie jetzt von einem Psycho-Alpha an einen Baum gefesselt war. Vielleicht haben Mad und seine Wölfe sie gefangen, während sie nach uns suchten.

Ich werfe einen Blick zurück zu Mad und seiner Crew, die im Wald fast aus dem Blickfeld verschwunden sind. Mein Magen verkrampft sich.

Das Stöhnen hinter mir wird lauter und ich drehe mich um.

Mist! Diese verdammten Zombies sind auf dem Weg zu Jae.

Ihre Augen weiten sich vor Angst und sie schreit verzweifelt, während sie sich gegen die Fesseln wehrt, mit denen sie an den Baum gebunden ist. Mad und die anderen bewegen sich weiter vorwärts, aber wie zum Teufel soll ich ihnen jetzt folgen? Wenn ich das tue, schicke ich Jae in den Tod.

Frustration durchwühlt mich. Aber ich kann keine Zeit verlieren, also renne ich auf sie zu und husche über das vertrocknete Laub und die immergrünen Pflanzen, die den Boden bedecken. Ich trample über alles, was sich mir in den Weg stellt.

Sie windet sich und drückt sich von mir weg, so gut sie kann, aber ich knurre sie an, dann schwinge ich herum hinter den Baum. Ich beiße in das Seil, das sie am Stamm festhält, und nage daran, zerrend und kauend.

Ich höre Jae die Luft schnuppern, dann wirft sie einen Blick über ihre Schulter zu mir hinunter. "Meira, bist du das?"

Mein Knurren ist die einzige Antwort, während ich mit dem Seil ringe.

"Bitte beeil dich, sie sind ganz in der Nähe", schreit sie und gibt wimmernde Laute von sich. Ich atme ihren Schweiß und ihre Angst ein.

Ich reiße an dem Seil und meine Zähne beißen sich durch und geben sie frei.

Schnell befreit sie sich und wirft die Fesseln beiseite, dann wendet sie sich zu mir. "Lass uns hier abhauen!"

Und ich erstarre zunächst, unsicher, wohin ich sie führen soll. Hinter ihr hat ein halbes Dutzend Zombies die Aufregung bemerkt und kommt herüber.

Es dauert nicht lange, bis die Bastarde angreifen. Sie

sind wie Haie auf dem Land. Der Geruch von Blut oder irgendein Geräusch, das nach Ärger klingt, und sie erscheinen, um nachzuforschen. Nur für den Fall, dass es eine Mahlzeit ist.

"Meira", ruft Jae und rennt in die entgegengesetzte Richtung zum Gelände und weg von den Zombies.

Ich will ihr hinterherschreien, dass wir näher an das Rudel herankommen müssen. Am Tor stehen Scharf- schützen, die die Kreaturen vor Ort erschießen werden. Aber alles, was dabei herauskommt, ist ein gutturales Knurren.

Weil ich ein Wolf bin und es mich erst jetzt trifft, weiß ich nicht, wie ich mich wieder in einen Menschen verwandeln soll.

Ein Schattenmonster schlüpft an mir vorbei und rennt hinter Jae her.

Ich stürze mich auf das Ungeheuer, reiße es mit voller Wucht um und werfe es zu Boden. Es wehrt sich gegen mich, bleibt nicht still, bleibt nicht unten. Wut wallt in mir auf, als mich bereits drei andere überholen.

Jae rennt tiefer in den Wald.

Als ich genug habe, beiße ich ihm in den Nacken. Er hat eine massive, verheilte Narbe quer über seinen kahlen Kopf, die schmerzhaft aussehen würde, wenn dieser Mann noch leben würde. Plötzlich knackt etwas in seinem Körper. Bitte lass es ihn langsamer machen. Ich warte nicht, um es herauszufinden, und sprinte dem Mädchen hinterher.

Fauliges Blut befleckt meine Zunge, und Panik flammt auf, dass ich einen schrecklichen Fehler gemacht habe. Ihr Blut in meinen Körper zu nehmen, könnte mich infi- ziert haben oder ... ich weiß es nicht wirklich, denn diese Kreaturen ignorieren mich, als wäre ich immer noch immun. Aber der Gedanke macht mir trotzdem Angst. Nichts von dem, was mit mir vorgeht, folgt irgendwelchen Regeln.

Sekunden vergehen und nichts passiert mit mir. Keine Veränderung oder das dringende Bedürfnis, die Lebenden zu töten. Aber ich habe keine Zeit für so etwas. Nicht jetzt.

Ich renne Jae hinterher, greife die nächsten drei Zombies an, beiße tief in ihre Seiten und Beine, um Schaden anzurichten, um sie zur Seite zu werfen. Alles, um sie zu verlangsamen. Sie reagieren nicht einmal, es ist, als ob ich für sie unsichtbar wäre.

Ich verliere Jae aus den Augen und schaue nach links und rechts, ich schnuppere die Luft, um ihren schwachen Geruch zu erfassen - pudrig und erdig.

In Sekundenschnelle bin ich ihr wieder auf den Fersen. Sie schreit auf, als ich mich ihr nähere, bis sie zurückblickt, um zu sehen, dass ich es nur bin. "Ich hoffe wirklich, dass das Meira da drinnen ist", sagt sie nervös.

Als sie hinter mich blickt, bemerkt sie, dass wir die Kreaturen weit hinter uns gelassen haben.

Sie hält inne, lehnt sich an einen Baum und atmet schnell.

Ich atme hechelnd ein, dann hängt mir die Zunge heraus und ich muss mich erst recht zurückverwandeln. Als ich zu Jae aufschaue, starrt sie mich an und legt ihren Kopf schief.

Mit einem winselnden Geräusch setze ich mich vor sie, unsicher, wie ich ihr mitteilen soll, dass ich feststecke.

"Warum ziehst du dich nicht um?", fragt sie, wobei ihre Worte von Sorge überzogen sind. "Ich kenne mich in dieser Gegend nicht so gut aus, aber weiter oben auf dem Hügel hinter mir gibt es Höhlen, an denen ich vor einigen

Tagen vorbeigekommen bin. Können wir uns dort verstecken?" Sie atmet schwer und spricht schnell.

Ich stoße meinen Kopf gegen ihren Oberschenkel und bewege mich dann in Richtung des Berges, damit sie weiß, dass ich mit ihrem Plan einverstanden bin. Ein weiterer Blick hinter uns und keine Spur von den Untoten, die uns folgen. Meine Aufmerksamkeit schweift hinüber in die Richtung des Geländes, wo ich hin will, nicht weg von ihm.

Aber zuerst muss ich Jae aus der Gefahrenzone bringen.

Sie schreitet neben mir her und wir marschieren durch den schattigen Wald. Sie redet, aber ich höre erst einmal nicht zu. Stattdessen scanne ich den Wald, rieche Gerüche, lausche auf Geräusche. Dann sehe ich zu Jae auf.

"Meira, bitte sag mir nicht, dass du nicht weißt, wie man sich aus der Wolfsform zurückverwandelt. Ich habe einmal von einer Wölfin gehört, die in sich gefangen war und ihr ganzes Leben lang in ihrer Tiergestalt blieb."

Mein Herz hämmert bei ihren Worten. Meint sie das ernst? Ich höre kein weiteres Wort, das sie sagt, da Panik alles andere, was ich fühle, durch ein furchtbares Gefühl des Versinkens ersetzt.

Ich kann nicht in meiner Wolfsform steckenbleiben. Bitte, nein!

2

Dušan

Eine harte Faust trifft mich auf den Rücken und treibt mich in die schäbige Gefängniszelle. Feuer brennt durch meine Adern, als ich zurückschnelle und die Tür aus Eisenstäben mit einem donnernden Klirren zuschlägt und mich einsperrt.

Der ganze Raum fühlt sich an, als würde er torkeln, die dunklen Steinwände, der Boden, der mit Dreck bedeckt ist und nach Urin stinkt, und ich stolpere, krache gegen die Wand und verliere mein Gleichgewicht. Was auch immer sie mir injiziert haben, es hat mich kalt erwischt. Selbst als ich zu mir kam, kurz bevor ich die Zelle erreichte, konnte ich kaum stehen, geschweige denn klar denken.

Ich schüttle meinen Kopf, um den Nebel in meinem Kopf zu vertreiben. Als ich aufschaue, begegne ich Mads Blick. Er lehnt in breiter Haltung an der Wand vor meiner

Zelle, die Hände tief in den Taschen. Schatten sammeln sich unter seinen Augen und sein Mund verzieht sich zu einem Grinsen, das vergilbte Zähne offenbart.

Von Lucien oder Bardhyl ist nichts zu sehen und erst, als ich mich umschaue, bemerke ich, dass ich mich im tiefsten Gefängnis befinde, meinem unterirdischen Gefängnis. Ich habe zwei Stockwerke mit Zellen, die ich auch benutze, um Ash-Wölfen zu helfen, die bei Vollmond kämpfen. Einmal habe ich Mad hier reingesteckt, als sein Wolf während eines Blauen Mondes die Kontrolle verloren hatte. Und jetzt hat der Bastard mich hier reingesteckt, als Lektion, als Quälerei, daran habe ich keinen Zweifel.

"Du Wichser!" Ein Knurren rollt durch meine Kehle, als ich mich dazu zwinge, aufrecht zu stehen. Jeder Zentimeter von mir schmerzt, während meine Gedanken an Meira und das letzte Mal, als ich sie sah, hängenbleiben. Mads Wölfe haben ihr etwas injiziert, dann hat sie ihre erste Verwandlung erlebt. Meine Fäuste ballen sich und ich möchte Mads Kopf gegen die Wand schlagen, weil er sie angefasst hat. Ich weiß nicht einmal, ob sie die Verwandlung überlebt hat und der Gedanke daran verursacht einen stechenden Schmerz tief in meiner Brust. Ich könnte sie verloren haben.

Ich muss glauben, dass sie noch lebt, warum sonst sollte mein Arschloch-Stiefbruder alleine hier drin sein? Verdammt, er würde ihren Kadaver mitbringen, um mich zu quälen, wenn sie tot wäre. Mein Puls wird eiskalt bei dem Gedanken.

Ich habe versprochen, für Meira da zu sein, aber ich habe sie in dem Moment im Stich gelassen, als sie mich am meisten brauchte. Und das alles nur wegen des Wiesels, das ich ermorden werde. Er hat mich verraten und ich hätte ihn niemals allein im Gefängnis lassen dürfen. Natürlich hatte er Verbündete, um ihn zu befreien ... Ich hasse Rückblicke, aber würde ich die Dinge ändern, wenn ich die Zeit zurückdrehen könnte? Nicht, wenn es bedeutet, Meira nicht zu finden.

Wut wallt in mir auf und ich brülle mehr wie ein Löwe als wie ein Wolf darüber, wie beschissen alles ausgegangen ist.

Ich stürze nach vorne und rüttle an den Gitterstäben. "Lasst mich raus, verdammt!", brülle ich.

"Bruder, warum sollte ich das tun?"

Ich spucke auf den Boden zwischen uns. "Du bist nicht mein richtiger Bruder, aber du bist genau wie dein Vater."

Sein Gesichtsausdruck wandelt sich blitzschnell von einer ruhigen Haltung zu einem wütenden Stier. Er stürmt auf mich zu, die Nasenlöcher flackern. Seine eisblauen Augen verengen sich, während sein weißes Haar wild um sein Gesicht weht. Ich will, dass er wütend wird, damit er einen Fehler macht und auf mich zukommt. Die Verzweiflung nach einem wilden Kampf brennt durch mich und mein Blick ist auf den Wolf gerichtet, den ich schon längst hätte eliminieren sollen. Ich hätte auf Lucien und Bardhyl hören sollen. Aber das ist keine Fehleinschätzung, die ich noch einmal machen werde.

Mad bleibt knapp außerhalb meiner Reichweite stehen, seltsam beherrscht für jemanden, der selten denkt, bevor er handelt. Sein ganzer Körper zittert und er atmet schwer ein, der Kampf, sich zurückzuhalten, ist deutlich. Er ist so breit wie ich, aber er läuft vor den meisten Kämpfen davon. Also stupse ich den Bären an.

"Vater hat uns verraten, uns gehasst, uns geschlagen.

Du hast ihn verabscheut für das, was er getan hat, und doch bist du das Monster geworden, das du als Kind gefürchtet hast."

"Du bist ein verdammt schwacher Anführer", spuckt er. "Da hatte Vater wohl recht." Er reißt den Hals auf und hebt das Kinn. "Dein Rudel schreit nach einer Lösung gegen die Untoten, aber stattdessen spielst du Handelsspiele mit einem verdammten Alpha, der ein Heilmittel für seine Mitglieder hat. Du bist eine Lachnummer und ich werde mich nicht länger zurücklehnen und zulassen, dass du jeden hier tötest, während diese Abscheulichkeiten wieder in mein Lager einbrechen."

Ich beiße die Zähne zusammen und knirsche mit den hinteren Backenzähnen, aber ich weigere mich, ihn an mich heranzulassen. Er ist ein Lügner. Die Beziehungen, die ich mit anderen Alphas wie Ander im X-Clan habe, sind der Weg der Zukunft. Nicht zu stehlen oder durch Betrug Krieg vor unsere Haustür zu bringen.

"Du bist ein Narr", knurre ich. "Das Serum von Ander ist keine Lösung für uns. Es ist maßgeschneidert für ihre Wolfsrasse. Du hast alles riskiert, indem du-"

"Und ich würde alles noch einmal riskieren, um dieses Rudel zu retten!", schreit er.

Ich schnaufe. "Du meinst, um dich selbst zu retten."

Ein gutturales Knurren hallt aus seiner Brust wider. "Deine Zeit ist vorbei, Bruder. Ich bin lange genug dein Lakai gewesen. Jetzt ist es an der Zeit, dir zu zeigen, wie ein richtiges Rudel geführt wird. Und diese kleine Schlampe von dir wird ihre Beine für mich spreizen und ihr Blut wird mir helfen, Immunität in das Rudel zu bringen ... mein Rudel!" Er schlägt eine Faust gegen seine Brust, den Kopf hoch erhoben, so verdammt stolz auf sich.

Alles, woran ich denken kann, ist, ihm die Kehle

herauszureißen. Meine Hände ballen sich zu Fäusten. Wenn es etwas Positives gibt, das aus dem Mund dieses Arschlochs kommt, dann ist es sein Eingeständnis, dass Meira lebt. Dieser Hoffnungsschimmer überflutet mich mit der Entschlossenheit, niemals aufzuhören zu kämpfen.

"Also, du hast, was du willst, was zum Teufel willst du von mir?" Ich schnauze, ich muss seine Motivation kennen und verstehen, wie lange ich noch zur Flucht habe, bevor meine Zeit um ist. Mad tut alles aus einem Grund, der ihm nützt.

Ich mache mir keine Illusionen, dass Mad mich fertig-machen wird. Er weiß genauso gut wie ich, dass ich niemals einfach zusehen werde, wie er mir mein Rudel wegnimmt.

Er bricht in wahnsinniges Gelächter aus und beginnt, in Richtung Ausgangstür zu schlendern. "Was glaubst du denn, wie ich sonst dein Wolfsmädchen einfordern werde?"

Hurensohn! Ich bin sein Köder.

Meira ist ihm entwischt, und jetzt hofft er, dass sie zu mir zurückkommt, damit er sie in die Falle locken kann.

Um alles in der Welt bete ich zur Mondgöttin, dass Meira so weit wie möglich von diesem Ort wegläuft. Wenn ich fliehe, werde ich sie finden, selbst wenn ich die ganze Welt durchsuchen muss. Ausnahmsweise hoffe ich, dass sie rennt.

Lucien

"Diese beschissene, verlogene, abgewichste Kakerlake", murmelt Bardhyl vor sich hin, während er in unserem kleinen Gefängnis hin und her geht. Blassblondes Haar flattert über seine breiten Schultern, seine leuchtend grünen Augen verengen sich, während er finster dreinschaut. Er ist ein verdammt großer Wolf, ein Wikinger, der darauf brennt zu kämpfen.

Mein Kopf schmerzt immer noch von dem, was auch immer mit der Spritze in mich injiziert wurde, und jetzt wurden wir zurück auf das Gelände gebracht, um in den Kerker geworfen zu werden.

Ruckartig setze ich mich aufrecht hin, mein Kopf dreht sich und ich scanne die dreckige Zelle, die vergitterten Wände verraten, dass die anderen drei Gefängnisse leer sind. Wir sind hier unten allein. "Wo sind Dušan und Meira?"

"Keine Ahnung. Aber wir werden hier ausbrechen und sie finden." Er hält vor mir inne, als ich mich auf die Füße erhebe.

"Es ist so gut wie unmöglich, hier rauszukommen. Dafür haben wir gesorgt." Das Fenster ist nicht in unserer Zelle, und wir haben die Gitter und Schlösser so gesichert, dass sie dem Angriff eines wilden Werwolfs standhalten.

"Das werden wir mit blanker roher Gewalt." Bardhyl knurrt mit jedem schnellen Atemzug, den er nimmt, eindeutig nicht klar denkend.

Ich reibe mir die Seite meines Halses, wo ich die Beule von der Injektion spüre. Mads Hinterhalt kam so schnell ... die Bastarde müssen uns kommen sehen haben und wir sind direkt in ihren Hinterhalt gelaufen. *Fuck!* Ich durchquere das Gefängnis, nur drei Schritte, und starre hinaus in den dunklen Gang, wo ich die Tür in diesen Keller geschlossen finde. Es gibt kein Zeichen einer Wache, die uns beobachtet; und Schlüssel werden hier unten aus offensichtlichen Sicherheitsgründen nie aufbewahrt.

"Mit brachialer Gewalt! Hast du mich nicht gehört?" Bardhyl stapft auf mich zu.

"Du brauchst dich nicht zu wiederholen. Ich habe dich beim ersten Mal einfach ignoriert. Du weißt genauso gut wie ich, dass diese Verliese nicht zu knacken sind."

Er knurrt und ich schaue zu ihm rüber, als er gegen die Ziegelwand schlägt. Der dumpfe Aufprall, der damit einhergeht, muss wehtun, aber es hält ihn nicht auf.

"Spare deine Wut. Vielleicht gibt es einen Weg, auszubrechen."

Bardhyl lenkt seine Aufmerksamkeit in meine Richtung. "Ich bin ganz Ohr."

"Die Türscharniere der Gefängniszelle sind der schwächste Punkt. Als wir sie anfertigen ließen, gab es einige, die immer wieder leicht abbrachen. Wenn wir also Glück haben, hat vielleicht eines von ihnen eine Schwachstelle."

Bardhyl zuckt zusammen und zieht die Schultern hoch. "Nun, das kann ich machen. Ich bin der Meister darin, Dinge kaputt zu machen." Er marschiert zur Tür, und ich folge ihm.

Unbehagen macht sich in meinem Bauch breit, wo genau Meira ist. Ich sage mir immer wieder, dass sie bei Dušan ist, aber etwas sagt mir, dass das zu einfach ist und wir sie dringend finden müssen. Wenn Mad involviert ist, ist das Worst-Case-Szenario am wahrscheinlichsten.

Ich balle meine Hände zu Fäusten bei der Vorstellung, was er ihr antun würde und schüttle den Kopf, meine

Muskeln sind angespannt. Ich habe bereits meine erste Gefährtin verloren ... Und ich hätte mir nie vorstellen können, jemanden zu finden, den ich lieben kann, der mich mit meinem Wolf verbindet, aber Meira ist das und so viel mehr. Mein Herz drückt, während sich meine Kehle zuschnürt.

Sie kann nicht tot sein. Eher sterbe ich, bevor ich sie verliere.

3

Meira

Ich stehe zwischen zwei Welten. Der menschlichen Seite, die von meinem Vater stammt, und der Wolfsseite von meiner Mutter. Ich bin damit aufgewachsen, dass mir gesagt wurde, ich würde nie wirklich irgendwo dazugehören, solange meine Wölfin sich weigerte, sich zu zeigen. Aber jetzt, wo sie sich gezeigt hat, weiß ich nicht, wie ich in meine menschliche Form zurückkehren kann, also was soll ich jetzt tun? In der Wildnis mit echten wilden Wölfen leben? Ich schluchze halb, halb kichere bei dem Gedanken.

Wie, um alles in der Welt, soll ich mit Dušan, Lucien und Bardhyl zusammen sein? Ich bin schon so lange ein Mensch, dass ich nichts anderes kenne, und es hat mir irgendwie gefallen. Jetzt laufe ich in der Höhle oben im Berg hin und her, meine Pfoten bewegen sich flink über den Steinboden. Auf eine seltsame Art und Weise fühlt es sich fast so an, als würde ich fliegen, so schnell und leicht geht die Bewegung.

Ein Falke kreischt in der Ferne und ich wende meinen Blick aus dem Höhleneingang, wo Sturmwolken über den Himmel rollen und ein Grollen irgendwo über das Land dröhnt. Kilometerweit schwingen Baumkronen im aufkommenden Wind hin und her. Dušans Lager liegt hinter diesem Berg und mein Inneres kribbelt jedes Mal, wenn ich an ihn und meine anderen beiden gefangenen Männer denke. Ich möchte glauben, dass Mad ihnen nichts antun wird, aber ich traue diesem Bastard kein Stück über den Weg. Ich möchte ihn am liebsten in Stücke reißen.

"Komm her", sagt Jae mit ihrer sanften Stimme und reißt mich aus meinen Gedanken. Ich finde sie kniend an dem kleinen Feuer. "Ich werde dir helfen, dich umzuziehen. Du hast mich gerettet. Jetzt bin ich dran, den Gefallen zu erwidern."

Ich erschrecke und starre auf dieses junge Mädchen, vielleicht dreizehn oder vierzehn Jahre alt, das die Führung übernimmt, um mich zu retten. Ihr rundes Gesicht leuchtet rot vom Feuer und sie hat viele Sommersprossen auf Nase und Wangen. Ihr kurzes, dunkles Haar ist unordentlich, und alles an ihr sieht bezaubernd aus. Sogar die Jeans, die zwei Nummern zu groß für sie ist und von einem Gürtel geschnürt wird, ganz zu schweigen von ihrem T-Shirt mit einem Pinguin auf einem Schlitten.

Ich trabe rüber und lasse mich auf den Bauch fallen, die Beine unter mir angewinkelt, aber es fühlt sich unbequem an, also verschiebe ich mich und strecke meine Vorderbeine unbeholfen vor mir aus. Ah, das ist schon etwas besser. Die Hitze der Flammen umarmt mich und eine Welle der Erschöpfung überkommt mich.

"Entspann dich", sagt Jae zu mir. "Meine Schwester Narah hat mir beigebracht, wie man sich verwandelt, als ich mich vor ein paar Jahren zum ersten Mal verwandelt habe. Es ist so einfach wie das Ausatmen, aber du musst ruhig sein."

Reden und Tun sind zwei sehr unterschiedliche Dinge. Ich schaue zu ihr auf und stöhne mit einem hastigen Atemzug.

Sie greift hinüber und streichelt mit ihrer kleinen Hand über meinen Scheitel. Der Eindruck schlängelt sich mit dem wohltuendsten Gefühl, das ich je erlebt habe, meinen Rücken hinunter, und meine Augenlider flattern mit dem Bedürfnis, sie zu schließen.

"Es gibt Orte auf dieser Welt, die mit Geheimnissen und Gefahren gespickt sind", erklärt sie. "Aber eines ist sicher, unsere Wölfe werden immer da sein und wir haben die Kontrolle über unsere tierische Seite. Denke an all die Dinge, die du bisher in deinem Leben erlebt hast und wie du danach ein etwas anderer Mensch geworden bist. Jeder Tag verändert dich."

Ich studiere Jae, die nun mit gekreuzten Beinen vor mir sitzt. Ihre Worte sind scharfsinnig und tiefgründig für jemanden, der noch so jung ist, und ich vermute, dass sie nachplappert, was ihre Schwester ihr erzählt hat. Vielleicht lerne ich eines Tages ihre Schwester kennen, denn sie klingt weise.

Jaes Finger kratzen sanft über meine Ohren und ich schließe die Augen. "Du hast die Kontrolle. Rufe deine Wölfin."

Ein sanftes Plätschern durchfährt mich, die Wärme des Feuers beruhigt mich mit ihren knackenden Geräuschen, und ich schlafe von Jaes sanftem Streicheln halb ein. Ein einziger Gedanke an meine Wölfin, die sich zurückzieht, durchkreuzt meinen Geist und plötzlich streichelt Fell gegen meine Eingeweide.

Meine Gedanken kreisen um Erinnerungen, wie ich als Kind mit Mama Äpfel gepflückt habe, mein Atem geht schwer. Und dann fegt die Dunkelheit über mich hinweg.

"*M*eira, hast du Hunger?", fragt eine leise Frauenstimme, dann schüttelt mich jemand unsanft an der Schulter.

In einem Herzschlag rollen meine Erinnerungen wie ein Lastwagen über mich hinweg und ich reiße meine Augen auf, um Jaes Gesicht zu sehen. Sie schaut auf mich herab, kaut auf etwas herum und der Geruch von gegrilltem Fleisch lässt mir das Wasser im Munde zusammenlaufen.

"Was isst du da?", sage ich, die Worte laut ausgesprochen. Ich bin ein Mensch. Mit einem Keuchen hebe ich meine Hände und sehe, dass es tatsächlich Hände sind. Kein Fell, keine Krallen oder irgendetwas Tierähnliches. "Oh, verdammt ja, ich bin wieder ich." Schnell stehe ich auf und starre auf meinen nackten Körper hinunter, zerkratzt und mit Prellungen übersät, aber ich habe mich verwandelt. Es schien nicht allzu schwer zu sein, obwohl es mich einschlafen ließ, also ist das hoffentlich keine übliche Nebenwirkung.

"Vielen Dank." Ich schaue zu Jae hinüber, während sie in die kleine Keule beißt, das Kinn fettig von der Mahlzeit. Das Feuer spuckt und knistert von den beiden Kanin-

chenbraten, die über der Flamme hängen, und ich bin am
Verhungern.

Doch meine Gedanken schwenken zu meinen drei
von Mad gefangenen Gefährten. Hinter mir nieselt der
Regen über das Land, das Sonnenlicht duckt sich hinter
den schweren Wolken, die den Himmel bedecken.

"Ich habe Kleidung für euch. Komm essen, bevor du
da raus stürmst", sagt Jae und schmatzt mit ihren
Lippen.

Ich folge ihrem Fingerzeig zur Wand gegenüber dem
Feuer, wo ein Stapel Kleidung auf mich wartet. "Wo hast
du sie gefunden?"

"Ganz hinten in der Höhle. Ich habe dir gesagt, dass
ich schon einmal hier war, und eine Sache, die mir meine
älteste Schwester beigebracht hat, ist, dass ich überall, wo
ich mich aufhalte, einen kleinen Überlebensrucksack
zurücklasse."

Ich ziehe die Schlabberhose an, ziehe an der Kordel,
damit sie mir nicht herunterfällt, und greife dann nach
dem schwarzen T-Shirt. "Das klingt schlau. Man weiß nie,
wann man wieder in einer Höhle ist. So wie in diesem
Fall."

"Oh, das ist nicht nur für mich, sondern für jede Frau,
die in Not ist und Kleidung, Feuerzubehör und eine
warme Decke braucht."

Ich bin teilweise verblüfft über ihr Eingeständnis.
Warum ist mir ihre Idee nie zuvor in den Sinn gekommen? Ich war so sehr damit beschäftigt zu überleben,
mich von allen fernzuhalten, dass es mir nie in den Sinn
kam, anderen zu helfen, die einfach nur zu leben versuchen. Und jetzt mache ich mir eine Notiz in meinem Kopf,
dass ich vorhabe, damit anzufangen.

Ich schlendere hinüber zum Feuer und lasse mich auf

die Fersen sinken, während ich bereits nach einem Stück Kaninchen greife.

"Du warst fleißig, während ich eingeschlafen bin, und ich würde gerne einmal deine Schwestern kennenlernen." Ich reiße eine Keule heraus und lehne mich zurück, um zu essen. Das Fleisch ist ein bisschen zäh, aber es ist heiß und fettig, also alles, was ich brauche.

Sie zuckt mit den Schultern und knabbert an einem Knochen, bevor sie sich eine weitere Portion holt. "Ich habe es nie zu unserem Treffpunkt geschafft." Ihre Stimme wird schwächer und sie starrt in die Flammen, der Feuerschein spiegelt sich in ihren Augen.

"Also sag mir, was ist passiert, nachdem du vor mir weggelaufen bist?", frage ich und versuche, sie ein wenig von dem offensichtlichen Schmerz, ihre Schwestern nicht erreicht zu haben, abzulenken. Jae hat mir beim letzten Mal erzählt, dass sie getrennt wurden, aber sie hatten einen Treffpunkt, falls das jemals passieren sollte. Klug. Ich habe schon von Leuten gehört, die wochenlang versucht haben, jemanden zu finden.

"Ich wollte nicht, dass du versuchst, mich aufzuhalten, also bin ich losgezogen, um mich mit meinen Schwestern zu treffen. Eine Person allein kann einfacher unbemerkt durch die Wälder schleichen als zwei, vor allem von Unto-ten." Sie gibt sich stark und ihr Kampfgeist erinnert mich so sehr an mich.

Wahrscheinlich hätte ich an ihrer Stelle das Gleiche getan.

Sie schluckt den Bissen hinunter und wischt sich mit dem Handrücken den Mund ab. "Ich habe nicht gehört, dass sich die Alphas an mich herangeschlichen haben. Ich hätte vorsichtiger sein müssen, und jetzt bin ich noch weiter von der Begegnungszone entfernt."

"Deine Schwestern werden auf dich warten", drängte ich.

"Ich weiß, das werden sie", antwortete sie überzeugt. "Sie haben mir zugesagt, dass wir uns dort treffen werden, auch wenn es Jahre dauert."

Die Hoffnung in ihrer Stimme zerreißt mich. Früher habe ich an so viele Dinge geglaubt, bevor ich mit ansehen musste, wie die Schattenmonster meine Mama töteten. Danach verlor ich meine Hoffnung in dieser erbärmlichen Welt, in der wir leben, die dich täglich frisst und ausspuckt, wenn du es zulässt. Der einzige Weg, wie ich überlebte, war, selbstsüchtig zu werden und zu akzeptieren, dass niemand kommen und mich retten würde. Ich habe viele Nächte damit verbracht, mich in den Schlaf zu weinen, und es wird nicht einfacher, allein zu sein. Aber wie kann ich diese Dinge zu Jae sagen, wenn sie sich an diesem Faden der Möglichkeit festhält wie an einer Rettungsleine?

"Wie wäre es, wenn wir eine Vereinbarung treffen?", schlage ich vor. "Du läufst nicht mehr weg, und ich werde dir helfen, deine Schwestern bei den Ash-Wölfen aufzuspüren."

Ihre Augen weiten sich vor Schreck. "Bist du verrückt? Alphas helfen Omegas nicht, weißt du das nicht? Und ich habe nicht vor, mich gefangen nehmen zu lassen."

"Das wirst du auch nicht. Ich habe drei Gefährten, alles Ash-Wölfe, und nun, ich muss sie vor den Arschlöchern retten, die versucht haben, dich zu entführen. Dann werden sie dir helfen, zurück zum Treffpunkt zu kommen, ich gebe dir mein Wort." Es gibt für mich keinen Zweifel daran, dass sie helfen werden.

Jae schüttelt den Kopf. "Du kümmerst dich darum, was du tun musst, aber ich brauche deine Hilfe nicht."

"Wir alle brauchen manchmal Hilfe. So wie vor einer Woche, als ich dich vor dem abtrünnigen Alpha im Wald gerettet habe, und heute."

Sie setzt sich aufrecht hin, ihre Schultern werden steif. "Und ich habe dich gerettet und dir geholfen, wieder in deinen menschlichen Körper zu wechseln. Wir sind quitt."

Ich lache und sammle die Reste des halb aufgegessenen Kaninchens ein. "Ich will dir nur helfen, Jae. Du lässt Gegenstände in einer Höhle liegen, falls andere Weibchen in Schwierigkeiten sind, weil du auch helfen willst. Es ist okay, Hilfe anzunehmen."

Anstatt sich zu wehren, runzelt sie die Stirn.

Nur das knisternde Feuer durchbricht die Stille, während wir essen.

"Warum kommst du nicht mit mir?", sagt sie schließlich. "Narah wird dich willkommen heißen, bei uns zu bleiben. Es wird keine Alphas geben, die dir Befehle erteilen oder versuchen, dich zu hetzen." Sie knurrt, nachdem sie die Worte gesagt hat.

Und da wird mir klar, dass sie das Konzept der Begegnung mit einem Gefährten nicht ganz versteht. Aber ich verstehe es. Ich habe so lange damit verbracht, Männchen zu hassen, sie als nichts anderes als Sklavenhalter zu sehen. Und einige von ihnen sind so, aber nicht alle von ihnen. Die Verbindung mit einem Schicksalsgefährten ist unzerbrechlich und fesselnd und verlockend. Ich möchte schreien, dass ich von meinen weg bin, während sie in Gefahr schweben. Im Hinterkopf frage ich mich immer wieder, ob ich immer noch Leukämie habe, wenn ich sehe, wie die Schattenmonster Abstand von mir halten. Aber ich schiebe diese Gedanken beiseite. Ich kann nicht darüber nachdenken, wenn ich Alphas zu retten habe.

Der Schmerz in meiner Brust brennt für sie, aber ich
bin auch kein Idiot, ich weiß, dass Mad da draußen Wölfe
hat, die nach mir suchen. Der strömende Regen draußen
ist mein Retter, er verdeckt unsere Gerüche und die des
gegrillten Kaninchens.

Deshalb ist jetzt der richtige Zeitpunkt für mich, die
Umgebung des Geländes zu überprüfen, um zu sehen,
wie zum Teufel ich einbrechen kann, um ihnen zu helfen.

"Mein Platz ist hier", antworte ich, etwas, von dem ich
nie dachte, dass ich es jemals sagen würde. Mein ganzes
Leben lang bin ich weggelaufen.

Nur dass das jetzt aufhört. Die Zeit ist gekommen,
dass ich einfordere, was mir gehört und für meine drei
Wölfe kämpfe.

Ich werfe die Kaninchenknochen ins Feuer und
wische meine Hände an meiner Hose ab, dann stehe
ich auf.

"Wo willst du hin?", fragt Jae, ein Zittern durchzieht
ihre Stimme.

"Ich werde das Gelände der Ash-Wölfe auskundschaf-
ten. Ich muss dort einbrechen."

Sie zittert, als ob der bloße Gedanke sie erschreckt.
"Dieser Ort ist voll von Alphas. Bist du sicher, dass du
nicht mit mir kommen und dieses Kriegsgebiet hinter dir
lassen willst?"

"Ich war mir noch nie in meinem Leben über etwas so
sicher. Aber ich hoffe, du änderst deine Meinung und
gehst nirgendwo hin", flehe ich, obwohl ich aufgrund
ihres bisherigen Verhaltens bezweifle, dass sie auf mich
hören wird. "Wie auch immer du dich entscheidest, bleib
sicher."

"Du auch." Sie kehrt zum Essen zurück, während ich
die Höhle verlasse und mich dem scheußlichen Wetter

stelle. Es mag nass und kalt sein, aber es wird mich vor den Monstern hier draußen verbergen.

Ich habe keine Ahnung, wie ich sie retten soll, aber ich schätze, mir wird etwas einfallen, sobald ich das Zuhause des Rudels erreicht habe.

"Viel Glück", murmelt Jae hinter mir.

Ja, ich werde es brauchen.

4

Meira

Der Regen durchtränkt alles, rinnt unter meine Kleidung und ich bin bis auf die Knochen durchnässt. Aber ich begrüße das wilde Wetter, um die Alphas, die nach mir suchen, fernzuhalten, egal wie sehr ich vor Kälte zittere.

Das Blätterdach über mir schützt mich größtenteils, während ich mich an eine breite Tanne drücke, wo nur gelegentlich ein paar schwere Tropfen auf meinen Kopf fallen. Von meinem Standort aus habe ich einen klaren Blick auf das Lager der Ash-Wölfe.

Der Donner grollt und der Boden bebt, was die Äste zum Zittern bringt und noch mehr Wasser auf mich wirft. Doch ich bewege mich nicht, selbst als ein eisiger Tropfen meinen Rücken hinunterrutscht.

Ein Metallzaun, etwa fünf Meter hoch, schließt sich um die Siedlung. Links und rechts dehnt er sich nach außen aus. Ich habe den Zaun bereits vom Wald aus umrundet, um meine potenziellen Eintrittspunkte zu erkunden. Es gibt drei Eingänge in die Siedlung.

Erstens, das Haupteingangstor mit zwei Scharfschützen, die auf den Steinpfosten sitzen. Auf der gegenüberliegenden Seite gibt es ein weiteres Tor mit einer Wache und ein drittes Tor zu meiner Linken auf der Rückseite der Siedlung. Und ich erinnere mich an die Wache an der Hintertür. Er stand vor meinem Zimmer, als ich zum ersten Mal in dieses Rudel gebracht wurde, und er lächelte mich immer an. Außerdem habe ich ihn ein paar Mal mit Dušan reden sehen und man kann immer viel über einen Menschen sagen, wenn man weiß, wie er andere behandelt, besonders Gefangene. Ich kenne nicht einmal den Namen des Mannes, aber da war Ehrfurcht in seinem Blick, als er mit seinem Alpha sprach. Vielleicht hat es damit zu tun, dass er älter ist als die anderen Wachen, wenn ich also einem von ihnen vertraue, dann ihm.

Ja, es ist ein Risiko, aber was kann ich sonst tun? Ich brauche einen Weg hinein. Den Zaun zu überklettern, ist fast unmöglich, und ihn zu durchbrechen, wird jede Menge Aufmerksamkeit auf sich ziehen. Mein Plan ist es, mich so unbemerkt wie möglich hineinzuschleichen.

Ich kaue auf meiner Unterlippe, mein Magen dreht sich um, da ich hier draußen stehe und ein leichtes Ziel bin, sollte jemand von hinten kommen. Ich schaue immer wieder über meine Schulter, aber durch den starken Regen kann ich niemanden entdecken.

Je mehr ich auf die Backsteinfestung hinter dem hohen Zaun starre, desto mehr werde ich an Dušan erinnert und daran, wie er mich das erste Mal hierher gebracht hat. Verängstigt hätte ich alles getan, um der

Gefangennahme zu entgehen, und ironischerweise würde ich jetzt alles tun, um hineinzukommen.

Die stabilen Steinmauern, die spitzen Türme, die Zinnen auf der Spitze. Ich kann nicht aufhören, an die Zeit zu denken, als Lucien mich zum Frühstück auf den obersten Balkon mitnahm und wir unseren ersten Kuss teilten. Als ich später aus meinem Zimmer floh, verfolgte mich das Wikinger-Biest Bardhyl und zerrte mich zurück ins Haus. Mein Herz krampft sich bei den Erinnerungen zusammen und eine Dringlichkeit trommelt durch mich, um schneller zu meinen Männern zu gelangen. Mit jeder Sekunde, die verstreicht, ertrinke ich weiter in Gedanken, dass ich sie verlieren werde. Aber ich kann nicht zulassen, dass meine Sorgen mich in den Abgrund ziehen. Nicht bevor ich alles getan habe, um sie zu retten. Also muss ich eine Ablenkung am anderen Ende des Geheges verursachen. Dann kann ich endlich in das Gehege schlüpfen.

Ich scanne das offene Gelände und finde kein Zeichen von irgendjemandem, also drücke ich mich mit gesenktem Kopf hinter dem Baum hervor und eile durch den Wald. Laufend bleibe ich im Schatten und folge dem abfallenden Gelände zu den Eingangstoren.

Während ich die Eingangstore auskundschaftete, um herauszufinden, welche Wache am einfachsten zu überzeugen war, entdeckte ich unten in diesem Bereich ein kürzlich verendetes Reh, dessen Kadaver ich für die Störung nutzen will. Jetzt schlägt mein Herz wie wild, meine Lungen brennen und ich sammle mental meine Energie, um zu triumphieren.

Eine Störung verursachen.

Dann stürme ich zurück zum Hintereingang.

Flehe die Wache an, mich reinzulassen. Es ist weit hergeholt, aber ich werde jetzt alles versuchen.

Der Regen prasselt auf mich nieder, der Himmel grollt und ich stürme vorwärts, als mir plötzlich der Boden unter den Füßen wegrutscht und ich auf meinen Hintern falle. "Argh", stöhne ich durch den scharfen Schmerz der Landung auf einem Ast. Schlamm überzieht meine Hose und meine Hände. "Verdammt." Ich stehe wieder auf, gehe den Hügel diesmal langsamer.

Direkt vor mir komme ich um eine Baumgruppe herum, wo das Gelände flacher wird und wo ich zuletzt das tote Tier gesehen habe. Nur dass sich jetzt zwei Schattenmonster über das Ding beugen und es fressen, ihre schlürfenden Geräusche machen mich krank.

"Okay, vielleicht funktioniert das sogar besser", flüstere ich, was bedeutet, dass ich sie nicht zu mir locken muss. Ich bleibe einige Meter von ihnen entfernt stehen, als ich eine Bewegung tiefer im Wald wahrnehme, mehr Untote, die den Geruch von Blut wittern. Mindestens ein Dutzend von ihnen taumelt zwischen den Bäumen umher.

"Oh, Scheiße." Sie werden es mir noch schwerer machen, wenn ich mich jetzt nicht bewege.

Tief einatmend werfe ich mich vorwärts, innerlich zusammenzuckend, dass ich das tatsächlich tun werde. Als ich das Hinterteil des Rehs erreiche, greife ich seine Hinterbeine. Sie sind kalt und fühlen sich feucht an. Gott sei Dank ist es kein riesiges Tier.

Dann ziehe ich das Ding, direkt aus der Reichweite der Untoten. Die Kreaturen scheinen mich nicht einmal zu bemerken, sondern stürzen sich mit ausgestreckten Händen und vor Blut triefenden Mäulern auf ihr Mahl.

Stöhnen aus dem Wald lenkt meine Aufmerksamkeit auf die anderen Monster, die in diese Richtung kommen.

Also bewege ich mich schnell, schlurfe rückwärts,

zerre an dem halb aufgefressenen Kadaver und tue mein
Bestes, nicht auf den offenen Brustkorb zu schauen, sonst
wird mir schlecht.

Ein Zombie schnappt zu und beißt in den Hals. Als
ich das Reh ziehe, verliert der Untote das Gleichgewicht
und fällt, aber hält sich immer noch mit Zähnen und
Fingern fest. Ich kann dieses Gewicht nicht mehr
bewegen und ich fluche über dieses verdammte Ding.

Mein Herz hämmert in meiner Brust und der Regen
ist unerbittlich und durchnässt mich. Es tropft mir ins
Gesicht, in die Augen und in den Mund.

Ich schaue hinter mich und nähere mich dem Waldrand. Dahinter ist eine Lichtung von mindestens sechs
Metern zwischen mir und dem Zaun.

Ich scanne das Gebiet und finde dort niemanden, also
bewege ich mich schnell mit dem Reh und Kreaturen.

Als ich aus dem Wald herauskomme, schüttet es wie
aus Eimern und prasselt heftig auf mich ein. Ich schiebe
das Reh über den schlammigen Boden, ein Zombie klammert sich noch an seinen Hals und frisst, während der
andere hinter uns her taumelt.

Die Angst pocht jetzt in mir. Die Wachen auf dem
Gelände schießen und ich befinde mich in offenem
Gelände mit ihrem Feind.

Meine Arme zittern vor Erschöpfung, aber ich ziehe
das verdammte Reh weiter über den unebenen Boden
und die Büsche. Ich drehe mich und schleppe die Mahlzeit näher an den Rand der Siedlung. Weiter hinten um
die Ecke befindet sich der Haupteingang und ich muss
eine ausreichend große Ablenkung schaffen, die die
Aufmerksamkeit auf dieses Ende der Siedlung lenkt.

Nach dem letzten Einbruch, den Mad verursacht hat,
schätze ich, dass die meisten Rudelmitglieder überemp-

findlich sind, wenn sie eine Horde Zombies in der Nähe ihres Hauses entdecken.

Wie aufs Stichwort taucht das Dutzend Monster aus dem Wald auf, also habe ich jetzt wenig Zeit zu verlieren.

Zähneknirschend kämpfe ich gegen das tote Gewicht und zwei verdammte Kreaturen, die das Reh fressen. Ich möchte schreien, halte aber meinen Mund. Diejenigen in der Meute, die hinter uns her sind, stöhnen so laut, dass es ein Getöse gibt.

Ein Schauer läuft mir über den Rücken, mein Körper zittert bei dem Gedanken, dass ich erwischt werden könnte.

Mein Rücken stößt gegen die Wand und ich werfe das Tier zu Boden. Meine Muskeln schreien vor Schmerz, meine Beine spannen sich an und ich wische mir die Hände an meiner durchnässten Hose ab. Ich wische mir den Regen aus dem Gesicht und spähe um die Ecke. Keine Bäume oder Menschen. Etwa fünfzehn Meter entfernt gibt es eine Einfahrt, die zu den Haupttoren führt. Als ich hinaufschaue, kann ich niemanden erkennen, aber ich weiß, dass die Wachen dort sind.

Knurren ertönt hinter mir und ich drehe mich um, mein Puls rast. Die anderen Zombies sind angekommen und drängen sich übereinander, um an den Kadaver zu gelangen.

Verdammt noch mal.

Zwei Schattenmonster liefern sich ein Tauziehen mit einem Teil des Rehs, das sie losgerissen haben. Ich versuche gar nicht erst, herauszufinden, um welchen Teil des Körpers sie kämpfen.

Der Instinkt setzt ein und ich stürze mich auf sie. Wie eine Verrückte schnappe ich mir den langen Knochen, der immer noch mit Fleisch und Fell bedeckt ist, und entreiße ihn den Zombies.

Sie reagieren erst langsam, doch dann stürzen sie sich wie wild auf mich. Ein Schauer läuft mir über den Rücken, wenn ich den Hunger in ihren Augen sehe, aber ich erinnere mich daran, dass sie das Essen wollen und nicht mich. Wenn das der Fall wäre, hätten sie mich schon längst angegriffen. Der Gedanke, dass ich immer noch krank bin, schießt mir durch den Sinn, aber dafür habe ich keine Zeit.

Ich drehe mich um und eile in einem weiten Bogen um die anderen herum, wobei ich ein verdammtes Rehbein mitnehme, und jetzt, wo ich auf den Huf hinunterblicke, steigt mir die Galle in die Kehle.

In dem Moment, in dem ich die Ecke des Zauns erreiche, schleudere ich das Bein so weit wie möglich Richtung Eingangstor.

Das Ding landet mit einem dumpfen Aufprall etwa zwei Meter entfernt, rollt dann noch ein Stück weiter und landet in einer kleinen Pfütze, die aufspritzt.

Untote schieben sich stöhnend an mir vorbei und schubsen mich zur Seite. Mindestens ein halbes Dutzend von ihnen nimmt den Köder auf. Ich drücke mich zurück um die Ecke und vermeide es, gesehen zu werden.

Mein Herz dröhnt in meiner Brust und ich stürme auf den Wald zu. Das ist mein Moment zu entkommen und den Hügel hinaufzugehen.

Doch weiter oben am Hang nähern sich vier große graue Wölfe. Ich erschrecke und stolpere über meine Füße, während sich mir der Magen umdreht. Es sind Ash-Wölfe, höchstwahrscheinlich Mads Suchtrupp für mich. *Fuck. Fuck. Fuck.*

Ich werfe mich auf den Boden, wo die Untoten umherstreifen, um ihre Mahlzeit zu erreichen. Die Bastarde laufen über mich, knochige Füße treten gegen meinen Rücken und Kopf. Ich zucke zusammen, als etwas in meine Seite stößt, dann stolpert ein Schattenmonster über mich. Die Sträucher um mich herum peitschen wild in der Witterung, Regen prasselt auf meinen Rücken.

In der Ferne hinter mir knallt ein Gewehrschuss. Ich schrecke zusammen. Die Wachen schalten die Zombies aus. Wie lange wird es dauern, bis sie diese Seite, auf der ich mich vor den Wölfen verstecke, untersuchen werden?

Schrecken ergreift mich und ich weiß nicht, was ich tun soll.

Meine Hand fliegt nach vorne und teilt das Grün für einen Blick. Die Wölfe rennen bereits in diese Richtung und ich zittere. Haben sie mich gesehen?

Ich zittere und das Adrenalin schießt in mich hinein. Mein Verstand schreit danach zu rennen. Verdammt, renn!

Aber ich bewege mich nicht. Nicht einen Zentimeter. Mein Gehirn läuft auf Hochtouren, Funken sprühen und jeder Nerv rastet aus. Die Gefahr ist mir nicht fremd, aber hier bin ich in die Enge getrieben, ohne Ausweg.

Peng. Peng.

Die Schüsse ertönen wieder, lauter, näher. Mit jedem Schuss zucke ich in meiner Haut.

Ich werde nicht zulassen, dass ich gefangen werde.

Als sich plötzlich ein fressender Untoter vom Reh vor mir erhebt, reagiere ich.

Ich rapple mich auf, hechte hinter die Kreatur, senke meinen Kopf, um mich zu verstecken, und fasse das zerrissene Hemd an, das es trägt. Ich bleibe dicht hinter dem verrottenden Ding, dessen Gestank von verfaulendem Fleisch mich würgen lässt.

Ich schiebe ihn zur Seite, schlurfend, um verborgen zu bleiben. Es stöhnt und stolpert auf seinen Füßen, während es gegen die Richtung kämpft, in die ich es zwinge - weg von seiner Mahlzeit in den Wald - damit ich mich vor den Wölfen verstecken kann.

Ich schaue immer wieder zur Mauer hinüber, in der Erwartung, dass die Wachen jeden Moment am Zaun auftauchen werden. Ich atme schnell, vor Angst stellen sich die Haare auf meinen Armen auf.

Als ich über die Schulter des untoten Mannes in meiner Umklammerung spähe, sehe ich die Wölfe den Hügel hinunterstürmen.

Ein Wimmern entschlüpft meiner Kehle. Ich muss in den Wald gelangen. Ein hohes Heulen dringt an meine Ohren. Es klingt nah und kommt von irgendwo hinten aus dem Lager.

Die Alarmknöpfe wurden gedrückt und meine Ablenkung hat funktioniert. Ihre Aufmerksamkeit wurde erregt, aber ich sollte nicht noch in dem Chaos gefangen sein.

Ein blendendes Licht leuchtet über dem Land auf, gefolgt von einem erderschütternden Donnergrollen. Ich erschaudere, als das Geräusch mich bis ins Mark erbeben lässt. Und als ob es nicht schon vorher stark genug geregnet hätte, reißt nun der Himmel auf und fällt unerbittlich schwer, so dass meine Sicht getrübt wird. Der Regen trommelt unaufhörlich auf die Bäume und das Gelände und prasselt wütend gegen den Metallzaun hinter mir.

Ich stoße den verdammten Zombie an, damit er sich bewegt, als er versucht, sich umzudrehen, aber ich lasse ihn nicht los. Ich stoße meine Schulter in seinen Rücken und treibe ihn in Richtung Wald, während ich mich weiter vor den Wölfen verberge und bete, dass sie mich

nicht gesehen haben. Sein Stöhnen des Protests geht im
Sturm unter, der alle Geräusche wegreißt.

Plötzlich stolpert der dumme Zombie und fällt zur
Seite, wobei er mich mitreißt. Ich schreie auf und falle.

Ich bin klatschnass und die Wölfe sind fast über mir,
sie springen den Hügel hinunter, einer von ihnen rutscht
aus und kracht gegen einen Baum. Ich würde gerne
lachen, aber ich bin zu sehr damit beschäftigt, nicht zu
sterben. Ich klettere auf meine Füße und springe die
letzten paar Schritte nach rechts in den Wald, als eine
Wand aus Schattenmonstern auftaucht. Es sind Dutzende
von ihnen, die direkt auf das tote Reh zusteuern, einige
taumeln bereits dorthin, wo ich das Bein hingeworfen
habe. Sie stürmen auf mich zu und drängen mich
zunächst zurück.

Verdammt! Ich stürze mich in die Masse, kämpfe gegen
ihr Drängeln und ihre Schultern, die gegen mich prallen,
und gegen ihre Fußtritte. Ich stemme mich gegen sie und
bahne mir einen Weg zur Flucht.

Ich stolpere in den Wald, aus dem weitere auftauchen,
und ich möchte sie küssen, weil sie mir gerade den Arsch
gerettet haben.

Na gut, das ist ein bisschen viel. Ich werde niemals
meine Lippen auf diese ekelhaften Dinger legen. Ich
befreie mich aus dem Gewirr von fauligen Körpern, die
sich an mir vorbeidrängen und stoßen, und suche nach
den Wölfen.

Knurren grollt irgendwo in der Ferne. Ich bahne mir
einen Weg aus dem Wald den Hügel hinauf. Der Hintereingang der Siedlung ist mein Ziel.

Ein markerschütternder Schrei durchbricht die Stille,
und ich zittere, trete fehl.

Ich gehe weiter den Hügel hinauf, kann aber nicht

aufhören, nach hinten zu schauen, wo ein Wolf von den Kreaturen verschlungen wird, während sich die drei anderen Wölfe auf die Monster stürzen.

Peng. Peng.

Die Schüsse setzen wieder ein und der Krieg, den ich entfesselt habe, läuft auf Hochtouren.

Ich kann an nichts anderes denken, als diese Zeit zu nutzen, um in das Gelände zu gelangen. Ich habe ein Ablenkungsmanöver geplant, und verdammt, ich habe einen höllischen Aufruhr verursacht.

Als ich den Hügel hinauflaufe, schmerzen meine Oberschenkel und meine Lunge. Ich halte mich an tief-hängenden Ästen fest, um mich über die steileren Abschnitte hochzuziehen. Meine Füße rutschen mir immer wieder weg und mein Herz schlägt, als würde es aus meinem Brustkorb springen wollen.

Ich schaue zurück und erhasche einen kurzen Blick auf den Kampf, aber ob die Wölfe überlebt haben, ist schwer zu sagen.

Weiter hinter mir sind drei oder vier Schattenmonster, die mir folgen ... schwer zu sagen, wie viele es in Wahrheit sind, bei den Schatten und dem Regen. Aber sie bewegen sich nicht zielgerichtet auf mich zu, was mich vermuten lässt, dass sie verwirrt sind. Der Regen wäscht Gerüche einfach weg, denke ich.

Der Kampf wird im Hintergrund immer lauter, während ich mich zügig zum hinteren Teil des Geländes begebe.

Ich halte für einen Moment an und beruhige mein rasendes Herz, während ich zittrig einatme.

Der Donner kracht über mir, die Bäume peitschen in alle Richtungen um mich herum, der Wind drückt gegen mich, als ich endlich aus dem Wald auf eine Lichtung im hinteren Teil der Siedlung trete. Ich schnaufe und keuche. Ich brauche ein paar Sekunden, um mich zu beruhigen, sonst wird es unmöglich sein, mit dem Wächter zu sprechen, wenn ich versuche, ihn davon zu überzeugen, mich hineinzulassen.

Die mentalen Bilder meiner drei Wölfe, die verletzt und an der Schwelle des Todes stehen, treiben mich an, weiterzugehen. Ein Schauer läuft mir über den Rücken, während mir die Galle in der Kehle hochsteigt, dass ich einen von ihnen verlieren könnte. Ich möchte fast darüber lachen, wie einfach ich sie „meine Wölfe" nenne, wo es doch noch so viel gibt, was ich über sie lernen möchte.

Aber das wird sicher auch nicht passieren, wenn ich von ihnen träume.

Ich renne am Zaun entlang, um irgendeinen Schutz vor dem tobenden Wetter zu haben, das mir entgegenschlägt. Drei Meter entfernt kommt das schmale Tor in Sicht, und als ich aufschaue, ist der Wächter von vorhin verschwunden.

So ein Mist. Ich fahre mir mit der Hand über das Gesicht, aber es ist nutzlos, denn noch immer regnet es in Strömen. Trotzdem kann ich nicht damit aufhören.

Herumzustehen wird mir nicht helfen, das hier schnell zu erledigen.

Ich eile zum Tor, mein Blick wandert immer weiter am Zaun entlang, für den Fall, dass eine Wache auftaucht und mich mit einem Untoten verwechselt. Panik macht jeden schießwütig.

Das Tor ist aus massivem Metall ohne Fenster und ich klopfe dagegen und komme mir sofort dumm vor. Ich bezweifle, dass es jemand hören kann, also rufe ich: "Hallo!?"

Wieder nichts.

Sind die Wachen alle auf die andere Seite gegangen? Was doch gut ist, oder? Also drücke ich auf die Klinke der Tür, die sich natürlich nicht öffnet. Verzweifelt schaue ich mich nach einer Lösung um, nach irgendetwas, als ich einen langen herabgefallenen Ast finde, der so dick wie mein Bein ist.

Als ich wieder nach oben schaue, sehe ich, dass es immer noch keine Wachen an den Steinpfosten entlang des Metallzauns gibt.

Verzweifelt stürze ich mich auf den Ast und zerre ihn näher heran. Es gibt eine hölzerne Plattform über dem Toreingang, wo ich vorhin die Soldaten Wache stehen sah, also muss ich dort hinauf.

Mit zitternden Armen hebe ich ein Ende meiner neuen Leiter an und trage sie näher, dann lasse ich sie an die Wand fallen. Sie kommt ungefähr auf Brusthöhe. Sie muss höher sein, also lasse ich sie dort stehen und eile zum anderen Ende.

Vielleicht zerre ich mir dabei einen Muskel, aber das ist mir im Moment egal. Ich hocke mich hin, hebe den dicken Ast an und schiebe ihn vorwärts. Die Spitze rutscht an der Wand empor, bis sie auf die Lippe des Zauns auf der anderen Seite trifft. Regen prasselt herab, abgerissenes Laub fliegt um mich herum, und das Holz ist verdammt unsicher. Aber ich muss es schaffen.

Als ich mich umschaue, finde ich mehrere Felsen in der Größe eines zusammengekauerten Fuchses und hebe einen auf. Ich lege ihn an die Basis des Astes, um ihn zu verkeilen, und habe etwas Bammel vor meiner Konstruktion.

Aber das Holz ist dick genug und verdammt schwer, also setze ich meinen Fuß darauf und hüpfe ein wenig darauf herum. Plötzlich rutscht die Spitze durch den Druck zur Seite und macht ein kratzendes Geräusch am Metall. Verdammt, das wird kläglich scheitern. Ich trete zurück, atme tief ein, schüttle meine Arme und renne einfach los. Nicht zu viel nachdenken.

Mein erster Schritt ist solide, meine Balance gut und mache meinen halsbrecherischen Aufstieg mit beiden Armen zur Seite gestreckt.

Plötzlich kippt der Ast unter mir weg und ich rutsche seitwärts weg. Ich schlucke meinen Schrei hinunter, als sich mein Magen aufbäumt und ich mit der Hüfte und der Schulter hart auf dem Boden aufschlage. Schlammiges Wasser bespritzt mich und ich stöhne auf wegen des dumpfen Schmerzes, der meinen Rücken hinunter pulsiert.

So eine Scheiße.

Als ich wieder aufstehe, betrachte ich den Ast, der sich dort verkeilt hat, wo die Tür und der Rahmen ineinander übergehen. Wenigstens hält er an seinem Platz. Ich versuche es wieder und wieder, und beim vierten Mal, geprellt und ramponiert vom Sturz, bin ich außer mir vor Wut, dass dieses verdammte Ding nicht funktioniert.

Ich stürze mich noch einmal darauf und erreiche die Hälfte der Höhe, weiter als ich es zuvor geschafft habe, als sich der Ast durch mein Gewicht zu biegen beginnt. Adrenalingetrieben werfe ich mich bei meinem nächsten Schritt nach vorne und schnappe wütend nach der Spitze des Zauns. Nach Luft schnappend baumle ich für einige Momente von dort.

Mein ganzer Körper zittert, die Muskeln schreien vor Schmerz.

Ich muss über das verdammte Ding kommen, ich muss einfach. Ich stemme ein Bein gegen den Ast und

drücke mich hoch. Dann werfe ich das andere Bein über
die Spitze des hohen Zauns, ziehe meinen Körper ange-
strengt hinterher, mein Herz klopft vor Anstrengung. Ich
rolle auf die hölzerne Plattform und bleibe für zwei
Sekunden liegen, um einfach nur zu atmen, weil ich nicht
glauben kann, dass ich es geschafft habe. Ich möchte über
die Verrücktheit lachen, die ich gerade durchgemacht
habe, aber das muss warten.

Als ich wieder aufstehe, stelle ich fest, dass ich definitiv alleine bin. Endlich läuft etwas richtig für mich.

Mehrere Heuler kommen von weiter weg und von
meinem Aussichtspunkt über den Baumwipfeln kommt
das ganze Gebiet in Sicht. Das Land, das zu der schloss-
ähnlichen Struktur abfällt, die Rudelmitglieder, die zum
Eingangstor hinunterlaufen, die Häuser, in denen Rudelmitglieder leben.

Schnell eile ich zu der hölzernen Leiter, die an der
Plattform lehnt und husche hinunter. Unten angekommen, suche ich nach jemandem, aber es ist still.

Also schlüpfe ich direkt in die Baumgruppe und
sprinte zum Schloss, meine Füße patschen bei jedem
eiligen Schritt auf den nassen Boden.

Rechts von mir bewegt sich etwas, und ohne zu
zögern, tauche ich hinter einen Baum und schaue hinaus.
Ein Mann marschiert zu dem hinteren Tor, über das ich
gerade geklettert bin. Der Adrenalinspiegel steigt
schneller und mein Gehirn feuert panisch Gedanken ab
wie eine Schrotflinte. Dass ich erwischt werde, dass ich
den Tod meiner Alphas herbeiführe, dass dies der falsche
Schritt war.

Ich warte. *Beruhige dich einfach. Ich habe das im Griff.*

Meine Haut fühlt sich an, als würde sie in Flammen
stehen, auch wenn der Regen auf mich einprasselt. Ich

zittere wie Espenlaub, als ich von meinem Versteck aus nach draußen blicke, wo die Gestalt irgendwo in der Nähe des hinteren Zauns verschwindet.

Dann schlägt mir die Realität in den Bauch. Der Ast, den ich benutzt habe, um über den Zaun zu klettern! *Shit!* Der lehnt noch an der Tür. *Idiotin!*

Der Schrecken scheint in jeder Zelle meines Körpers anzuschwellen, als das Grauen mich packt. Also tue ich das Einzige, was ich kann ... ich sprinte zum Haus der Alphas.

Der Wald verschwimmt hinter mir und ich folge dem Weg, den Lucien mir gezeigt hat, als er und ich das letzte Mal hier oben waren. Wir hatten Sex, wohlgemerkt in der Öffentlichkeit, und es war lächerlich verlockend. Ein Moment, der sich für immer in mein Gedächtnis einge- prägt hat. Eines der vielen Male, in denen Lucien mich dazu brachte, mich in ihn zu verlieben, und zwar so sehr. Wenn ich nur an ihn denke, krampft sich mein Herz zusammen. Und das ist der Grund, warum ich renne und ihn und die anderen retten muss, bevor es zu spät ist.

Als ich den Seiteneingang des Schlosses erreiche, drücke ich mich mit dem Rücken an die Steinmauer und schaue verzweifelt in alle Richtungen. In diesem Moment stürmt jemand aus dem Eingang und schaut in die entge- gengesetzte Richtung, ohne mich zu bemerken. Er sprintet in Richtung Eingangstor.

Ich klebe wie versteinert an der Wand, in der Befürch- tung, dass er sich umdreht, aber er tut es nicht und verschwindet um das Gebäude herum.

Schüsse ertönen in der Luft, einer nach dem anderen. Jemand ruft; andere schreien. Das müssen die Wachen sein.

Ein Glockenton ertönt aus der Richtung des hinteren

Zauns. Ich erschaudere. Die Wache muss meinen Ast
entdeckt haben. Na, das hat ja nicht lange gedauert.

Schnell schlüpfe ich in das Gebäude und bete aus
tiefstem Herzen, dass ich mit niemandem zusammen-
stoße. Ich erinnere mich, dass jemand Gefängnisse in
diesem Gebäude erwähnt hat und von dem, was ich
gelesen habe, befinden sich die Zellen immer im Keller
der Schlösser.

Ich habe keine Zeit zu verlieren und eile einen
ruhigen Korridor mit dunklen Steinwänden und
flackernden Fackeln an den Wänden hinunter. Der Wind
heult hier drinnen wild, meine Haut ist plötzlich eiskalt.
Ich steuere auf die große Treppe zu, die in dieser Festung
in den Untergrund führt. Mein Kopf schwirrt vor lauter
Zweifeln, dass jeder Schritt, den ich mache, falsch sein
und mir zum Verhängnis werden könnte.

Stimmen kommen von da vorne und ich erschaudere.
Erschrocken stürze ich mich auf die erste Tür, die ich
finde, und stoße sie auf. Ich stürze hinein, mein Puls
pocht in meinen Ohren. Es ist jemandes Kammer, dem
unordentlichen Bett und dem Tisch mit einem Krug und
Tassen nach zu urteilen. Ich entdecke auch eine Klinge in
einer Scheide an einem Gürtel, also sprinte ich hinüber
und schnappe mir die Waffe, nur für den Fall.

Zurück am Eingang drücke ich mein Ohr an die
Holztür und lausche, während ich mir den Gürtel um die
Hüfte lege, die Klinge an meiner Hüfte. Er ist sehr groß
und selbst im letzten Gürtelloch gibt es ein wenig Spiel-
raum, aber es muss reichen. In diesen wenigen
Momenten versuche ich, meinen rasenden Puls zu beruhigen. Ich bin die ganze Zeit gerannt und könnte
ohnmächtig werden. Ich erinnere mich selbst daran, dass
ich mir keine Fehler leisten kann.

Laute Schritte ziehen vorbei, als würde derjenige, der da draußen ist, rennen und ich verlasse den Raum erst, wenn ich mir sicher bin, dass sie definitiv weg sind.

Als ich in den Korridor trete, lasse ich meinen Blick nach links und rechts schweifen und da niemand da ist, bewege ich mich eilig zum Treppenhaus, das weiter vorne liegt. Die Haare in meinem Nacken stellen sich auf und mein Gehirn läuft auf Hochtouren.

Ich eile die Treppe hinunter und komme an einer Tür an. Die Treppe macht einen Bogen und führt weiter nach unten. Ist das der Keller? Denn es riecht streng genug, dass es das sein könnte. Und was ist dann im nächsten Stockwerk? Ich kaue auf meiner Unterlippe, nachdenklich, was ich tun soll, aber ich lasse mich zur Tür treiben und lausche auf irgendwelche Geräusche.

Leise öffne ich sie, und vor mir befinden sich eine Reihe von Gefängniszellen. Beide sind leer, also stecke ich meinen Kopf hinein, um den Rest des Raumes zu überprüfen.

"Was machst du hier?", schnappt eine Männerstimme hinter mir.

Ich zucke herum, meine Nerven liegen blank.

Ein riesiger Wachmann mit nassen Haaren und Klamotten, die an ihm kleben, als wäre er gerade von draußen hereingelaufen, donnert die Stufen zu mir hinunter. Er hat eine Hakennase und ich habe ihn inmitten der Wölfe gesehen, die mit Mad im Wald kämpfen. Verdammt, warum musste es ausgerechnet er sein?

Seine Augen werden groß, als er mich wirklich sieht ... mich erkennt.

Zitternd stolpere ich rückwärts in die nächste Zelle, stolpere über meine Füße und falle hin. Ich rutsche auf meinem Hintern zurück, als er direkt auf mich zu marschiert, die Hände zu Fäusten geballt, sein Kiefer krampfhaft.

"Meira", ruft mir eine vertraute Stimme aus dem Raum zu und ich schwenke meinen Kopf nach links und sehe Lucien und Bardhyl in der Zelle am Ende der Reihe. Sie halten sich an den Metallstäben fest und scheinen genauso geschockt zu sein, wie ich es bin. Verdammt, sie sind hier drin!

Ich beeile mich, aufzustehen, als der Handrücken der Wache mit meinem Gesicht kollidiert. Der Schmerz explodiert in meiner Wange und ich taumle, mein Rücken knallt auf den Boden. Ich schreie vor Schmerz auf und halte mir die Seite meines Gesichts.

"Ich hab dich, du kleine Schlampe!", knurrt er.

5

Dušan

Ich schließe die Augen, den Rücken an die eiskalte Wand gelehnt, und ertrinke in Wut. Ich drehe mich, falle so verdammt schnell, dass ich die Kontrolle verliere.

Meira.

Sie schwebt in meinen Gedanken, während ich zwischen panischen Gedanken und brennender blinder Wut auf Mad hin und her gleite.

Ich habe ihm immer alles gegeben, ihn zu meinem Stellvertreter gemacht, ihm freien Lauf in meinem Rudel gelassen. Aber es war nicht genug für den gierigen Mistkerl.

Ich nahm an, dass ich mit seinen Forderungen und Ausbrüchen gut umgehen konnte, aber ich gab ihm immer noch genug Nachsicht, damit er sich nicht weniger wichtig fühlte. Das Rudel der Ash-Wölfe stammte von seinem Vater und ich beanspruchte es, indem ich fast bis zum Tod kämpfte, um meinen Anspruch vor anderen Alphas abzustecken. Mad hat nie geholfen und ist immer vor der Gefahr geflohen.

Er ist feige, ein verängstigtes Arschloch, das sich lieber zurücklehnt, als im Sinne der Wölfe zu kämpfen. Stattdessen manipuliert und stiehlt er.

Ein Nerv pulsiert jedes Mal in meinem Nacken, wenn ich an jeden Vorfall denke, wo die Hinweise direkt in meinem verdammten Gesicht waren, aber ich habe immer wieder darüber hinweggesehen, weil ich ihn als Familie betrachtete.

Ich hatte Mitleid mit dem Idioten, erinnerte mich an die Scheiße, die wir beide als Kinder durchgemacht haben, wie ich ihn gedeckt habe, damit ich die Schläge von meinem Stiefvater bekam, nicht er.

Vielleicht ist das das Problem. Ich habe ihn so lange beschützt, dass er selbstgefällig, arrogant und gierig geworden ist.

Er hat keinen verdammten Respekt vor allem, was ich für ihn oder für das Rudel getan habe, und sieht nur seine eigenen egoistischen Wünsche.

So dumm werde ich nicht noch einmal sein.

Ein Stöhnen ertönt von da vorne und ich öffne meine Augen und sehe die Wache, die an der Wand vor meiner Zelle lehnt und den Auftrag hat, auf mich aufzupassen. Wahrscheinlich für den Fall, dass Meira ihren Weg zu mir findet, worüber ich lachen möchte. Sie weiß nicht einmal, dass wir Kerker im Keller haben und ich hoffe, dass sie klug genug ist, sich von diesem Ort fernzuhalten.

Ich stehe auf und strecke meinen Rücken, um seine Aufmerksamkeit zu erlangen.

Nico beobachtet mich, und ich kenne ihn gut, deshalb

sitzt es wie Stacheldraht in meinem Bauch, wenn er mich so verrät.

"Ich habe dich vor Jahren gerettet." Ich stöhne, dann räuspere ich mich.

"Das hast du", antwortet er, seine Stimme ist fest, als wäre er bereit für dieses Gespräch.

"Und doch brichst du so leicht deine Loyalität und wechselst die Zugehörigkeit."

Sein Mund verzieht sich und er verschränkt die Arme vor der Brust. "Es geht ums Überleben, Dušan, das weißt du am besten. Das ist der Grund, warum du unser Rudelheim gegründet hast. Aber die Zeiten ändern sich, und es ist keine Schande, zuzugeben, dass deine Art und Weise nicht dafür sorgen wird, dass wir sicher bleiben. Wir leben umgeben von verdammten Zombies." Seine Stimme wird lauter, seine Arme fallen an seine Seite.

"Was hat Mad dir versprochen? Immunität vor den Untoten? Er irrt sich. So etwas gibt es nicht. Wir alle tragen das Virus bereits in unseren Adern. Wenn wir sterben, werden wir zu einem von ihnen. Wir werden von einem Zombie gebissen und wir sind die Untoten. Er macht nur leere Versprechungen. Das Serum, das er von unseren Partnerrudeln gestohlen hat, ist für die X-Clan-Rasse der Wölfe gemacht, und es wird bei uns nicht funktionieren." Ich atme scharf ein. "Seine Aktion könnte dieses Rudel vor unsere Haustür bringen, um uns zu vernichten. Jetzt hast du also zwei Feinde vor deinem Haus." Ich lüge teilweise, denn ich habe Ander das Serum versprochen, das Mad gestohlen hat, und ich habe vor, mein Versprechen zu halten, auch wenn ich es aus Mads kalten, toten Händen herausreißen muss.

Seine Nasenlöcher blähen sich und er knurrt. "Die Schlampe ist immun. Jeder hat gesehen, wie sie unversehrt durch die Masse der Zombies gelaufen ist. Sie gehört nicht zum X-Clan. Mad hat uns erzählt, wie du sie für dich behalten wolltest, um dich selbst zu schützen, während du uns in Angst leben lässt, also sind wir dir gefolgt."

Ich koche vor Wut. "Eine verdammte Lüge."

"Er hat jedem, der ihm Loyalität gezeigt hat, versprochen, dass er das Gegengift bekommt, sobald er sie gefangen hat. Wir alle leben in Angst, besonders nachdem sie so einfach durch den Zaun in das Gelände eingebrochen sind. Wenn du klug wärst, würdest du aufhören, gegen deinen Bruder zu kämpfen und ihm helfen, das Heilmittel für uns alle zu finden."

"Da liegst du falsch", antworte ich mit einem Knurren in der Stimme. "Meira ist krank und liegt im Sterben und deshalb lassen die Untoten sie in Ruhe. Nicht, weil sie ein Heilmittel ist." Ich muss zu ihm durchdringen, damit er die Wahrheit sieht. Die Zukunft meines ganzen Rudels steht auf dem Spiel.

Nico blinzelt mich an, denkt über meine Worte nach, und dafür ist es auch höchste Zeit. "Sie ist also immun, was bedeutet, dass etwas in ihrem Blut oder ihrer Krankheit den Schlüssel für uns alle enthalten könnte. Warum kannst du das nicht sehen und etwas tun, um uns allen zu helfen, anstatt darauf zu beharren, dass es keinen Weg gibt, uns zu helfen? Das ist der Grund, warum so viele Mad Loyalität geschworen haben." Sein Gesicht verzerrt sich vor Abscheu.

"So funktioniert das nicht. Denk mal nach. Unsere Wölfe heilen alle Krankheiten, und sie ist halb Mensch, halb Wolf. Was bei ihr wirkt, wird in unserem Blutsystem abgetötet."

Er schnaubt und wendet sich ab, weigert sich, die Wahrheit zu hören.

Meine Hände ballen sich zu Fäusten, meine Nägel graben sich in meine Handfläche, bis es so sehr schmerzt, dass ich nicht mehr denken kann. Ich brenne vor Wut darüber, wie Mad alles geplant hat, um mich zu untergraben, all diese Wochen, vielleicht Monate zuvor. Und diese Narren ... *Fuck!* Sie sind alle verängstigt, was die ganze Zeit Mads Absicht war. Das Rudel mit seinen falschen Versprechungen unterwürfig zu machen. Das Traurige ist, dass er glaubt, dass Meira das Heilmittel ist. Verwandlungen beseitigen alle menschlichen Krankheiten, wenn Mad also entdeckt, dass Meira selbst nicht mehr immun gegen die Zombies ist ...

Dann ist die Kacke wohl mächtig am Dampfen, nicht wahr?

Bardhyl

*M*eiras Schreie schneiden mich wie Glasscherben.

"Lasst sie verdammt noch mal in Ruhe", brülle ich aus der Zelle, in der ich mit Lucien eingesperrt bin. Meine Fingerknöchel sind weiß davon, wie fest ich die Metallstangen erwürge.

Lucien rüttelt vor Wut an der Tür.

Meine Augen sind auf Meira gerichtet. Immer auf Meira.

Sie schreit und tritt und kratzt den Rohling, der es wagt, Hand an sie zu legen. Ich zittere, mein Wolf strömt durch mich hindurch, meine Haut kribbelt von der Veränderung.

In meinen Gedanken reiße ich ihm bereits die Kehle heraus. Ich schiebe den Hunger meines Wolfes oft zurück, versuche, ihn zu zähmen, bevor ich alle Kontrolle verliere.

Aber jetzt nicht mehr ... Mein Herz hämmert, die Fäuste an meiner Seite.

"Bardhyl, ich brauche deine Hilfe, um diese verdammte Tür zu öffnen."

Ich wende meinen Blick in Luciens Richtung, während er seinen Stiefel gegen das untere Scharnier unseres Gefängnisses kickt.

Die Wache wendet sich knurrend in unsere Richtung, als Meira auf seinen Rücken springt und ihm eine Faust an den Kopf knallt.

Der verdammte Rohling schwingt sich herum und wirft sie mit Leichtigkeit ab.

Ihr Schrei, als sie auf dem Boden aufschlägt, brennt in mir wie ätzende Säure. Sie gehört mir ... meine Gefährtin, und ich bin wütend und will den Wächter töten, weil er sich unserem Alpha widersetzt hat, weil er uns in einen Hinterhalt gelockt hat, aber vor allem will ich ihm den Kopf abreißen, weil er es gewagt hat, das anzufassen, was mir gehört.

"Komm verdammt noch mal hierher!", schreit Lucien und ich marschiere zur Tür, während er sich zurückzieht.

Ich trete meinen Absatz mit all meiner Kraft gegen das untere Scharnier. Die Tür erzittert, das metallische Ächzen hallt durch den Raum.

Ich gebe nicht nach, fühle nichts als Wahnsinn in meinen Adern.

Meira befindet sich in den Klauen des Bastards. Er hält sie an ihrer Kehle fest und hebt sie von den Füßen.

Lucien schreit die beiden an und ich kann meinen Wolf kaum zurückhalten, nur dass es keinen Sinn hat, ihn freizulassen, bevor ich aus dieser Zelle heraus bin. Je mehr ich sehe, wie sie leidet, desto mehr dreht sich mein Kopf und ich zerbreche innerlich. Es bringt mich um, ihre Schreie zu hören und nichts zu tun.

Immer wieder trete ich mit dem Absatz gegen das Scharnier, bis es schließlich ein lautes metallisches Knacken von sich gibt.

"Beende es", befiehlt Lucien.

Ich trete wütend zu, die Hände zu Fäusten geballt und ein Knurren in der Kehle, während ich alles in diesen Stoß lege.

Metall verzieht sich, die untere Hälfte der Tür in der Nähe des Scharniers knickt ein und bricht von der Stange ab.

Lucien macht einen Satz nach vorne, stößt mit der Schulter gegen die Tür, so dass sie sich wegdrückt und sich ein kleiner Spalt öffnet. Ich bin sofort zur Stelle und schiebe meine Hände in die Seite der Tür und drücke mit aller Kraft. Gemeinsam biegen wir die Stange gerade so weit nach oben, dass wir entkommen können.

Das ist alles, was wir verdammt noch mal brauchen.

Lucien gleitet zuerst aus der Gefängniszelle.

Doch bevor er das Metall zurückziehen kann, taucht plötzlich der Wärter auf. Er wirft Lucien mit voller Wucht auf den Boden. Ich habe nicht einmal gesehen, wie er in unsere Richtung gestürmt ist, so sehr war ich damit beschäftigt, mich zu befreien. Lucien tritt ihm in den Bauch, rappelt sich wieder auf und stürzt sich auf den Bastard.

Mein Blick schwenkt zu Meira, die zusammengekrümmt auf dem Boden liegt, Blut auf ihrem Gesicht, ihrer Nase und ihrem Kiefer. Auf dem Boden neben ihr liegt eine Klinge, und mein Herz schlägt mir bis zum Hals.

Hat das Arschloch sie erstochen?

Wut überkommt mich, und ich stoße meine Schulter in die verbogene Tür und drücke mich heraus, befreie mich. Mein Wolf bricht aus mir heraus, als ich den Nacken des Wächters packe, ihn von Lucien wegziehe und ihn gegen die Wand schleudere.

Ich brülle, mein Körper pulsiert, schmerzt, brennt durch die Veränderung. Die Kleidung reißt mir vom Leib und fällt in Fetzen herunter. Es dauert nur Sekunden und ich bin auf allen Vieren, bedeckt mit weißem Fell, und stürze mich auf den Mann. Sein Kopf dreht sich um, um mich angreifen zu sehen.

Sein Mund öffnet sich zu einem stummen Schrei und seine Angst färbt die Luft. Er hat zu lange gekämpft, um sich zu verwandeln. Zu spät.

Mein Wolf ist genau da und stupst mich an, während die Ränder meiner Vision in blendender Wut verschwimmen. Alles, was ich sehen kann, ist rot, und dieser Scheißkerl wird dafür bezahlen.

Meira

Ein quälendes Stechen flackert an der Seite meines Gesichts auf. Ich stöhne auf, blinzle mit dem Auge, wo ich getroffen wurde, und zwinge mich, aufrecht zu sitzen.

Die Gefängniszellen umgeben mich, Metallgitter, ein schrecklicher Gestank. Aber meine Aufmerksamkeit schwenkt auf die Explosion von Knurren, Blut und Schreien am anderen Ende des Raumes.

Ich brauche einige Sekunden, um meine Sicht zu klären und herauszufinden, was um alles in der Welt hier los ist.

Weißes Fell und die Wache am Boden, die keine Chance hat, während Lucien sich ihm in den Weg stellt, um sicherzustellen, dass das Arschloch nicht abhaut.

Das Knurren, die Rufe prallen von den Wänden ab, und als ich mich auf die Füße drücke, kippt der Raum.

Dann stürmt Bardhyl in seiner Tiergestalt los. Die Wache schreit auf und ich wende mich ab, weil ich diesen Angriff nicht sehen will. Er verdient es, zu bezahlen, aber in diesem Moment, nach den Schlägen, die ich einstecken musste, durchspült mich Übelkeit. Ich muss mich zusammenreißen, um mich nicht zu übergeben. Mir tut alles weh, weil dieses Arschloch mich als Sandsack benutzt hat.

Ich halte mich an den Metallstäben fest und atme tief durch, während das wilde Knurren, Reißen und Brüllen meine Ohren überflutet.

"Hey, Hübsche, ich hab dich." Lucien ist an meiner Seite, seine Arme schlingen sich um mich und ich drehe mich zu ihm um. Wir sind aneinandergepresst und ich kralle mich in sein Hemd, brauche seine Nähe, brauche ihn.

"Ich habe dich vermisst", murmle ich und blicke dann zu dem blutigen Angriff hinüber, der in wenigen Sekunden vorbei sein wird. Ich hatte gesehen, wie Bardhyl in den Wäldern gekämpft hatte, erinnerte mich an das, was mir über seinen wilden Wolf erzählt worden war. Also bezweifle ich, dass diese eine Wache eine Chance gegen ihn hat.

Luciens Hand gleitet unter mein Kinn und dreht meinen Kopf zu ihm. "Konzentriere dich auf mich, meine Schöne." Er beugt sich vor und stiehlt mir einen zarten Kuss. Er ist kurz und mit geschlossenem Mund, aber das Feuer, das er in mir entfacht, weckt einen Sturm der Gefühle. Sehnsucht. Kummer. Zorn. Und die Verzweiflung, das, was mir gehört, nie wieder zu verlieren.

"Ich war mir nicht sicher, ob ich dich wiedersehen würde", flüstert er gegen meine Lippen. "Es hätte mich umgebracht."

Seine Worte bohren sich mitten in mein Herz. Er spiegelt genau meine Gefühle wider und so lächerlich es auch klingt, Tränen treten mir in die Augen. Da ist ein Arschloch, dem die Scheiße aus dem Leib geprügelt wird, und ich ertrinke in der Angst, meine Gefährten zu verlieren. Ich habe mir nicht ein einziges Mal vorgestellt, dass das Finden meines Seelenverwandten mit einer grausamen Qual einhergeht, wenn ich sie verliere.

Alles, woran ich denken kann, ist der Tod von Luciens erster Seelenverwandten, und ich kann nicht einmal ansatzweise verstehen, wie er einen solchen Verlust überlebt hat.

"Denkst du wirklich, ich würde mich von Mad unterkriegen lassen?", antworte ich, während ich mich an Luciens Brust drücke, sein Herz hämmert in meinem Ohr. Ich will nicht, dass er die Tränen sieht oder wie leicht ich deswegen zusammenbreche. Er hält mich fest im Arm und küsst meinen Scheitel.

Mama hat mir immer gesagt, dass das Leben hart ist. *„Erwarte nicht, dass irgendetwas einfach ist. Du hast niemanden, auf den du zählen kannst, außer dich selbst.'* Und diese Worte haben mich so lange am Leben gehalten. Ich bin überzeugt, dass sie der einzige Grund sind, warum ich so lange in den Wäldern überlebt habe. Sie halfen, die Dunkelheit in den härtesten Zeiten zu betäuben, als ich glaubte, ich würde verrückt werden.

Ich war damals echt am Arsch. Rückblickend ist es so klar. Aber damals war es der einzige Weg, mit diesem beschissenen Leben klarzukommen. Vielleicht bin ich weicher geworden, seit ich in Dušans Rudel gekommen bin, oder ich habe einen neuen Grund gefunden, um mein Leben zu kämpfen. Genauer gesagt drei Gründe.

Ich habe nach einem Sinn im Leben gesucht, und das überwältigende Gefühl, das mich überfällt, wenn ich daran denke, wie viel mir meine Seelenverwandten bedeuten, ist seltsam. Obwohl ich die Wahrheit kenne. Ich gehöre endlich irgendwo hin ... zu jemandem.

"Bardhyl, beende es", befiehlt Lucien plötzlich, dann senkt er seine Hand auf meine Wange und sein Daumen wischt meine Tränen weg.

Er sagt nichts, hält mich einfach nur fest. Ich blicke auf und schaue in diese spektakulären stahlgrauen Augen, das Lächeln auf seinen Lippen, und die Worte purzeln mir über die Lippen. "Ich glaube, ich liebe dich."

In dem Moment, als sie raus sind, erhitzen sich meine Wangen. Was ist nur los mit mir? Ist dies der richtige Ort, um jemanden solche Gefühle zu gestehen? In einem Gefängnis?

"Baby Girl." Er atmet schwer, sein Lächeln ist ansteckend und in jeder Hinsicht fesselnd. "Du bist alles für mich. Mein Leben. Meine Zukunft. Meine Sonne. Ich liebe dich auch."

Sein Kuss kommt schnell und überzieht mich mit einer Gänsehaut. Mehr als alles andere möchte ich zur Abwechslung mal weg von der Gefahr sein. So lange bin ich vor allem und jedem geflohen.

Und jetzt, zum ersten Mal, bin ich das nicht mehr. Ein gutturales Knurren lässt uns auseinanderziehen und wir blicken beide durch den Raum.

Der Wächter wimmert und rollt sich zusammen, blutend und zerschlagen. Es überrascht mich, dass er noch lebt. Bardhyl steht in Wolfsgestalt neben ihm. Er sieht uns an, ein schadenfroher Ausdruck huscht durch seine Augen, gerade als er sein Hinterbein über den Mann hebt und ihn anpinkelt.

"Verdammt noch mal, Bardhyl!" Lucien wendet sich von ihm ab und schüttelt den Kopf.

Ich lache, aber mein Kiefer schmerzt an der Stelle, an der ich geschlagen wurde. Eigentlich möchte ich vor Aufregung schreien. Endlich habe ich Lucien und Bardhyl gefunden.

"Wo haben sie Dušan hingebracht?", frage ich.

"Wir wissen es nicht. Er war nicht bei uns, als wir hier reingebracht wurden." Luciens Arm um meine Taille zieht mich näher an ihn, als hätte er Angst, dass ich mich zu weit von ihm entfernen könnte.

Bardhyl trottet heran und stupst seinen Kopf in meine Seite. Ich strecke einen Arm aus, lege ihn in den Nacken und ziehe ihn zu mir. Er schmiegt sich heiß an mich, sein Fell ist mit Blut besspritzt.

Lucien zieht sich zuerst zurück und unterbricht unsere Umarmung. So sehr ich auch protestieren möchte, ich weiß, dass wir in Gefahr sind, je länger wir hierbleiben. "Wir müssen jetzt gehen", sagt er.

Die Zeit mit ihnen ist immer zu kurz und mein Bauch kribbelt vor Sorge. "Wir müssen zuerst Dušan finden."

"Im unteren Kerker. Ich wette, dieser Wichser Mad hat ihn da reingeschmissen." Lucien nimmt meine Hand und führt mich zur Tür, Bardhyl ist direkt hinter mir, und ich werfe einen letzten Blick auf die Wache am Ende des Raumes. Er ist an die Wand gelehnt und gibt keinen Laut von sich, aber seine riesigen Augen starren uns an, sein leerer Blick ist eindringlich und verängstigt.

Bardhyl hat ihn absichtlich am Leben gelassen, denn er glaubte wohl, dass dieser Mann seinen Fehler, Dušan verraten zu haben, aufrichtig bereuen könnte. Angst macht Menschen verzweifelt, und dann geht die Scheiße schief. Aber jeder baut mal Scheiße. Ich habe alle Alphas so lange falsch eingeschätzt, während Bardhyl mit den Qualen an die Gedanken derjenigen lebt, die er in seiner Heimatstadt in Dänemark getötet hat.

Ich werfe einen Blick zurück auf meinen Wikinger-Kameraden, der immer noch in Wolfsgestalt ist und mir dicht auf den Fersen folgt, und während jeder ihn als furchterregenden Krieger sehen mag, sehe ich jemand anderen.

Jemanden, der vielleicht versucht, für seine vergangenen Fehler zu büßen.

Wir alle treten aus dem Gefängnis heraus und mein Herzschlag steigt schnell an. Gerade als wir uns auf die absteigenden, geschwungenen Stufen schwingen, ertönt ein lauter Knall von unten.

Schritte klatschen auf den Steinboden und Panik läuft mir den Rücken hinunter.

Luciens Griff um meine Hand wird fester und er fliegt die Treppe hinauf, mich im Schlepptau und Bardhyl neben uns. Er knurrt leise vor sich hin.

Während wir vor der Entdeckung davonlaufen, überflutet Dušan meine Gedanken und ich kann nicht verhindern, dass sich Bilder von ihm, wie er dort unten liegt und gefoltert wird, in meinem Kopf abspielen. Und ich hasse mich dafür, dass ich ihn zurückgelassen habe.

6

Lucien

*W*ir zwingen uns, schneller zu laufen, ich ziehe Meira an der Hand, um mitzuhalten, während Bardhyl die Führung übernimmt. Er schnuppert die Luft, um zu verhindern, dass wir jemandem über den Weg laufen und führt uns links und rechts durch die Gänge. Er kennt diesen Ort in- und auswendig.

Stimmen und Rufe dröhnen von außerhalb des Gebäudes, gepaart mit dem entfernten Knallen von Gewehrschüssen. Ich weiß nicht, was hier los ist, aber es klingt chaotisch. Es ist besser für uns, wenn wir unbemerkt von hier verschwinden. Doch Dušan zurückzulassen, ist ein Schlag in die Magengrube und es gibt nur einen Ort, an dem ich mich verstecken kann, um meine Gedanken zu sammeln, was ich als Nächstes tun soll, und das ist der Ort, zu dem Bardhyl unterwegs ist. Wir haben unseren Fluchtplan besprochen, um rauszukommen und

Meira zu suchen. Anscheinend hat uns der kleine Fuchs zuerst entdeckt.

Als ich zu ihr hinüberschaue, ist da eine Unschuld hinter ihren blassbronzenen Augen, gepaart mit Wildheit. Sie wimmert nicht, obwohl die Wache sie angegriffen hat, sondern stemmt sich gegen mich, als ob sie bereit wäre, sich jeder Gefahr zu stellen, die auftaucht.

Ich bete alles an ihr an und mein Herz krampft sich zusammen, als ihre Worte im Gefängnis in meinem Kopf herumschwirren.

Ich liebe dich.

Drei Worte, von denen ich nie erwartet hätte, sie jemals wieder zu hören, und sie gehen mir nicht mehr aus dem Kopf. Ich habe meinen Verlust schon vor langer Zeit akzeptiert, und dass in Zukunft nur mein Bett mit Frauen gefüllt wäre, nicht mein Herz. Bis ich Meira traf. Nur ist das hier nicht der Ort, um in Tränen auszubrechen und rührselig zu werden. Ich muss meinen Scheiß auf die Reihe kriegen.

Wir sprinten einen leeren Korridor entlang, mein Herz schlägt mir bis zum Hals bei dem Gedanken, entdeckt zu werden, also schaue ich ständig hinter uns.

Bardhyl biegt links um eine Ecke. Er geht zum Seitenausgang des Gebäudes und in die Siedlung. Perfekt.

"Schnell", flüstere ich Meira zu, die schnaufend, aber immer noch mit mir Schritt hält.

Meine Gedanken schwirren in alle Richtungen. Ich werde bis zum Tod kämpfen, um meine Schicksalsgefährtin zu beschützen. Um unser Zuhause zu verteidigen. Um diejenigen zu beschützen, die wir als Familie betrachten und die derzeit in Angst innerhalb des Rudels leben. Und dann ist da noch Mad, dieses verdammte Arschloch. Er ist ein ausgewiesener Psycho, und das habe

ich Dušan schon vor langer Zeit gesagt. Aber man kann
nicht vernünftig sein, wenn es um die Familie geht. Ich
weiß das, aber es ändert nichts an meiner Meinung.

Es ist scheiße, dass wir erst in diesem chaotischen
Desaster enden mussten, damit Dušan endlich die Augen
dafür öffnet, wer sein Stiefbruder ist: ein kranker
Hurensohn.

Alles an ihm ist verkorkst, war es schon immer. Von
den Zeiten, als ich ihn dabei erwischt habe, wie er zwei
neu angekommene Omegas in unseren Wäldern angegriffen hat und dann so tat, als würde er ihnen helfen. Bis
hin zu seinem ständigen, verdammten Ausspionieren.
Niemand tut so etwas, es sei denn, er führt etwas im
Schilde.

Meiras Hand rutscht in meine und ich halte sie fester,
während wir den verdunkelten Gang hinunterflitzen. Auf
beiden Seiten von uns befinden sich Türen. Das sind die
Personalräume und unsere Küche. Dahinter liegt eine
Tür, die nach draußen führt und von innen immer
verschlossen ist.

Bardhyl kommt an unserem Ausgang zum Stehen. Ich
lasse Meira los, drücke mich an Bardhyls großem Hintern
vorbei und finde keinen Schlüssel. Ich versuche die
Klinke. Verschlossen.

"Bleib zurück." Ich trete gegen das verdammte Schloss.
Ein Klirren ertönt.

"Warte." Meira unterbricht mich, und wir drehen uns
beide zu ihr um. "Ich bin über den hinteren Zaun in die Siedlung eingedrungen, und sie wissen wahrscheinlich bereits,
dass ich eingebrochen bin, also könnten da draußen Wachen
sein. Ich habe eine Ablenkung am vorderen Tor verursacht,
aber ich weiß nicht, wie lange das halten wird. Gibt es einen

anderen Ort, an den wir gehen können, ohne nach draußen zu gehen?" Sie wirft einen Blick zurück in den Korridor. "Vielleicht sollten wir zurückgehen und Dušan suchen."

"Warte mal", beginne ich und versuche, alles zu verarbeiten, was sie mir erzählt hat. "Wie konntest du Mads Männern im Wald entkommen?"

Auch Bardhyl gibt ein grummelndes Geräusch in der Brust von sich.

Sie atmet immer noch schwer. "Es ging alles so schnell, aber ich hatte meine erste Verwandlung, nachdem sie angegriffen haben und ihr beide ausgeknockt wurdet."

"Heilige Scheiße!" Ich ziehe sie in meine Arme. "Du hattest deine erste Verwandlung ... Verdammt, das ist heftig." Ich schaue sie an, und sie ist unverletzt. "Du hast überlebt." Mein Herz klopft wie wild. Vorbei ist die Sorge, wie wir einen Weg finden könnten, sie zu heilen. Das ist die beste Nachricht, besonders wenn man bedenkt, dass alles andere auseinanderfällt.

Bardhyl ist ebenfalls da, reibt sich an Meiras Beinen und lässt sie wissen, dass er für sie da ist.

Sie lacht ein wenig, als sie Bardhyl hinter den Ohren krault. "Als sie mir die Spritze gegeben haben, muss es etwas in mir ausgelöst haben und ich habe mich verwandelt." Ein Stirnrunzeln legt sich auf ihre perfekte Stirn. "Es tut verdammt weh, sich zu verwandeln."

Ich gluckse und umarme sie, bevor ich mein Gesicht zu ihr senke und diesen süßen Mund küsse. Kurz und süß, und jetzt sehne ich mich verzweifelt nach Zeit mit ihr allein.

"Du bist also vor ihnen geflohen?"

"Ja, und dann ... sagen wir einfach, dass die Horde

Zombies, die plötzlich auftauchte, meinen Arsch gerettet hat."

"Du hattest verdammtes Glück, dass die Dinger dich nicht auch erwischt haben." In ihrer Wolfsgestalt muss sie schnell gewesen sein.

Sie blinzelt mich an, ihr Mund öffnet sich, als wolle sie etwas sagen, aber sie nickt. Etwas schwimmt hinter ihrem Blick, ein Unbehagen, aber dafür haben wir jetzt keine Zeit. Sie wird mir später erzählen, was im Wald passiert ist, nachdem ich ausgeknockt wurde.

Bardhyl stöhnt und stößt mit dem Kopf gegen mein Bein, dann schaut sie zum Ausgang. Ja, wir müssen von hier verschwinden.

Ich drehe mich zur Tür und stähle meine Schulter, dann ramme ich sie in die Holzoberfläche. Sie ächzt und splittert als Antwort und öffnet sich in einem weiten Schwung.

Ein Schwall von Regen und Wind prasselt auf mich ein, tobt wild, reißt an meinen Kleidern und Haaren, heult.

Der Sturm dröhnt über mir und verdunkelt die Welt, als ob die Nacht früh gekommen ist, um das Land zu erobern.

Eine kleine Lichtung mit Gras steht zwischen uns und den Häusern, die den großen Hof mit Kopfsteinpflaster umgeben, in dem der Großteil des Rudels lebt.

Bardhyl knurrt und schiebt sich an mir vorbei, springt auf das Feld und sprintet auf die Rückseite der Häuser zu, die in Richtung des Waldes gebaut sind. Genau dorthin müssen wir gehen.

Meiras Hand gleitet in meine. "Lass uns gehen", sagt sie mit grimmiger Entschlossenheit in ihrem wunderschönen Gesicht. Blut und Schmutz beflecken ihre

Wangen und ihr Kinn, ihr dunkles Haar ist ein Durcheinander, aber für mich ist sie immer noch mehr als perfekt.

Wir rennen beide nach draußen in das wilde Wetter,
das auf uns einprasselt, der Regen durchnässt uns in
Sekundenschnelle, brennt eiskalt gegen meine Haut. Es
ist niemand in der Nähe, das Getümmel von vorhin
kommt von der Vorderseite des Geländes. So sehr ich
auch erkunden und herausfinden möchte, was zum
Teufel Meira getan hat, kann ich nicht riskieren, gesehen
zu werden.

Der Kies knirscht unter unseren Füßen, als wir an den
ersten kleinen Häusern vorbeieilen und dem schmalen
Pfad hinter den Häusern zu unserer Rechten folgen.
Meira hält mit, ihr Blick schweift über den Wald zu
unserer Linken.

Die Alarmglocke aus dem hinteren Teil der Siedlung
ertönt und meine Haut kribbelt. Sie werden bestimmt die
Gegend durchkämmen und sie sind nicht dumm, also
werden sie wissen, dass es Meira ist. Ich denke daran,
Dušan zurückzulassen, aber ich kann Meiras Leben nicht
riskieren.

Ich bringe sie in Sicherheit, dann kehre ich zurück
und finde meinen Alpha.

Im Laufen nimmt Bardhyl einen plötzlichen Schwung
nach rechts in einen kleinen Hinterhof mit einem
winzigen Gemüsegarten, und er stürmt zur Hintertür, wo
er sich umdreht. Er wartet auf uns, die Ohren vor Unge-
duld an seinen Kopf gepresst.

"Das ist doch Kinleys Haus?", fragt Meira. "Warum
sind wir hier? Wir können sie nicht gefährden. Wir dürfen
nicht hier sein."

"Vertrau mir, Hübsche, Kinley hat den besten Weg
hier raus, und nur wir kennen ihn."

Sie sieht besorgt aus, aber ich habe keine Zeit, ihr das hier zu erklären.

Ich trete an Bardhyl vorbei und öffne die Tür. Kinleys Haus ist selten verschlossen.

Wir eilen ins Haus, wo es warm ist, gepaart mit einem brennenden Ofen in der Küche, die wir gerade betreten haben. Ich schließe die Tür hinter uns ab.

"Wer ist da?" Kinleys sanfte Stimme erklingt aus dem Hauptraum und ich gehe als erstes hinein, um mich zu vergewissern, dass sie alleine ist, was sie auch ist. Die Vorhänge verdecken die Fenster, der kleine Kamin spuckt Glut gegen das Metallgitter im Kamin. Kinley sitzt in ihrem Sessel neben einem kleinen Tisch, der mit Büchern, ihrer Teekanne und einer Tasse vollgestopft ist. Sie trägt ihr Haar der Einfachheit halber kurz. Sie ist von den Beinen abwärts gelähmt. Wie Meira ist auch sie halb Mensch, halb Wolf. Ein abtrünniger Wolf griff sie während ihrer ersten Verwandlung an und es war die Wolfsenergie ihres Schicksalsgefährten, die sie vor dem Tod bewahrte, als ihre eigene Wölfin aus ihr herausbrach. Der abtrünnige Wolf durchtrennte ihre Nerven und sie verlor das Gefühl in ihren Beinen. Es ist eine verdammt tragische Geschichte, aber sie ist am Leben und wir sind dankbar, dass wir sie noch haben.

"Ich bin's, Lucien. Ich habe Bardhyl und Meira bei mir", sage ich mit gesenkter Stimme und gehe nach vorne, um einige Holzscheite aus dem Korb zu holen und sie auf die schwindenden Flammen zu werfen.

"Warum seid ihr alle hier?" Ihre Stimme bricht und Sorge färbt ihre Worte. Sie blinzelt zu Bardhyl und Meira hinüber, als diese den Raum betreten, und ein Lächeln umspielt ihren Mund. "Alle suchen nach dir, Mädchen."

Lächelnd bahnt sich Meira ihren Weg durch den

Raum und kniet sich neben sie, um ihre Hand zu nehmen. "Irgendjemand musste diese Alphas ja retten."

Kinley lacht und tätschelt Meiras Hand.

Bardhyl geht in der Nähe der Tür hin und her und hält Wache. Hier zu sein, ist riskant ... Überall in der Siedlung hat Mad das Sagen.

"Ich habe meine erste Verwandlung erlebt", sagt Meira zu Kinley, die erschrocken einatmet und dann mein wunderschönes Mädchen von Kopf bis Fuß abtastet.

"Und es ist alles in Ordnung?"

"Ja. Ich denke schon. Ich bin mir noch nicht ganz sicher, aber ich bin nicht tot, das ist also ein Bonus."

Ich fahre die Kurven von Meiras Körper nach, suche nach irgendetwas, das zeigt, dass sie sich nach ihrer ersten Verwandlung noch nicht ganz erholt hat. Die Art, wie sie spricht, ist, als wäre sie noch nicht davon überzeugt, dass sie geheilt ist. Ein Schauer läuft mir über den Rücken bei dem Gedanken, dass sie uns noch nicht alles erzählt hat.

Bardhyl gibt ein kurzes Knurren von sich, das meine Aufmerksamkeit erregt, während die beiden Frauen sich unterhalten. Ich gehe zu ihm hinüber, gerade als Elektrizität meinen Arm hinunterfährt. Sein Körper beginnt sich zu verformen, zu dehnen, zu wachsen. Das vertraute Geräusch von knackenden Knochen und aufplatzender Haut erfüllt den Raum. Bevor ich zurücktrete, steht er in seiner menschlichen Form da, nackt wie Gott ihn schuf. Es ist viel zu viel Schwanz zu sehen, für meinen Geschmack.

"Steck ihn verdammt noch mal weg", schnauze ich, während ich ihm den Rücken zuwende und grinse, weil ich es liebe, ihn in Rage zu bringen.

"Bardhyl", sagt Kinley. "In meinem Schlafzimmer habe

ich Ersatzklamotten im Schrank. Ich habe immer Ersatz-klamotten."

Er sagt nichts, sondern marschiert durch den Raum und verschwindet im Flur. Mir entgeht nicht, wie Meira den großen Kerl anstarrt, seine zur Schau gestellte Nackt-heit, oder wie ihre Augen glitzern, wenn sie ihn entblößt sieht.

Ich habe keinen Zweifel, dass sie mich mit dem glei-chen Verlangen anstarren würde, wenn ich mich jetzt ausziehen würde. Kinley schaut mich amüsiert an, als könne sie Gedanken lesen, deshalb gehe ich weg und stelle mich ans Fenster. Ich ziehe den Vorhang einen Zentimeter zurück und scanne das Gelände draußen.

Es regnet in Strömen, Pfützen bedecken den Hof und Gestalten huschen umher. Aber wie lange noch, bis sie anfangen, die Häuser zu durchsuchen? Die Tore, die aus dem Festungsgelände hinausführen, sind schwer bewacht, also kommt es nicht in Frage, sie zu benutzen.

Ich drehe mich zu Kinley um, die sich immer noch mit Meira unterhält, aber sie hebt ihren Blick, als ich näher-komme. "Du weißt, warum wir hier sind," sage ich.

Sie nickt.

"Warum ist das so?" Meira erhebt sich, als Bardhyl zurückkommt, und ich schaue hinüber, als er in den Raum schlendert und in der Hand ein Paar schwarzer Turnschuhe trägt, die ihm zu klein sind.

Die dunkle Hose, die er trägt, klebt an seinen kräftigen Beinen, der Stoff wirkt dünn und überlässt nichts der Fantasie. Sein schwarzes, langärmeliges Oberteil hat einen V-Ausschnitt und zieht sich straff über seine Brust. Er zieht an dem Stoff und wenn ich eines über Bardhyl weiß, dann, dass er enge Kleidung verabscheut und es vorzieht, in seiner Wolfsform zu sein. Sicher, das waren zwei Fakten, aber es ist, als hätte er diese Hose absichtlich gewählt, um seine Ware zu präsentieren.

Ich drehe mich wieder zu Kinley um und bemerke, wie Meira Bardhyl von oben bis unten anschaut. Ich rolle mit den Augen. "Okay, konzentriert euch." Ich errege die Aufmerksamkeit aller, alle drei starren mich seltsam an. Hallo, wer trägt da eine Strumpfhose, die an seinem Schwanz klebt? Ich bin es nicht!

"Also, verstecken wir uns hier, bis wir Dušan retten können?" Meiras Stimme ist voller Hoffnung, dann lächelt sie, als Bardhyl ihr die Turnschuhe überreicht. Sie ist barfuß herumgelaufen, und der große Kerl ist weich, wenn es um Meira geht.

"Danke." Sie schlingt ihre Arme um ihn, dann schaut sie zu ihm hoch. Er beugt sich herunter und küsst sie schnell. Mein Herz schlägt schneller und das hat nichts mit Eifersucht zu tun, sondern alles mit Bewunderung darüber, wie sehr Meira das Biest in ihm gezähmt hat.

Ich hasse es, der Überbringer schlechter Nachrichten zu sein, aber ... "Wir verlassen jetzt die Siedlung. Die Häuser werden bald durchsucht und wir werden keine Hilfe sein, wenn wir wieder gefangengenommen werden."

Die Turteltäubchen trennen sich wieder und Meiras Gesichtsausdruck fällt in sich zusammen. "Warte, wir können nicht ohne Dušan gehen. Können wir nicht hierbleiben und später zu ihm zurückkehren?" Sie zieht ihre Schuhe an und bindet die Schnürsenkel zu.

"Ich wünschte, das könnten wir, aber wir können nicht riskieren, dass du erwischt wirst. Wir kommen wieder und holen ihn, versprochen", erkläre ich.

Widerwillig nickt sie, den Mund fest verschlossen.

"Ich habe eine Tasche unter der Spüle, gefüllt mit Decken und Wasser", sagt Kinley zu Bardhyl. "Geh und

füll sie mit Essen aus der Vorratskammer. Meira, hilf ihm.
Außerdem gibt es ein Feuerstein-Set und trockenes
Anzündholz, das du mitnehmen kannst."

"Was ist denn hier los?", fragt Meira.

"Wir haben noch einen Ausweg", sage ich. "Geh und
hilf Bardhyl, bevor wir am Ende nur Salz haben." Er streut
es auf alles, was er isst.

Ich wende mich Kinley zu, während die anderen
beiden in die Küche eilen. "Du bist ein Segen."

"Was ich bin, ist vorbereitet. Genau wie du und Bardhyl, für den Fall, dass ein Tag wie heute passiert." Sie
lächelt, aber hinter ihren Augen ist Besorgnis zu erkennen. Sie weiß so gut wie ich, dass Gefahr in vielen Formen
kommt und unser Alpha nur einer Handvoll Ash-Wölfe
wirklich vertraute. Er mag seinem Stiefbruder Nachsicht
gewährt haben, aber er hat ihm nicht getraut. Deshalb hat
Mad auch keine Ahnung von unserem Backup-Flucht-
plan direkt hier vor seiner Nase.

"Geh schnell, bevor es zu spät ist", sagt Kinley.

Ich lehne mich zu ihr und umarme sie. Ich habe
Kinley immer als meine ältere Schwester gesehen, die auf
mich aufpasste, die mir Geschichten erzählte und mir
half, die verheerende Trauer nach dem Verlust meiner
Seelengefährtin zu überstehen. "Sei vorsichtig", flüstere
ich.

Plötzlich ertönt ein Stimmengewirr von irgendwo
draußen. Ich löse mich von Kinley und husche durch den
Raum, um den Vorhang ein Stück zurückzuschieben. Im
Innenhof stehen mindestens ein Dutzend Rudelmitglieder Wache, während Mad auf sie zu marschiert. Bei
seinem Anblick balle ich meine Hände zu Fäusten, Wut
brennt durch meine Adern. Ich zittere vor Wut und dem

Drang, da raus zu stürmen und das Arschloch für seine
Taten bezahlen zu lassen.

Ich kann seine Worte nicht hören, aber seine Arme
fuchteln herum, während es draußen in Strömen regnet.
Ich mache mir keine Illusionen, dass er jetzt nicht einen
Suchtrupp durch die Siedlung schicken wird, um überall
zu suchen. Das würde ich auch tun.

Ich drehe mich um und sage mit leiser Stimme: "Wir
gehen jetzt!"

Ich husche in die Mitte des Wohnzimmers, rolle den
Teppich zurück, der sich über die Dielen erstreckt, und
lege eine Falltür frei, die mir nur allzu vertraut ist. Ich
greife nach unten und ziehe die Metallklinke hoch, dann
reiße ich die Tür auf.

Der klaffende Schlund der Dunkelheit begrüßt mich
und bringt einen kalten Schauer mit sich. Es gibt eine
Leiter, die hinunter in die alten Tunnel führt, die sich unter
diesem Land aus alten Zeiten kreuzen. Dušan ließ Bardhyl
und mich daran arbeiten, den Durchgang von hier bis zu
einem geheimen Ort in den Höhlen im Wald zu sichern. Es
hat Jahre gedauert, viel Schweiß und verdammten Muskel-
kater, um die Höhlen freizulegen, und jetzt ist es die ganze
beschissene Zeit wert, die wir darauf verwendet haben.

"Whoa!", stellt Meira fest, als sie aus der Küche kommt,
Bardhyl hinter ihr, eine große Tasche über die Schulter
geschwungen. "Ist das unser Weg nach draußen?" Sie
klingt fast ängstlich.

"Ja, und wir müssen sofort los! Beeilt euch!" Die
Stimmen von draußen werden lauter, als kämen sie näher.

"Die Fackel", erinnert mich Kinley und rollt ihren Roll-
stuhl vorwärts, bereit, den Teppich wieder über die
Falltür zu ziehen, sobald wir weg sind.

Ich nehme einen dicken, hölzernen Stock, der in der Nähe ihres Kamins versteckt ist und tauche ein Ende, das mit Stoff und Öl bedeckt ist, in das Feuer. Das Feuer fängt sofort an zu flackern und erwacht zum Leben.

Bardhyl ist bereits in den Tunnel gesprungen und Meira ist auf dem Weg die Leiter hinunter, sie schaut mich unsicher an, aber es gibt keine Beschwerden.

"Ich bin direkt hinter dir, Hübsche", versichere ich ihr.

Obwohl, in Wahrheit wünschte ich, ich könnte sie hier rausfliegen, damit sie nicht weglaufen und sich verstecken muss, aber das kann ich nicht, also mache ich das Nächstbeste. Beschütze sie vor dem verdammten, verrückten Wolf vor unserer Haustür.

7

Meira

"Hey, alles in Ordnung, Angel Legs?", fragt Bardhyl, verlangsamt seinen unerbittlichen Marsch durch den Tunnel und wendet seinen Kopf zu Lucien und mir. Flammen flackern von der Fackel, die er in der Hand hält, und werfen Schatten an die Tunnelwände.

In Wirklichkeit ist es eher eine Sauna, denn ich schwitze wie eine Bestie. Der Regen über Tage scheint diesen Ort in einen schwülen und stickigen Kokon verwandelt zu haben. Ich keuche bei jedem Atemzug. Zum Glück streift ab und zu eine leichte Brise vorbei, und ich sehne mich nach mehr, bevor ich ohnmächtig werde.

Ich wische mir den Schweiß von der Stirn und schiebe die Haare weg, die an den Seiten meines Gesichts kleben. "Wie lange noch?" Kompakte Erde bedeckt die Wände des Tunnels, hölzerne Gewölbebalken bewahren den Ort vor dem Einsturz. "Es fühlt sich an, als wären wir schon einen halben Tag lang unterwegs. Ich mag es wirklich nicht, hier eingesperrt zu sein." Schmerz kräuselt sich in meiner Brust, weil ich keinen Ausweg sehe. Wir sind an mehreren Wegen vorbeigekommen, die in verschiedene Richtungen abzweigen, aber die Männer bestehen darauf, dass dies der richtige Weg ist. Aber was, wenn er es nicht ist und wir uns unter der Erde verirren und im Kreis gehen?

Mein Puls rast und ich schaue hektisch nach hinten und nach vorne, wo nur Dunkelheit auf uns wartet.

Schatten tanzen unter Bardhyls Augen, die pechschwarze Dunkelheit reißt alles andere mit sich fort. "Nicht mehr lange. Ich würde dir anbieten, dich auf meinen Schultern zu tragen, aber ..." Er blickt hinauf zur niedrigen Decke.

"Ich will hier raus." Meine Stimme schwankt und noch mehr Schweiß tropft mir über die Seite des Gesichts.

Lucien greift in die Tasche, die er über der Schulter trägt. Er zieht eine Flasche mit Wasser heraus. Er zieht den Korken heraus und bietet sie mir an. "Das sollte helfen."

Ich schlucke trocken und nehme die Flasche gierig mit beiden Händen an. Ich drücke die Öffnung an meinen Mund, kippe sie zurück und schlucke. Kühles Wasser rinnt meine Kehle hinunter und vertreibt die Hitze und Trockenheit, die sich an mein Inneres klammert.

"Wir haben viele Wochen hier unten gearbeitet, um diese alten Tunnel zu reparieren", versichert mir Lucien. "Wir sind schon fast am Ende angelangt. Nur noch ein bisschen länger, meine Schöne. Alles klar?"

Ich nicke und wische mir den Mund ab, als ich ihm die Flasche zurückreiche. Er nimmt einen Schluck und reicht sie dann an Bardhyl weiter. Schon bald sind wir wieder auf dem Weg.

"Wofür wurden diese Tunnel früher benutzt?", frage ich und brauche eine Ablenkung von dem Gefühl, dass sich die Wände um mich herum schließen. Ich habe mich noch nie so klaustrophobisch gefühlt. Andererseits war ich auch noch nie auf so beengtem Raum ohne Ausweg. Ich glaube, das ist das Problem ... ein Mangel an Fluchtmöglichkeiten und das Gefühl, gefangen zu sein.

"Das ist die Festung Râșnov, die von Rittern erbaut wurde, um die umliegenden Dörfer vor Invasionen aus anderen Ländern zu schützen", erklärt Lucien. "Später bauten die Ungarn und Sachsen den Ort aus, es könnte also jeder von ihnen gewesen sein. Aber am wahrscheinlichsten ist es, dass sie ihr Land verteidigten und diese Gänge nutzten, um Eindringlinge zu überraschen."

"Erinnerst du dich an die beiden Skelette, die wir hier unten gefunden haben?", fragt Bardhyl.

Lucien beginnt zu lachen und lehnt sich neben mir an die Wand. "Ich schwöre, sie sind beim Sex gestorben. Es war zwar Blümchen-Sex, aber es war trotzdem abgefahren, sie in dieser Position zu sehen. Das ist eine gute Art zu gehen."

"Wirklich?" Ich mische mich ein und versuche, mein Lachen über ihre Erinnerungen an den Ausbau des Tunnels zurückzuhalten.

Bardhyl grinst. "Es gibt nur zwei Wege, wie ich abtreten möchte. Entweder im Kampf, oder tief begraben in ..." Er hält inne, sieht mich kopfschüttelnd an und schließt den Mund. Doch der Rest des Gesprächs löst sich auf und die Flamme seiner Fackel flackert wild, bis sie zu erlöschen droht.

"Na, hoffentlich passiert uns das nie", erwidere ich und

reibe mir die Gänsehaut von den Armen. "Und um aller Dinge willen, lass das Licht nicht ausgehen." Ein kleines Wimmern entweicht über meine Lippen.

"Es wird schon gutgehen. Wir werden nicht zulassen, dass dir etwas passiert", sagt Bardhyl. "Selbst wenn die Flamme ausgeht, kann ich uns rausholen."

"Das beruhigt mich nicht." Ich schlinge meine Arme um mich und hasse es, wie sehr mich dieser enge Raum belastet. "Fühlt es sich so an, als würde der Tunnel kleiner werden?"

Lucien mischt sich ein. "Wir können beide nebenein-anderstehen, Baby. Er wird nicht schmaler. Aber ich gebe Bardhyl recht, es ist keine große Sache, wenn die Flammen erlöschen. Das heißt, wir müssen nicht mehr auf die Wurst in seiner Hose starren."

"Was?", sagen Bardhyl und ich unisono und drehen uns zu Lucien um.

Er seufzt und lässt einen langen Atemzug aus. "Ich wollte ja nichts sagen, aber verdammt, Bruder, warum hast du diese Hose gewählt? Deine Pflaumen und die Gurke stechen heraus wie ein verdammter wunder Daumen. Ich meine, du hast die arme Kinley in ihrem Haus fast in Ohnmacht fallen lassen, als du deine Bett-schlange zur Schau gestellt hast."

Bardhyl blickt nach unten, senkt die Fackel, und ich kann mich nicht zurückhalten, seinem Blick zu folgen. Der Stoff klebt an seinem Schwanz, der schief sitzt, und zur Hölle, er ist riesig, selbst wenn er nicht angeturnt ist. Ich muss zugeben, als ich ihn das erste Mal in dieser Hose sah, blieb mir fast der Atem weg, denn der Stoff verbirgt nichts, er wölbt sich über seine Beule. Der Spruch, dass Männer drei Beine haben, ist nicht an Bardhyl verschwendet und meine Haut erhitzt sich bei dem Bild.

"Warum reden wir jetzt darüber?", frage ich, unsicher, was Lucien damit sagen will, befürchte aber, dass es aus Eifersucht. Ich nicht will, dass Bardhyl sich schlecht fühlt, wenn diese Hose alles ist, was ihm passt.

"Es sieht unglaublich aus, oder?", antwortet Bardhyl, und das ist nicht die Antwort, die ich erwartet habe.

"Ich habe dir doch gesagt, dass er sie absichtlich ausgewählt hat, um seinen Pimmel herumzuschleudern. Es gab einen Grund, warum Kinley dich schnell zum Anziehen geschickt hat. Dann kamst du so raus." Lucien schlägt leicht nach ihm.

Bardhyl lacht und ist schon im Begriff zu gehen. Wir eilen hinter ihm her und ich schüttle nur den Kopf, dass dieses Thema überhaupt diskutiert wird.

"Da war noch ein weiteres Paar. Wenn ich gewusst hätte, dass du so eifersüchtig bist, hätte ich sie für dich mitgebracht."

Lucien spottet und greift sich in den Schritt. "Was ich einpacke, lässt Meira nach Luft schnappen, aber ich trage keine ausgefallenen Hosen, um die Aufmerksamkeit auf meine Munition zu lenken."

"Hmm, zieh mich da nicht mit rein", murmle ich, während wir schneller gehen.

"Baby, du steckst mitten im Sandwich", antwortet Lucien.

Während Bardhyl noch lacht, wirft er einen Blick über seine Schulter. "Du kannst später meine Hose anprobieren und dann können wir Meira beurteilen lassen, wer darin am besten aussieht."

"Ähm, nein", antworte ich.

"Abgemacht!", antwortet Lucien.

Ich rolle mit den Augen. "Ernsthaft, ich weiß nicht, warum Jungs so besessen von der Größe ihrer Penisse sind. Man sieht keine Frauen herumlaufen, die ihre ... ihre Blüten zum Vergleich zeigen."

"Es wäre nicht schlimm, wenn sie es täten", erwidert Bardhyl. "Ich wünschte, sie würden es tun."

"Ja, schließlich sind wir uns beide einig", fügt Lucien hinzu.

Ich blicke Lucien an, der mir zuzwinkert, und obwohl die Diskussion absurd ist, wackeln meine Knie leicht, weil er mich so leicht beeinflusst.

Der Weg macht eine Kurve nach links und erst als wir sie hinter uns gelassen haben, kommt ein kleines Licht von vorne in Sicht. Plötzlich hüpfe ich auf den Zehenspitzen. "Ein Ausweg!"

Ein pfeifender Wind umweht uns und Erleichterung macht sich in mir breit. "Wir haben das Ende erreicht. Das ist der schönste Anblick auf der Welt."

Ich gehe schneller, die Männer an meiner Seite.

"Fühlst du dich besser?", murmelt Lucien.

Ich drehe mich zu seinem lächelnden Gesicht und brauche einige Momente, um wirklich zu verstehen, wovon er spricht. Dann rauscht es wie eine Lawine über mich hinüber. "Du hast das ganze Gespräch über Bardhyls Hose inszeniert, um mich abzulenken, nicht wahr?"

Er wirft mir einen Kuss zu, während Bardhyl sich uns zuwendet und diese köstlichen Augen sich verführerisch verengen.

"Ihr Bastarde", stichle ich. "Ich dachte schon, ihr beide hättet große Eifersuchtsprobleme. Obwohl ich zugeben muss, dass diese Hosen super eng sind." Dieses Mal bin ich es, die darüber lacht, dass sie mich so leicht getäuscht haben. "Danke." Ich umarme die beiden und für ein paar Momente halten wir uns gegenseitig fest. Wie um alles in der Welt hatte ich nur das Glück, diese Klugscheißer als meine Gefährten zu gewinnen?

Schließlich treten wir einen Schritt aus einem klaffenden Loch in eine überdimensionale Höhle, deren Öffnung mindestens zwanzig Fuß entfernt ist. Ich eile vorwärts, weil ich nie wieder in einem Tunnel sein möchte.

Der Anblick des Waldes, der sich vor uns ausbreitet, der frische Geruch von Kiefern und Regen erfüllt die Luft ... Ich habe es vermisst. Ich kann nicht genau sehen, wo wir sind, aber wir sind definitiv außerhalb des Geländes.

"So furchterregend war es nicht", murmelt Lucien, während er den Rucksack höher schultert.

Bardhyl kommt auf uns zu, seine Nasenlöcher blähen sich, als er tief einatmet und seine Brust sich hebt. "Bleiben wir hier, bis der richtige Moment gekommen ist, um uns zu Dušan zurückzuschleichen?", fragt er.

"Nein. Ich meine, ja, um Dušan zu finden, aber wir können nicht hierbleiben", antworte ich, bevor Lucien die Chance dazu bekommt. "Es gibt eine Höhle auf einem Hügel in der Nähe der Siedlung und meine Freundin Jae wartet dort auf mich, hoffe ich. Sie liegt abseits der Siedlung. Bei dem Regen sollten wir nicht entdeckt werden. Ich weiß nur nicht, wie ich von hier aus dorthin komme." Ich beschleunige mein Tempo, ich will weg von hier, denn ich hasse den offenen Tunnel. Mad und seine Männer könnten in diesem Moment auf uns zustürmen.

"Auf welcher Seite der Siedlung liegt eure Höhle?", fragt Bardhyl.

"Auf der gleichen Seite, auf der wir von Mad angegriffen wurden."

Lucien zieht eine Klinge aus seinem Stiefel und zwin-

kert. "Wir haben also noch ein Stück zu laufen. Dann lass
uns zu deiner Freundin gehen, während wir warten."

Bardhyl richtet sich auf, bevor er mir seine Hand
reicht. "Du läufst mit mir und gehst voran, sobald ich uns
auf diese Seite gebracht habe."

"Okay. Ich bin bereit."

Seine Hand ergreift meine und wir eilen in den prasselnden Regen. Die Kälte hinterlässt eine Gänsehaut auf
meiner Haut und ich ducke meinen Kopf, während wir in
den Wald huschen.

Ich friere und mein Herz klopft übermäßig, dass wir
auf Mads Männer stoßen könnten. Oder Schattenmonstern. Ich mache mir keine Sorgen um mich, sondern um
meine beiden Wölfe, und ich bete, dass wir es sicher
schaffen.

Der Regen stürmt durch den Wald um uns herum, der
Donner grollt am Himmel, aber wir halten nicht an. Ich
bin mir ziemlich sicher, dass ich in Sekundenschnelle
einschlafen würde, wenn ich es täte. Allerdings habe ich
auch Hunger. Meine Gedanken gleiten immer wieder zu
den Käsesorten, dem Trockenfleisch und dem Brot, das
wir von Kinley mitgenommen haben. Ich kann mich nicht
einmal mehr daran erinnern, wann ich das letzte Mal
etwas gegessen habe. Der Hunger treibt mich dazu,
schneller zu laufen.

Ich weiß nicht, wie lange wir schon rennen, aber als
wir anhalten, bin ich außer Atem und lehne mich gegen
Bardhyl, der mich festhält und selbst nach Luft schnappt.

"Verdammt, bitte sag mir, dass wir in der Nähe des
Hügels sind." Lucien lässt die Tasche auf den Boden
fallen, die Hände auf den Knien, und saugt hastig die
Luft ein.

Einen langen Moment lang sagt niemand etwas, aber

wir atmen alle schwer. Durchnässt sehen wir aus wie ertrunkene Ratten, und ich könnte lachen, wenn ich nicht so erschöpft wäre.

Ich schaue mich um und weiß genau, wo wir jetzt sind ... im Wald hinter der Siedlung, wo ich den Zaun erklommen habe. Und weiter rechts von mir erhebt sich der Berg wie ein Riese. "Da oben." Ich deute auf ihn und Lucien stöhnt auf. "Wir sind nah dran."

"Mist. Als du *Hügel* gesagt hast, bin ich von einem kleinen Hügel ausgegangen, nicht von einem verdammten monströsen Berg, den es zu erklimmen gilt." Er schnaubt und hebt seine Tasche auf.

Bardhyl versteift sich, seine Augen sind auf etwas hinter mir gerichtet, und plötzlich schubst er mich, damit ich hinter ihm stehe.

Ich stolpere, um mein Gleichgewicht zu halten, der Schrecken schnürt mir die Lungen ein. Wurden wir entdeckt? Ich trete hinter ihm hervor, meine Muskeln spannen sich entlang meines Rückens an.

Weiter vorne, in der Nähe einer Baumgruppe, stehen drei Schattenmonster. Sie stürmen nicht wie wild auf uns zu, um uns anzugreifen. Stattdessen beobachten sie uns, wie die, die ich auf meinem Lauf zum hinteren Teil des Geländes gesehen habe. Ich nahm an, dass sie sich von der Herde verirrt hatten, und technisch gesehen dürften sie sich von mir nicht angezogen fühlen. Aber warum sind sie nicht hinter Lucien und Bardhyl her?

"Was ist los mit ihnen?", fragen die Männer unisono.

"Ich weiß es nicht, aber je mehr ich sie ansehe, desto mehr erkenne ich sie. Nicht nur, dass diese drei mir in den Wäldern gefolgt sind, bevor ich gekommen bin, um eure Ärsche zu retten, sondern sie waren Teil der Horde, die angegriffen hat, gleich nachdem ich vor Mad weggelaufen bin und seine Männer die Verfolgung aufgenommen haben."

Wir alle drei starren sie ein paar Augenblicke lang an, aber sie sind zu weit weg, als dass ich klar erkennen könnte, ob es die gleichen Schattenmonster sind oder andere. Sie sehen sich so ähnlich.

"Wir bewegen uns und behalten sie im Auge." Lucien hat bereits seine Klinge gezogen und ich übernehme die Führung in Richtung des Berges.

Alle paar Schritte schaue ich zurück zu den Untoten, die mir folgen. Sie rennen nicht und halten einen ordentlichen Abstand.

"Irgendwas ist los. Seit wann greifen diese Mistkerle nicht mehr an?"

Lucien hat recht und ich weiß keine Antwort, aber könnte es irgendwie damit zusammenhängen, dass ich noch immun bin? Ich wüsste nicht, wie.

"Ich sollte vielleicht erwähnen", fange ich an und dann verblasst meine Stimme, als die Sorge über das, was ich ihnen gleich offenbaren werde, in meine Gedanken schleicht. Will ich ihnen wirklich von meiner Immunität erzählen und sie zu dem Schluss kommen lassen, dass ich immer noch krank bin? Ich habe mich noch nie so stark gefühlt wie nach meiner Verwandlung, aber ich will auch keine Geheimnisse mehr verbergen.

"Was ist los?", fragt Lucien, als er mit dem Aufstieg beginnt. Wir bewegen uns schnell, der Regen wird zu einem Rinnsal. Wir halten uns an die Wege mit weniger Laub und mehr Bäumen, an denen wir uns festhalten können, damit wir schneller vorankommen.

"Irgendwie bin ich immer noch unsichtbar für die Untoten. Ich weiß nicht wie, aber-"

"Du bist immer noch krank?" Bardhyl hält inne und

stellt sich mir in den Weg. "Du hast gesagt, du hast dich verwandelt."

Lucien nimmt meine Hand in seine. "Wie kann das sein?"

Ich zucke mit den Schultern und will mich vor ihnen verstecken, bereue sofort, dass ich etwas gesagt habe. Ich hasse das Mitleid in ihren Stimmen, die Anspannung in ihren Augen. Das war mein altes Ich ... die Zurückgewiesene, die niemand wollte, und ich dachte, wenn ich mich verändere, würde ich jemand Neues werden. Jemand, der zu mir passt.

"Ich weiß nicht wie oder warum. Ich weiß nicht, ob ich immer noch krank bin, oder ob die Injektion, die Mad mir gespritzt hat, mich vorübergehend immun gemacht hat."

Ich werfe einen Blick über die Schulter und stelle fest, dass die Zombies am Fuße des Berges stehengeblieben sind und uns einfach nur anstarren. Was hat es also mit ihnen auf sich?

Das macht wenig Sinn. "Bitte, können wir weitergehen und nicht hier herumstehen", sage ich.

"Erzähl uns alles", besteht Lucien darauf, also tue ich genau das, wobei ich meine Stimme leise halte. Ich fasse zusammen, was von dem Moment an, als sie von Mads Männern niedergeschlagen wurden, bis zu dem Zeitpunkt, als ich sie im Gefängnis fand, passiert ist. Ich erkläre alles, auch meine Ablenkung und die Zombies.

"Scheiß drauf!" Lucien knurrt. "Du kannst nicht krank sein. Deine Wolfsseite heilt alles."

Ich bin mir nicht ganz sicher, wen er damit überzeugen will. Ihn selbst oder mich.

"Wir müssen ihr Blut noch einmal untersuchen lassen", stellt Bardhyl fest.

"Das wird nicht passieren, solange Mad das Lager

übernommen hat", korrigiert Lucien ihn mit besorgter Stimme, dann hebt er meine Hand zu seinem Mund, wo er meine Knöchel küsst. "Noch ein Grund mehr, ihn zu vernichten und unser Zuhause zurückzufordern."

Ich schmelze innerlich, als ich seine Hingabe höre, und sehe, dass sie auch über Bardhyls Gesicht gleitet. Beide schauen immer wieder über ihre Schultern und ich stupse sie an, weiterzuklettern. Je schneller wir im Versteck sind, desto mehr können wir uns entspannen und über alles reden.

"Ich habe mich nie besser gefühlt", sage ich ihnen, während sie immer wieder in meine Richtung schauen. "Die Übelkeit, die ich vorher hatte, ist nicht mehr da. Vielleicht ist es nur eine vorübergehende Sache, dass die Zombies mich nicht spüren, jetzt wo ich meine erste Verwandlung hinter mir habe."

"Das denke ich auch", sagt Bardhyl.

Den Rest des Weges gehen wir schweigend, nur der Regen, der sich auf die Bäume ergießt, rauscht leise. Jedes Mal, wenn ich den Weg hinter uns überprüfe, folgen uns die Untoten und ich habe Angst, dass sie plötzlich in ihre wilde Form zurückfallen und meine Männer angreifen. Oder sind das Späher für andere Zombies? Das ist lächerlich. Sie sind Untote und haben keine Gehirnkapazität, um auf diese Art und Weise als Team zu arbeiten.

Ich weiche zurück, als sie sich nähern, Frustration baut sich in meiner Brust auf, denn ich will nicht, dass diese Dinger Jae erschrecken.

"Hau ab!", rufe ich so leise wie möglich und schnippe mit der Hand, damit sie verschwinden. "Hau ab!"

Sie erstarren und starren mich nur mit leeren toten Augen an. Wer waren diese drei in ihrem vorherigen Leben? Menschen? Wölfe?

Meine Männer stehen auf beiden Seiten von mir, als die Schattenmonster sich langsam umdrehen und den Berg hinunter wandern.

Ich bin fassungslos, völlig und vollkommen überzeugt, dass das nicht gerade passiert ist.

"Machst du Witze? Haben sie gerade auf dein Kommando gehört, als wärst du ihre Königin?" Lucien keucht.

"I-ich d-denke schon! Nein, das kann nicht richtig sein. Wie denn?"

"Du bist die Zombiekönigin geworden", sagt Bardhyl fast ehrfürchtig, als wäre er stolz darauf, dass ich einen solchen Titel trage.

Ich werfe ihm einen scharfen Blick zu. "Mach darüber nicht einmal Witze. Ernsthaft, das kann nicht sein, oder?"

"Wir müssen weiter", sagt Lucien und nimmt meine Hand, um sich ihm anzuschließen, doch mein Blick bleibt auf die drei Schattenmonster gerichtet, die sich auf mein Kommando hin von uns wegbewegen.

Das muss ein Irrtum sein, ein Zufall, denn sie müssen irgendwo in der Nähe Blut gerochen haben.

Mein Magen rollt in sich zusammen und ich kann mir nicht einmal einreden, dass ich die Schattenmonster befehligt habe.

Und Bardhyls Worte schweben über meinen Gedanken und weigern sich, mich zu verlassen.

Zombiekönigin.

Das ist doch lächerlich. So etwas gibt es nicht.

8

Meira

Wir stolpern in die Höhle auf der Spitze des Hügels, die Bäume hinter uns rauschen, und gepaart mit dem trommelnden Regen, kann ich mich kaum denken hören. Also trete ich tiefer hinein und suche den Bereich nach Jae ab.

Lucien und Bardhyl stehen tropfend neben mir, ihre Körper blockieren fast das ganze Licht von draußen. Ich bewege mich, damit ein wenig Licht in die Höhle fällt.

Der Regen tropft an meinem Körper herab, hinterlässt kleine Pfützen um meine Füße herum und Unbehagen macht sich in meinem Bauch breit.

"Jae!", rufe ich, auch wenn die Höhle so klein ist, dass sie sich nirgendwo verstecken kann. Alles, was ich sehe, ist das ausgebrannte Feuer, ein kleiner Haufen Decken und Kleidung im hinteren Bereich und eine alte Glasflasche. Sie ist weg ... schon wieder, und ich möchte sie anschreien, weil sie nicht auf uns gewartet hat. Warum sollte sie im Regen rausgehen?

"Sie ist schon lange weg", stellt Bardhyl fest, während er das Feuer studiert. Aber es ist nicht er, auf den ich wütend bin ... Vielleicht ist Wut hier das falsche Wort. Ich bin enttäuscht von Jae.

Das ist es, was meine Adern durchflutet. Ich möchte sie beschützen und ihr helfen. Ich weiß, wie schwer es ist, allein in den Wäldern zu leben. Und sie hat nicht einmal die Immunität gegen die Schattenmonster, wie ich sie habe.

Ich schaue über meine Schulter zum aufkommenden Sturm, die Gischt kommt herein und überzieht mein Gesicht.

"Du wirst nicht da rausgehen, um nach deiner Freundin zu suchen", sagt Lucien, als könnte er meine Gedanken lesen. Doch er hat recht und ich verkrampfe mich bei dieser Erkenntnis. Alles, woran ich denken kann, ist, da raus zu rennen, um sie zu finden.

Das ist töricht. Sie könnte meilenweit weg sein und ich habe keine Ahnung, in welche Richtung sie gegangen ist. Ich kann eine Vermutung anstellen, aber was ist mit Dušan? Ich werde ihn nicht im Stich lassen, weil ich mich von etwas anderem ablenken lasse.

Er ist das, was im Moment zählt, sein Überleben, sonst verliere ich ihn vielleicht für immer.

Ich seufze und wende mich vom Eingang ab, um tiefer in die Höhle zu gehen. Ich ignoriere mein aufgewühltes Bauchgefühl und beschließe, dass ich nach Jae suchen werde, sobald wir Dušan gerettet haben.

"Feuer, Unterschlupf und Essen", sagt Lucien und kippt den Inhalt seiner Tasche auf den Steinboden zu seinen Füßen. "Wir haben alles, also müssen wir uns vorbereiten und etwas finden, das den kalten Wind, der in der Nacht hereinkommt, abhält." Er und Bardhyl machen sich zuerst an die Arbeit mit dem Feuer.

Ich marschiere in den hinteren Teil der Höhle und wühle mich durch die Kleidung. Wir sind durchnässt bis auf die Knochen und etwas Trockenes und Warmes wäre perfekt. Ich schnappe mir auch alle Decken, die ich finde, und lege sie hinter das entfachte Feuer. Bardhyl findet in der Höhle abgebrochene Äste, die überall herumliegen, und wirft sie auf das Feuer.

Ich lege die dritte, große Decke über die anderen beiden, um so gut wie möglich gegen den eisigen Steinboden zu isolieren. In Luciens Tasche sollte noch eine weitere Decke sein und ich habe die Absicht, mich an die Männer zu kuscheln, um ihnen heute Nacht die Wärme zu stehlen.

"Wie sieht unser Plan zur Rettung von Dušan aus?", frage ich, spreche aber weiter und gebe ihnen keine Chance, zu antworten. "Brechen wir nachts ein und suchen im Kerker nach ihm?"

"So ähnlich", antwortet Lucien, während Bardhyl sich darauf konzentriert, mehr Holz auf das Feuer zu stapeln.

Ich blinzle und starre die beiden Männer an, denn ich kenne sie gut genug, um zu wissen, wann sie mich beschwichtigen. Sie nehmen die Dinge nie so leichtfertig hin. "Ich hoffe, du denkst nicht daran, mich im Stich zu lassen und alleine zurückzugehen?"

Sie heben beide ihre Blicke zu mir und verraten mir ihre wahren Absichten.

Bastarde.

"Wir werden uns nicht trennen. Ich habe dich schon einmal fast verloren - nicht schon wieder. Ich habe es satt, alleine zu sein und jeden zu verlieren, der mir wichtig ist.

Ich werde nicht zulassen, dass du mir das antust." Ich weiß gar nicht, woher das kommt, aber etwas sticht in meiner Brust, wie schnell ich mich aufrege.

Bardhyl schließt den Abstand zwischen uns in zwei langen Schritten, legt seine Hand an meine Wange und hebt meinen Kopf, um seinem Blick zu begegnen - schöne grüne Augen, die heute Abend noch blasser erscheinen. "Wir werden kämpfen, um der Hölle selbst zu entkommen, wenn es bedeutet, zu dir zurückzukommen, aber wir sind wie versteinert vor Angst, dass dir etwas zustößt. Kannst du verstehen, warum wir die Entscheidungen treffen, die wir treffen?"

Er lehnt sich näher heran und flüstert: "Dich zu verlieren, würde mich zerstören. Und von dir getrennt zu sein, ist das Schwerste. Aber wir werden dich nicht in Gefahr bringen." Seine Lippen streifen meine und rauben mir die Chance zu antworten.

Ich sollte ihn wegstoßen, aber stattdessen schmiege ich mich an ihn, umschließe sein Gesicht und küsse ihn zurück. Seit Mad uns angegriffen hat, war es eine unerbittliche Eile, zu entkommen, meine Männer zu finden, zu überleben. Jetzt lasse ich es langsamer angehen und rücke näher, unsere Körper aneinandergepresst, unsere Kleidung durchnässt. Mir ist alles egal, außer bei Bardhyl und Lucien zu sein. Ich habe sie furchtbar vermisst.

Mein Gegenüber räuspert sich in der Nähe des Feuers und wir ziehen uns auseinander, dann blicke ich auf Luciens unbeeindruckte Miene. "Ich würde mich gerne zu euch gesellen, aber wir sollten einen Weg finden, den Wind vom Eingang fernzuhalten. Die Kälte, die hier hereinströmt, ist höllisch. Dann wird Meira nicht so kalt sein, wenn wir sie ausziehen." Er hebt die Augenbrauen in meine Richtung und gibt mir mit einem kleinen Nicken

zu verstehen, dass genau das passieren wird. Sein Blick
schweift über mich und verharrt auf meinen Lippen,
bevor er wieder zu meinen Augen aufsteigt.

Sein Blick ist hungrig und wie könnte ich etwas
anderes als pure Verzückung empfinden, wenn ein hinrei-
ßender Mann solche Dinge sagt? Ich lecke mir über die
Lippen und schlucke den Kloß in meiner Kehle hinunter.

Bardhyl sieht mich an und nickt. "Bin bald zurück,
meine Schöne."

Dann dreht er sich um und geht mit Lucien aus der
Höhle, beide biegen nach links ab, wo eine Baumgruppe
steht, deren große Äste den Eingang verdecken könnten.

Eine Kälte fegt ins Innere, die das Feuer in ein wildes
Flackern versetzt, während meine Haut zittert. Ich bin
klatschnass und muss mich umziehen, bevor ich erfriere.

Ich eile zu dem Haufen Kleidung, den Jae in der Höhle
zurückgelassen hat und schnappe mir ein kleines Paar
schwarzer Leggings, die ein Loch in der Kniekehle haben,
und ein ausgebeultes Sweatshirt - beides zu klein für die
Jungs. Schnell schäle ich mich aus dem Shirt, der Stoff klebt
an meiner Haut, also reiße ich es mir vom Leib. Der Wind, der
von hinten kommt, fegt über meinen nackten Rücken und
ich zittere. Verdammt, es ist eisig und meine Zähne klappern.
Genauso schnell ziehe ich meine Hose herunter und lasse sie
in einem nassen Durcheinander mit meinem Oberteil fallen.

Mit zittrigen Händen greife ich nach einer flauschigen
Jacke, die viel zu klein aussieht, um mir zu passen, und
wische mir hektisch das Wasser vom Körper. Schnell
sammle ich die Leggings von dem Haufen auf und steige
in sie hinein. Sie über meine Beine zu ziehen, ist ein
Albtraum. Sie sind eng und der Stoff klebt an meiner
Haut, weil ich mich nicht genug abgetrocknet habe.

Ich kämpfe mit dem verdammten Ding und schaffe es bis zur Hälfte meiner Oberschenkel, als das Knacken von Holz mich den Kopf herumdrehen lässt.

In der Tür stehen Bardhyl und Lucien wie erstarrt, der Wind peitscht gegen sie und weht ihnen die Haare ins Gesicht. Sie halten große Äste, die mit Blättern bedeckt sind und scheinen vergessen zu haben, dass sie nass werden, während sie mich anstarren.

"Beeilt euch", sage ich zu ihnen, während ich damit ringe, die Hose über meinen Hintern zu ziehen.

Hastig ziehe ich das T-Shirt über meinen Kopf und meine Arme, dann ziehe ich es über meinen Bauch und drehe mich um.

"Unseretwegen hättest du nicht hetzten müssen", fügt Lucien hinzu, während er und Bardhyl die Höhlenöffnung mit einem halben Dutzend Ästen aus dem Inneren der Höhle kreuz und quer verbarrikadieren. Sie haben es auch geschafft, mehrere große Felsen herbeizuschaffen, die sie als Basis für ihre Konstruktion verwenden. Äste stecken an den schmalen Seiten der Verkleidung, gebogen und an ihren Platz geschoben.

Hier und da klaffen noch Lücken in den Schichten der Äste, aber ich spüre sofort, dass die Kälte schwindet. Mit dem knisternden Feuer wird es in dieser Höhle bald gemütlich sein.

"Und hier haben wir eine kleine Öffnung gelassen", erklärt Bardhyl und deutet auf den Boden des Bauwerks am Rande des Ausgangs. "Für Toilettenpausen."

Apropos, genau dafür trete ich vor. "Das sieht toll aus. Danke! Ich habe hinten ein paar trockene Klamotten für dich, in die du dich umziehen kannst." Ich schaue durch die Löcher in der Verkleidung nach draußen, wo die

Nacht über die Landschaft fällt und der Regen zum Tröpfeln nachgelassen hat.

"Ich bin gleich wieder da. Toilettenpause." Ich eile nach draußen und gehe nicht weit weg, aber es ist eiskalt hier draußen, und der Regen erwischt mich gerade, als ich mich durch den Spalt wieder nach drinnen schiebe.

"Es wird eine kühle Nacht werden", sage ich, während ich mich aufrichte, aber meine Stimme versagt.

Mein Blick fällt auf die beiden Männer, die mit nacktem Oberkörper auf beiden Seiten des Feuers stehen und mir grinsend entgegenblicken.

"Vorsichtig. Bevor du etwas Wertvolles verbrennst", stichle ich, während ich näherkomme, um die Kälte zu vertreiben, die sich an mich klammert.

Keiner der beiden weicht von den Flammen und ich geselle mich zu ihnen und strecke meine Hände aus, um sie zu wärmen. "Also, was ist der Plan?", frage ich und kämpfe gegen den Drang an, meinen Blick auf die beiden zu senken. "Essen?"

"Erst mal ausziehen", antwortet Lucien schnell und grinst mich an, und ich spüre Bardhyls Blick auf mir, beide wie Wölfe, die auf den perfekten Moment warten, um ihre Beute zu schlagen.

Ich lache, hauptsächlich zur Show. "Ihr habt also ein bisschen Arsch gesehen und das hat euch beide schon heiß gemacht?"

"Brauchst du noch einen anderen Grund?", fragt Bardhyl, und er meint es ernst.

Ich rolle mit den Augen, auch wenn ich innerlich extrem beeindruckt und leicht erregt bin von ihrem Eifer. "Lasst uns essen. Ich bin am Verhungern."

Sie zögern nicht einmal und machen sich sofort daran, sich anzuziehen, beide in weiten Shorts und Shirts, die eine Nummer zu klein sind. "Gut, erst das Essen, dann das Ausziehen", bekräftigt Lucien.

Bardhyl holt das Essen aus der Tüte. Das weiße T-Shirt, das er trägt, formt sich über all den harten Flächen und Muskeln. Verdammt, ist der durchtrainiert. Lucien schlendert zu mir rüber, während er sich ein langärmeliges T-Shirt in der Farbe eines Sonnenuntergangs überstreift. Der Stoff ist eng und schmiegt sich an jede Kontur. Er steht vor mir und schiebt mir lose dunkle Haarsträhnen aus dem Gesicht, während ich nur daran denken kann, wie umwerfend er aussieht. Offensichtlich bin ich nicht in der Lage, Gedanken zu formen, die nicht damit zu tun haben, dass ich mir vorstelle, wie er wieder nackt ist, wie sich die Muskeln spannen und wie ich über ihm stehe.

"Klingt nach einem Plan", beginnt Bardhyl. "Erst das Essen. Setz dich und wir setzen uns zu dir."

Ich beäuge ihn, als er mir einen Kuss zuwirft und Bardhyl geht, um ihm zu helfen. Ich bin so erschöpft, dass ich beim Essen einschlafen könnte.

Schon bald sitze ich im Schneidersitz auf der Decke, das Feuer wärmt mich, und meine beiden Männer gesellen sich zu mir. Wir haben ein Mini-Picknick mit Crackern, Käse und Trockenfleisch, serviert mit Frucht-Chutney. Der kleine Salat aus Tomaten und Gurken, den ich bei Kinley grob zerkleinert habe, ist im Angebot, zusammen mit einem großen Stück Obstkuchen. Das ist das größte Festmahl, das ich je auf der Flucht gegessen habe ... was die meiste Zeit meines Lebens der Fall war.

"Lasst es euch schmecken", sagt Lucien, während er nach einem Stück des Fleisches greift. "Es ist kein Schweinebraten, aber es wird reichen. Und es ist mehr als das, was Dušan heute Abend essen kann."

Ich senke den Kopf und schicke meine Gedanken zu Dušan, bete, dass er in Sicherheit ist und wir ihn hoffentlich morgen retten können. Als ich zu Bardhyl und Lucien blicke, die wir alle drei im Halbkreis um das Essen sitzen, bemerke ich, dass auch sie ihre Köpfe gesenkt haben und für ihren Alpha beten.

Als wir mit dem Essen beginnen, sagt niemand ein Wort, und das hat mit dem Hunger zu tun, der mich übermannt. Ich bediene mich an allem, außer an dem Kuchen. Ich komme selten in den Genuss einer solchen Köstlichkeit, also hebe ich sie mir für den Nachtisch auf.

"Nachdem ich dieses verdammte Arschloch Mad getötet habe", beginnt Bardhyl mit einem Bissen, dann schluckt er ihn herunter, "koche ich meinen berühmten Wikinger-Eintopf für dich. Drei Sorten Fleisch, Kartoffeln und Karotten, dazu Gewürze, die deine Eingeweide wärmen werden. Du wirst meine Kochkünste lieben."

"Du machst mich hungrig, während ich esse. Ist es ein Familienrezept?" Ich baue einen Stapel aus Käse, Fleisch und Gurkenscheiben in meiner Hand auf.

"Ein Gericht, das mein Vater für uns gemacht hat, als wir aufwuchsen. Ich liebte seinen Spruch, dass es sogar die Berserker im Kampf stärker machte. Also habe ich natürlich darauf bestanden, drei Schüsseln voll zu bekommen."

Lucien schiebt sich eine große Scheibe Tomate in den Mund. "Als ich aufgewachsen bin, hat mein Vater mir immer gesagt, dass ich ohne Bedingungen lieben soll. Er hat im Haus geholfen, ist immer auf die Jagd gegangen, also hat er diese Worte nicht unbedingt gesagt, sondern es eher in seinen Taten gezeigt. In der Art, wie er anderen in Not half, wie er den Boden verehrte, auf dem meine Mutter ging."

"Er klingt wie ein Romantiker", sinniere ich und kann nicht verhindern, dass meine Gedanken zu dem Vater abdriften, der Mama und mich im Stich gelassen hat, der zu ängstlich war, um zu bleiben und auf uns aufzupassen.

Ich kann keinen von euch beschützen, würde er schreien. *Meira ist meinetwegen schwach. Sie wird immer eine Ausgestoßene sein.* Er ist ein Mensch und konnte nicht mit sich selbst leben, also war es einfacher, feige zu sein und wegzulaufen, als bei uns zu bleiben, damit es funktioniert. Ich beiße die Zähne zusammen. Selbst nach all den Jahren fällt es mir schwer, ihm zu verzeihen, und ein Teil von mir gibt ihm die Schuld an Mamas Tod. Wäre er geblieben und hätte geholfen, wären wir vielleicht woanders untergekommen und die Schattenmonster hätten sie nie getötet.

Meine Augen brennen, und ich hasse es, wie schnell er mich immer noch beeinflusst, aber es ist nicht er, um den ich geweint habe. Es ist der Verlust von Mama. Ich senke meinen Kopf und tue so, als würde ich auf das Essen starren, während ich die Tränen wegblinzle. *Lebe nicht mit der Vergangenheit*, sagte meine Mutter zu mir. *Schau immer nach vorne.*

"Das war er." Lucien nickt, was meine Konzentration unterbricht und ich brauche einen Moment, um mich daran zu erinnern, worauf er sich bezieht.

Ich atme schwer und schiebe die Gedanken an meine Vergangenheit beiseite, denn das, was geschehen ist, kann ich nicht ungeschehen machen, aber ich kann meine Schritte nach vorne kontrollieren. Ich habe drei Männer gefunden, die ich niemals im Stich lassen werde, egal was passiert.

Wir essen nur in der Gesellschaft des knisternden Feuers. Erst als ich zu jedem der Männer aufschaue, erkenne ich die Mienen, die sie tragen, während ihre Gedanken meilenweit abdriften. Verloren in ihrer Vergangenheit. Schließlich ist das alles, was wir alle in dieser kaputten Welt, die uns nimmt und nimmt, noch haben. Zum Glück habe ich sie jetzt in meinem Leben, was nicht immer der Fall war. Das sind Erinnerungen, die niemand auslöschen kann, also schätzen wir das, was wir noch haben, sehr.

Die Erschöpfung muss ihren Tribut fordern, denn nachdem ich den Kuchen aufgegessen und jeden süßen Krümel von meinen Fingern geleckt habe, geht jeder in seine eigene Routine über. Bardhyl packt die Essensreste in die Tasche, während Lucien aufsteht und hinüber wandert, um die Barriere über dem Höhleneingang zu überprüfen.

Ich sammle die Cracker in einer kleinen Plastiktüte und falte sie zu, bevor ich sie Bardhyl reiche. Unsere Hände streifen sich und ich werde weich, als ich sehe, wie warm er sich anfühlt.

"Geht es dir gut?", fragt er, aber ich kann nicht aufhören, zu Lucien hinüberzuschauen, der etwa drei Meter entfernt steht, mit dem Rücken zu uns. Es ist klar, dass er Zeit braucht, um mit seinen Gedanken allein zu sein.

"Geht es ihm gut?", flüstere ich unter den knackenden Geräuschen des Feuers.

Bardhyl nickt. "Seine Eltern vor so langer Zeit an ein rivalisierendes Rudel verloren zu haben, beeinflusst ihn immer noch. Gib ihm einfach ein bisschen Zeit. Er kommt immer wieder auf die Beine."

"Ich habe meinen Vater verloren, als ich noch sehr jung war, und dann meine Mama, also kenne ich das Gefühl." Ich lehne mich über die Decke und wische mit der Hand die Essenskrümel weg. "Aber ich will nicht, dass er wegen etwas leidet, was wir nicht ändern können." Die Worte kommen mir über die Lippen und ich fühle mich scheinheilig, da ich nicht einmal über den Verlust meiner Mutter hinwegkommen kann.

Bardhyl schnappt sich die Tasche und schiebt sie beiseite, kommt zu mir und setzt sich neben mich, die Arme über die angewinkelten Knie verschränkt. "Du sorgst dich sehr um ihn, nicht wahr?"

Ich stupse ihn mit der Schulter an, aber er rührt sich nicht, weil er ein Fels ist. "Falls du es noch nicht bemerkt hast, ich sorge mich um euch alle drei ... viel mehr, als ich jemals gedacht hätte. Ich meine, ich habe schon vor langer Zeit akzeptiert, dass ich nicht dazu bestimmt war, meinen Schicksalsgefährten zu finden. Aber seht euch an, wie sich das entwickelt hat."

Der Blick, den er mir zuwirft, diese sexy Augen, die sich verengen, lässt mich lächeln und alles andere vergessen. Das ist einer seiner magischen Tricks, wie ich feststelle, und einer der vielen Gründe, warum ich mich so sehr in ihn verliebt habe.

Er nimmt meine Hand und küsst jede Fingerspitze. "Einmal im Leben sollte jeder einen besonderen Menschen treffen, vielleicht sogar drei auf einmal. Jemanden, der ihre Welt entzündet, der alles verändert."

Seine Worte sind das Schönste, was ich je gehört habe, ernsthaft und leidenschaftlich. Seit ich ihn getroffen habe, hat es eine Weile gedauert, bis ich verstanden habe, dass Bardhyl so viel mehr ist als ein mächtiger Wikingerkrieger mit einem Berserkerwolf. Unter den Schichten ist ein Mann, der leidet, der Dunkelheit aus seiner Vergangenheit trägt. Aber vor allem ist er ein Alpha, der geliebt werden will. Ich sehe es an der Aufmerksamkeit, die er mir schenkt, an der Zärtlichkeit, mit der er mich hält, an den Worten, die er mit mir teilt. Alles, von der Begegnung seines hypnotischen Blicks mit dem meinen bis hin zu dem Moment, in dem er mich fickt wie ein Mann, der von Emotionen, die er nicht kontrollieren kann, in den Wahnsinn getrieben wird.

"Glaubst du, Lucien vermisst immer noch seine erste Gefährtin?", flüstere ich und bereue fast schon, dass ich so eine intime Frage gestellt habe.

Seine Hand gleitet über meinen Rücken und schlingt sich um meine Taille, zieht mich an sich und vertreibt jeden Raum zwischen uns.

"Seelenverwandte existieren", versichert mir Bardhyl. "So etwas wie eine zufällige Begegnung von Seelen gibt es nicht. Es war alles vorherbestimmt." Er blickt zu Lucien hinüber, der am Höhleneingang steht und durch die Ritzen in den Regenguss draußen starrt, das Geräusch des auf den Berg prasselnden Regens ist hypnotisierend. "So wie du dein Herz an uns drei verschenkt hast, wird Lucien immer ein Stück für Cataline aufbewahren. Das bedeutet nicht, dass er dich weniger liebt."

"Ich weiß", sage ich, und ein Teil von mir fragt sich, ob der Schmerz, den ich in meiner Brust spüre, mehr damit zu tun hat, dass ich seine Trauer über den Verlust seiner ersten Partnerin spüre als mit Eifersucht. "Weißt du, ich habe nie an Seelenverwandte geglaubt - nun, bis ich euch drei getroffen habe. Verdammt, nachdem ich gesehen habe, wie die Untoten meine Mutter getötet haben, als ich vierzehn war, habe ich aufgehört, an irgendetwas anderes zu glauben als ans Überleben, einschließlich meines eigenen Glücks."

Er lehnt sich nahe heran und küsst die Seite meines Kopfes. "Deshalb werde ich dich bei jeder Gelegenheit fest umarmen, damit sich alle deine Teile wieder zusammenfügen. Bis du dich daran erinnerst, wie unglaublich du bist, und das Glück findest, das du vor so langer Zeit verloren hast."

Ich hebe meinen Kopf und schaue ihm in die Augen. Seine Augen sind grün wie der Wald und ich falle tief in sie hinein und biete mich diesem Ash-Wolf an. "Ihr drei seid der Teil von mir, den ich immer gebraucht habe und nie kannte, bis ihr mich gefunden habt."

"Egal was passiert, ich möchte, dass du weißt, dass es sich für mich lohnt, was auch immer uns bevorsteht, egal wie es ausgeht. Mit dir zusammen zu sein, ist alles, dich zu lieben, dich zu beanspruchen. Alles ist es wert."

Mein Herz flattert bei seiner Hingabe, seine Worte prägen sich mir ein, damit ich sie nie vergesse. Er bewegt sich auf mich zu und ich drehe mich ebenfalls um, als seine Hand durch mein Haar gleitet. Ich bewundere die Art, wie er mich ansieht, wie ich mich in seinen Armen unglaublich frei und sicher fühle. Hinzu kommt, dass mein Körper von einer elektrisierenden Erregung summt. In seiner Gesellschaft entfacht eine einzige Berührung mein Verlangen nach ihm, lockt mich auf seine Seite.

Seine Augen sind tief und durchdringend, als er mich ansieht. Seine herzlichen Grübeleien sind verschwunden, ein verschmitzter, sexy Ausdruck ersetzt sie nun. Wir sitzen in der Höhle fest, während draußen der Sturm wütet, und alles, woran ich denken kann, ist, wie sehr ich dachte, meine drei Wölfe zu verlieren, wie sehr ich in ihre Arme kriechen und dort bleiben möchte.

"Ich habe euch vermisst", murmle ich.

Ein köstliches Lächeln die Lippen dieses Prachtkerls und meine Zehen krümmen sich als Antwort.

Wir kommen zusammen, ein leichter Druck an meinem Hinterkopf, wo er mich genau so hält, wie er mich haben will, und er sagt: "Weißt du noch, was das letzte Mal passiert ist, als wir zusammen in einer Höhle waren?"

Mein Herz donnert hinter meinem Brustkorb und Hitze sammelt sich augenblicklich zwischen meinen Beinen, denn ich werde es nie vergessen. Ich klammere mich an meine Zuversicht und halte seinem Blick stand. "Ich habe meine Lektion schon gelernt", frotzle ich. "Ich mache nie wieder Deals mit dir."

Er lacht, der Klang ist wie Honig ... süß und süchtig machend. Und ich warte keine weitere Sekunde. Ich nähere mich ihm und presse meine Lippen auf seine.

Es dauert nur Sekunden, bis sich seine Finger über den Gummizug meiner Leggings winden und ich eine Hand gegen seine Brust drücke. "Ähm ... was machst du da?" Nach seinen Spielchen beim letzten Mal, das wir zusammen in einer Höhle verbracht haben, habe ich nicht vor, es ihm einfach zu machen.

"Oh, du dachtest, wir hätten vorhin gescherzt?" Luciens Atem streicht über meinen Nacken. Ich zucke bei seinem plötzlichen Erscheinen zusammen und drehe mich zu ihm um, als er mir ein sündhaft sexy Lächeln schenkt. Er ist wieder ganz der kokette Typ.

Er beugt sich über meine Schulter nach vorn und küsst meine Lippen. Wie der Sturm, der draußen tobt, prallen unsere Münder aufeinander, sogar unsere Zähne klammern sich aneinander. Und er zerrt an meiner Hose, während Bardhyl mein Oberteil hochreißt.

Und ich lasse mich in ihre Arme fallen und in dieses sexy Märchen, das ich so sehr vermisst habe.

9

Lucien

*H*ärter. Schneller. Unersättlicher.

So küsst mich meine kleine Schönheit, dreht ihren Körper zu mir, während wir am Feuer sitzen bleiben und mein Gesicht festhalten, für den Fall, dass ich vorhabe, mich zu entfernen. Ich bin nahe daran, vor Lust zu platzen, vor ihrer Leidenschaft, vor der Zuneigung, die von ihr ausgeht, wenn sie bei mir ist. Wir verlieren uns in der Gesellschaft des anderen, während ich die enge Hose, die sie trägt, nach unten drücke, weil ich mehr will.

Die muss verschwinden.

Bardhyl drückt sich an ihren Rücken und hinterlässt Küsse an ihrem Hals.

Meira ist alles, was ich will, jede weiche Kurve, jeder köstliche Geschmack, jeder verlockende Happen, nach dem ich mich sehne. Sie ist herrlich und perfekt.

Sie greift zwischen uns hindurch, ihre Hand

umschließt sanft meine Erektion durch meine Shorts hindurch, um meinen Schwanz zu streicheln. Ich bin so verdammt hart und ich zische bei ihrer neckischen Berührung.

Bardhyl zieht ihr Oberteil hoch und über den Kopf, was unseren Kuss unterbricht. Ich nutze diesen Moment, um ihr die Hose herunterzureißen, während sie ihren Hintern vom Boden hebt. Ihr Körper zittert unter der Geschwindigkeit und Kraft, mit der ich sie ausziehe. Mein Blick schweift über ihre wackelnden Brüste und direkt hinunter zu dem kleinen Hügel aus dunklem Haar zwischen ihren Beinen.

Mein Schwanz zuckt, als ich einen Blick auf ihre Lippen erhasche, die vor Erregung bereits feucht sind, bevor sie ihre Beine zusammenpresst und versteckt, was mir gehört.

Als Bardhyl seine Arme um ihre Taille legt und sie von hinten umarmt, gleiten seine großen Hände nach oben und umschließen ihre frechen Brüste.

Ich nutze diesen Moment, um aufzustehen und meine Shorts herunterzulassen. Ich ziehe sie aus und werfe sie beiseite, während ich mein T-Shirt ausziehe und es ebenfalls hinter mich werfe. Meira hat ihren Hinterkopf an Bardhyls Schulter geschmiegt und stöhnt, als er ihre Brustwarzen zwischen seine Finger nimmt und an ihnen zerrt.

Ich lasse mich vor meiner Königin auf die Knie fallen und betrachte diese wunderschöne Frau, die unsere Seelenverwandte ist und die wir fast verloren hätten. Ich würde alles tun, um sie in Sicherheit und an unserer Seite zu halten, denn eine Schicksalsgefährtin im Leben zu verlieren, ist mehr, als ich überleben kann. Also traf ich die Entscheidung, als Meira vor uns weglief, dass ich ihr

alles geben werde, was ich habe. Um mich daran zu erinnern, dass dies meine zweite Chance ist. Ich habe meinen
Verstand aufs Spiel gesetzt, meine Zukunft, mein Herz ...
und ich bereue nichts.

Ich greife hinüber und umklammere ihre gebeugten
Knie, fahre mit den Fingerspitzen hinauf zu ihren Hüften
und wecke sie aus ihrem Hochgefühl mit Bardhyl. Ich
streiche zurück zu ihren Knien und versuche, sie auseinander zu drücken, aber das kleine Luder widersteht mir.
Sie sieht mich mit einem schmutzigen Lächeln an und ich
lecke mir über die Lippen, als Bardhyl lacht.

"Du willst die Unnahbare spielen?", sage ich und werfe
Bardhyl einen wissenden Blick zu, während meine Hände
ihre Hüften packen.

In einer schnellen Bewegung schiebt er sich zurück
auf seine Knie, seine Hände unter ihren Achseln und hält
sie hoch, während ich ihren Hintern schnell von der
Decke hebe.

Sie zappelt vor Schreck, um uns zu entkommen, ihr
Atem geht stoßweise und in ihrem Fehler fallen ihre
verschlossenen Knie auseinander. "Hey, zwei gegen einen
ist nicht fair."

"Wer hat etwas von Fairness gesagt?", murmelt Bardhyl
belustigt und genießt die Show genauso wie ich.

Mein Puls pumpt härter, schneller durch meine
Adern, als ihre süße, feuchte Pussy sich mir offenbart, ihre
rosa Falten brauchen Aufmerksamkeit. Die Hände gleiten
unter ihre Arschbacken und ich schiebe meine Schulter
nach vorne, um ihre Beine weiter zu spreizen, die nun
über meinen Schultern baumeln, und positioniere mich
genau zwischen ihren Schenkeln, auf Augenhöhe mit
dem, was mir gehört.

Sie bockt, um zu entkommen, während sie in der Luft

ist, wir beide kniend, sie haltend. Trotz ihrer Aktionen lacht sie. "Lass mich runter."

Ein Streicheln meiner Zunge über ihr Geschlecht und ihr Protest verwandelt sich in ein hingebungsvolles Zittern. Ich atme ihren parfümartigen Duft ein, der direkt zu meinem Schwanz geht, meine Eier ziehen sich zusammen, und ich schließe meinen Mund um ihr saftiges Angebot und sauge. Sie schmeckt süß und so erregt, dass ich nicht aufhören kann, sie zu verschlingen, als würde ich einen Pfirsich verschlingen.

Erinnerungen überfluten mein Gehirn an all die Zeiten, in denen ich sie beansprucht habe, die aber zu wenige und selten waren. Was wir geteilt haben, ist nicht genug und ich habe die Absicht, das zu korrigieren. Aber je mehr ich lecke und in ihrer Muschi ertrinke, umso mehr muss ich daran denken.

Bardhyl stöhnt mit seiner eigenen wachsenden Erregung, und es vermischt sich mit Meiras Lustschreien. Er senkt sanft ihre Schultern und ihren Kopf auf die Decken, während ich ihre Hüften umklammere und ihre Muschi schön hoch halte. Ihr Hintern lehnt an meiner Brust, so dass ich ihr Gewicht auffange.

Er zieht sich schnell aus und sein Schwanz springt aus seinen Shorts hervor.

Meira greift nach ihm. Sie saugt an ihrer Unterlippe, dann murmelt sie: "Komm zu mir."

Ich lecke und knabbere weiter an ihren inneren Schamlippen. Meine Zunge streichelt sie den ganzen Weg hinunter zu ihrem Eingang, wo ich in sie eindringe.

Sie windet sich unter mir, ihre Beine zittern, weil ihr Höhepunkt naht. Ich spüre es in ihrem Geschmack, im Anschwellen ihrer Lippen. Alles an ihr macht mich süchtig, während mein Bedürfnis nach Befreiung durch mich donnert.

Ihr Körper zittert, als ich langsam an ihrer Klitoris sauge und das Bild von ihr, wie sie sich windet und stöhnt, macht mich fertig. Mit meiner Zunge dringe ich in jeden Zentimeter von ihr ein, lecke sie schnell.

Ihr Becken schaukelt mit wachsendem Bedürfnis.

Sie greift nach Bardhyls dickem Schaft und pumpt ihn auf und ab. Er brüllt, während ich in meiner eigenen Fantasie schwebe. Ich kann nicht genug davon bekommen, mit dem Gesicht tief in ihrem strahlenden, pulsierenden Kern vergraben zu sein. Das ist alles, wovon ich träume. Dieses Sprichwort über Kerle, die Arsch- oder Tittenliebhaber sind ... Ich bin ein Pussy-Liebhaber durch und durch.

Wir drei verbinden uns in fleischlicher Begierde und brauchen diese reine Verbindung, nachdem wir sie fast verloren haben. Ich kann nicht aufhören, sie zu beobachten, und will sie einfach nur in meinen Armen halten und nie wieder loslassen. Sie ist so schön, so unschuldig, so fesselnd.

Meira schaut zu mir auf, ihr Ausdruck ist voller Verlangen und Vertrauen. Sie ist nicht mehr das verängstigte Mädchen, das Dušan aus den Wäldern zu uns gebracht hat, das Mädchen, das der Gefangennahme von Mad entkommen ist, das Mädchen, das immer wieder vor uns weggelaufen ist.

Sie ist eine Göttin.

Ihr Körper bebt härter, ihr Stöhnen wird lauter.

"Meira! Noch nicht! Denk nicht daran, zu kommen", befehle ich, während ich ihren süßen Bonbonsaft von meinen Lippen und meinem Kinn lecke. Mit ihrem Gewicht auf mir und sie mit einer Hand haltend, fahre ich mit zwei Fingern über ihr gespreiztes Angebot. Sie fühlt sich samtig an und ist so feucht.

Sie dreht sich um und sieht mich an, während sie ihre Lippen über Bardhyls Schwanz gleiten lässt und ihn tief in diesen herrlichen Mund nimmt. Ihre feurigen Augen ertrinken am Rande ihres Orgasmus. Ich sehe es in ihren Augen, wie nah sie dran ist.

Bardhyl stößt in ihrem Mund, und ich streiche mit meinen Berührungen über ihre Glätte und drücke sie in ihre Öffnung. Ihre Augen weiten sich, als sich ihre Innenwände um mich herum zusammenziehen, drücken und sie stöhnt von dem, was kommt.

"Noch nicht, Meira", erinnere ich sie und ich ziehe mich zurück, gerade als Bardhyl aus ihrem Mund rutscht.

Meira

Die Art, wie Lucien meinen Namen sagt, bringt mich zum Schmelzen, mein ganzer Körper spannt sich an. Diese großen, starken Hände greifen nach meinem Hintern, sein Gesicht ist zwischen meinen Schenkeln vergraben. Meine Aufmerksamkeit klebt an den Körpern dieser beiden Männer ... kraftvoll wie Stahl, die Bizeps wölben sich. Da ist etwas Ursprüngliches, das die weibliche Seite in mir vor Lust auf diese Männer verrückt werden lässt.

Ich versuche zu reagieren, aber nur ein schwaches Stöhnen gleitet aus meiner Kehle, als Lucien meine Hüften wieder auf die Decken senkt, und ich möchte schreien. Der Schmerz tief in mir pulsiert und ich bin kaum noch zu halten, als sie innehalten.

"Das ist absolut nicht fair", protestiere ich durch zusammengebissene Zähne und ziehe meine Beine zusammen, um das berauschende Versprechen der Lust voranzutreiben.

"So nicht." Lucien stupst meine Beine wieder an und hält sie weit auseinander.

"Ich glaube, sie braucht ein bisschen mehr Ermutigung." Bardhyl knurrt, ein tiefer Ton wächst in seiner Brust, der mich an Hunger erinnert.

"Ich bin bereit zu platzen wie ein Vulkan."

Sie tauschen Blicke aus und grinsen auf eine Weise, die mir ein wenig Angst macht, was sie vorhaben könnten.

Lucien senkt seinen Körper über meinen und ich wölbe meinen Rücken in Erwartung, dann wippe mein Becken nach oben, um ihm entgegenzukommen.

"Bitte", flüstere ich.

Sein Mund beansprucht meinen, küsst mich mit einem schmerzhaften Verlangen und ich erwidere den Gefallen, weil ich ihn so sehr brauche. Die Spitze seines Schwanzes gleitet über meinen Eingang. Ich muss ihn in mir haben.

Er stößt ein köstliches Stöhnen aus und eine Hitzewallung durchströmt mich, ein verzweifeltes Verlangen. Am Rande des Höhepunkts balancierend, neckt er mich wieder und wieder, ohne mir jemals ganz zu geben, was ich will.

"Lucien", flehe ich an seinen herrlichen Lippen, müde des Wartens.

Er lacht, dann zieht er sich zurück.

Ich setze mich auf, aber bevor ich protestieren kann,

greift Bardhyl nach unten und nimmt meine Hand.
"Komm zu mir", versichert er mir.

Er steht, sein Schwanz ist steif und glitzert von
meinem Mund und ich kann immer noch seine salzige
Köstlichkeit schmecken.

Sobald ich stehe, um mich ihm zuzuwenden, lehnt er
sich nur leicht nach vorn und greift die Rückseite meiner
Oberschenkel. In Sekundenschnelle liege ich in seinen
Armen, meine Beine sind um seine Taille geschlungen.
Ich bewege mein Becken hin und her und reibe mich an
der Spitze seiner Härte.

Ich umklammere seine muskulösen, stahlharten
Schultern, als er sich mir nähert und seine Stirn an meine
legt. "Du warst zu lange weg von mir, Süße."

Ohne Umschweife gleitet er in mich hinein, sein Griff
um meine Hüften zieht mich nach unten. Der frühere
Schmerz verstärkt sich, als er tiefer eindringt und mich
dehnt. Zuerst schreie ich auf, weil er so groß ist, doch
dann verwandelt sich der Schmerz in ein Gefühl der
Erregung.

"Nimm alles von mir", murmelt er und die
verkrampften Muskeln in seinem Nacken zucken. Er
kämpft gegen den Drang an, mich einfach zu ficken wie
ein wildes Tier.

Darin vergraben, küsst er mich, zieht sich dann halb
heraus und stößt wieder in mich hinein. Der Rhythmus
eskaliert, wird intensiver.

Meine Erregung wogt in mir bis zum Punkt der Explosion ... Ich jage dem Höhepunkt hinterher, verzweifelt
nach Erlösung.

Luciens starke Hände umklammern meine Taille von
hinten und sein Kinn stützt sich auf meine Schulter. "Bist
du bereit für uns beide, meine Schöne?"

Ich bin nicht gerade in der Lage, klar zu denken, denn ich schwebe auf Wolken, und gerade jetzt will ich mehr. So viel mehr.

"Ja", schnurre ich und erinnere mich an das letzte Mal, als ich von hinten genommen wurde und wie unglaublich es sich angefühlt hat, nachdem ich den ersten Schock überwunden hatte.

Bardhyl unterbricht seine Stöße und bedeckt meinen Mund mit seinem, während seine Hände meine Arschbacken teilen.

Lucien verschwendet keine Zeit. Seine Finger gleiten über die Nässe, über meinen Hintern und ich bin schon so erregt, so feucht, dass ich bereit bin, zu kommen. Er positioniert die Spitze seines Schwanzes an meinem Eingang, lässt sich Zeit und stößt in mich hinein.

Ich versteife mich, aber ich bin in guten Händen. Sein Mund liegt auf meiner Schulter und hinterlässt eine Spur von Küssen, während er langsam in mich eindringt und mich weitet.

In diesem Moment bin ich bis zum Anschlag mit zwei riesigen Schwänzen gefüllt und während mich der Gedanke vor Monaten vielleicht noch erschreckt hätte, ist es jetzt alles, wonach ich mich sehne.

Wir drei fallen allmählich in einen Rhythmus, in dem beide Männer abwechselnd hinein- und herausgleiten und eine überwältigende Reibung entfachen. Da ist Feuer zwischen uns, das uns verbrennt.

Ich bin zwischen meinen beiden Männern eingeklemmt, die mich an Ort und Stelle halten, während sie mich ficken.

Mein Körper erbebt, das Gefühl schickt mich in die Wolken. Bei jedem Stoß schreie ich auf, mein Atem rast.

Sie schnappen nach Luft und stöhnen ihr eigenes

Vergnügen, wir drei verlieren uns in der Lust, die unsere Körper miteinander verflochten habt.

Ich reite die beiden Schwänze, hüpfe auf ihnen, mein ganzer Körper zieht sich zusammen, als mein Orgasmus mich überwältigt.

Ich schreie, mein Körper verkrampft sich und alles wird für ein paar Augenblicke weiß. Im selben Moment wird Bardhyl steif und knurrt, stößt tief in mich hinein und ich spüre, wie sich das Ende seines Schwanzes verknotet, in mir wächst, mich ausfüllt und an Ort und Stelle verharrt.

Zwei pumpende Stöße später graben sich Luciens Finger in meine Taille, berstend vor eigener Lust. Ich weiß nicht, wie er hineinpasst, aber auch sein Knoten schwillt an. Es ist seltsam, aber der Druck, mit dem sie in mir wachsen, löst eine tiefere Ebene der Befriedigung aus, als ob mein Körper irgendwie deutlich macht, dass ich ihnen gehöre. Sie haben ihren Anspruch klargemacht und ich gehöre ihnen.

Wir drei stöhnen und ich schwebe, während sie mich mit ihrem Samen füllen. Ich spüre, wie er ausströmt und mich mit seiner Wärme überflutet.

Jahrelang habe ich darum gekämpft, meinen Platz und mein Zuhause zu finden. Ich habe mir eingeredet, dass die Dinge perfekt sind, aber das waren sie nicht.

Es ist jetzt klarer als je zuvor, dass das Leben damals nie einfach war, sondern ein Desaster, das nur darauf wartete zu passieren.

"Wow", atme ich tief aus. Ich schlucke schwer und ringe nach Luft.

"Du hast alles verdient", sagt Lucien, während Bardhyl einen kleinen Atemzug einsaugt, als wäre er noch dabei, seinen Samen in mich zu pumpen.

Sein hübsches Gesicht zu sehen, das sich in Lust verliert, verstärkt all meine Wünsche, und ich verfalle ihm noch schneller.

Es dauert nicht lange, bis sich der Schleier in seinen Augen lichtet und er breit lächelt. "Fuck! Ich brauche mehr davon."

Ich lehne mich nach vorne und lege meinen Kopf auf Bardhyls Brust, ich fühle mich jetzt mehr zu Hause als je zuvor. Es ist nicht der Ort, sondern die Menschen, mit denen ich zusammen bin, die mich so fühlen lassen.

Bardhyl und Lucien lassen sich auf den Boden sinken, ich bin immer noch zwischen ihnen eingeklemmt, immer noch verbunden.

Ehe ich mich versehe, liegen wir auf der Decke in der Nähe der Flammen. Ich bezweifle, dass mir heute Nacht kalt werden wird. Bardhyl bietet mir seinen Bizeps an, um meinen Kopf darauf zu legen, während Lucien seine Brust gegen meinen Rücken drückt und mit seinen Fingern sanft durch mein Haar fährt.

Ein träges Lächeln schleicht sich auf Bardhyls Mund.

"Was ist so lustig?", frage ich, während die Erschöpfung schnell das frühere Adrenalin ersetzt. Zwischen meine Männer gekuschelt, gibt es keinen Ort, an dem ich lieber wäre.

"Ich erkenne ein Muster bei uns und den Höhlen." Er lacht, der Klang ist wie Wärme, die sich um mein Herz legt.

"Klar, aber nicht alle Höhlen bedeuten Sex."

Lucien streicht mir die Haare seitlich aus dem Gesicht. "Da bin ich mit Bardhyl einer Meinung. Alle Höhlen, in denen wir übernachten, müssen mit Sex verbunden sein."

Bardhyl gluckst und nickt Lucien zustimmend zu.

Ich rolle mit den Augen, auch wenn ich mir ein

Lächeln nicht verkneifen kann, doch während ich mich ausruhe, schleicht sich Sorge in meine Gedanken. Ich genieße jetzt einen Moment der Vollkommenheit, aber wir sind noch lange nicht über den Berg.

Vor allem, wenn Mad uns erwarten wird, um Dušan zu holen.

10

Dušan

Der Schlag in den Bauch schickt mich zu Boden, Blut füllt meinen Mund. Ich sauge jeden Atemzug heiser ein, umklammere meine Mitte und krümme mich zusammen. *Verdammte Idioten.* Wenn das alles vorbei ist, werden sie zusammen mit diesem Wichser Mad auf dem Hackklotz landen.

Ich bin wütend, dass Männer, die mir einst treu waren, mich verraten haben. Jetzt sehen sie mir nicht einmal mehr ins Gesicht, schämen sich für das, was sie geworden sind, aber das hat sie nicht davon abgehalten, ihre Loyalität zu wechseln. Sie glauben, dass dieser Lügner, der mich anstarrt, ihre Rettung sein wird. Nun, sie können alle mit Mad untergehen.

Ich huste, spucke Blut auf den Steinboden und schaue die beiden Wachen an.

Aber es ist Mads verdrehtes Grinsen, auf das ich

mich konzentriere. Er steht vor meiner Zelle und amüsiert sich köstlich, weil er sieht, wie es mir schlechtgeht.

Verdammter Hurensohn, ich will ihm das Rückgrat brechen. Unser Rudel war eine Familie, ein Zuhause ... Jetzt ist es genauso kaputt wie der Rest der Welt.

Ich wische mir den blutigen Mund mit dem Handrücken ab, setze mich aufrecht hin und lasse mich gegen die Rückwand meiner Zelle sinken, mit Prellungen übersät und verkrampft von den Schlägen. Aber Mad braucht mich lebendig und ich kann Spiel lange durchhalten. Meine Heilungskräfte werden mich früh genug wieder zusammenflicken. Auch wenn die eisige Kälte des ständigen Regens Tag und Nacht über meine Knochen leckt und meine Seiten von den Tritten brennen, die ich erhalten habe.

"Sag mir", beginne ich, meine Stimme ist heiser und ich spucke noch mehr Blut auf den Boden. "Ist das alles so, wie du es dir erhofft hast? Du bekommst eine dicke fette Erektion, weil du das Rudel für dich beansprucht hast und der große Häuptling bist? Aber wir beide wissen, dass du immer noch ein Feigling bist." Ehrenvoller *Kampf* um die Vorherrschaft ist der richtige Weg, nicht diese miesen Tricks, die er abgezogen hat.

Ich bin weit davon entfernt, mich darum zu kümmern, Mad nicht zu verärgern.

Er knurrt, der Hass auf seinem Gesicht ist offensichtlich, und ich kann nicht anders, als zu lächeln.

"Du lebst von geborgter Zeit, Bruder. Mach das Beste daraus, denn dein Wolfsmädchen wird am Ende des Tages mir gehören. Dann ..." Er stößt sich von der Wand ab und richtet sich auf, während er sich mit der Hand durch sein weißes Haar fährt. "Ich werde dich nicht mehr brauchen. Keiner wird das." Er schreitet auf den Ausgang zu, aber ich bin noch nicht fertig mit ihm.

Der Verrückte ist ein Narr und lässt sich von seiner Wut beherrschen.

"Es gibt Gerüchte, dass sich die kleineren Rudel im Norden zusammenschließen und ein Auge auf dieses Land geworfen haben." Ich hasse es, ihm Einblicke zu gewähren, aber ich will ihm klar machen, dass es um viel mehr geht als um die Führung oder ein Gegenmittel für die Zombies. "Das X-Clan-Rudel wird kommen, um sich für den Diebstahl ihres Serums zu rächen, zusammen mit dem nördlichen Barbarenrudel. Was glaubst du, wie viele aus dem Rudel werden loyal an deiner Seite bleiben, wenn sich dein Versprechen der Freiheit als Schwindel erweist?"

Er ruckt mit dem Kopf und sieht mich mit einem schiefen Blick über seine Schulter an.

Ich habe einen empfindlichen Nerv getroffen und er weiß es ... Vielleicht hat er das nie durchdacht, aber der Weg, den er einschlägt, wird kein besonders glücklicher sein.

"Ist das dein Versuch, um dein Leben zu betteln? Es funktioniert nicht."

Ich glucke halb. "Denkst du, das hat etwas mit mir zu tun? Im Gegensatz zu dir sorge ich mich um die Mitglieder dieses Rudels. Sie sind meine Familie, aber für dich sind sie deine Diener." Ich zucke mit den Schultern und werfe einen Blick auf die beiden Wachen, die mithören. Sie senken ihre Köpfe und erwidern meinen Blick nicht. "Ich weise nur auf einen massiven Fehler in deinem Plan hin."

"Das hat nichts mehr mit dir zu tun, Bruder." Er knurrt. "Du bist mein Köder, bis ich das Mädchen habe.

Das ist alles, was du bist, und ich nehme keine Ratschläge von Ködern an." Ein Knurren hängt an seinem letzten Wort und ich grinse bei dem Gedanken, dass ich ihn verärgert habe.

Gut so. Vielleicht dringt mein Standpunkt durch und rettet das Rudel vor dem Abschlachten durch die herannahenden Gefahren. Nur bei meinem Bruder ist nichts vorhersehbar.

Er stürmt mit den Wächtern aus dem Gefängnis. Ich seufze und ziehe meine gebeugten Knie an meine Brust, umarme meine Beine und zucke zusammen, als der Schmerz in mir aufflackert, als ob jemand eine Flamme an meine Eingeweide hält.

Ich habe jedes Vertrauen der Welt, dass Bardhyl und Lucien ihrer Gefangenschaft entkommen werden. Da sie nicht bei mir sind, kann ich nur vermuten, dass Mad sie in den anderen Gefängniszellen hat, die nicht so stabil gebaut sind wie diese.

Mad kümmert sich nicht wirklich um sie ... ich bin es, den er foltern will. Ob das eher früher als später geschieht, ist eine andere Geschichte. Dennoch schwirren mir Mads Worte im Kopf herum, dass er Meira am Ende des Tages haben wird.

Was hat er geplant?

Ein dringendes Bedürfnis, auszubrechen und sie zuerst zu finden, packt mich. Die Verzweiflung drückt auf meine Lunge und schmerzt mehr als die Schläge auf meine Rippen.

Ich werfe einen Blick auf die Tür zum Kerker, den einzigen Weg hier raus. Ich bin zu tief unter der Erde, um durch ein Fenster zu entkommen, und ich stehe langsam auf. Jeder Zentimeter von mir schreit vor Schmerz. Die Wachen haben mich hier unten allein gelassen, mit den anderen beiden leeren Zellen und einem ranzigen Geruch von nasser Erde, mit dem Rinnsal von Wasser, das vom nassen Boden draußen durch die Wände sickert. Seit gestern donnert es unaufhörlich und ich klammere mich an die Hoffnung, dass es hier für mich nicht enden wird. Ich werde kämpfen, um rauszukommen. Trotzdem bleibt dieser Rest des Zweifels.

Die Haupttür zum Kerkerraum schwingt auf und ich hebe meinen Blick zu den Wachen, die eine bewusstlose Person an den Armen zerren. Der Mann hat hellblondes Haar, ist gebaut wie ein Stier und trägt eine schwarze Jeans und eine taillierte Lederjacke. Sie werfen ihn in die Zelle, die am weitesten von mir entfernt ist. Mein erster Gedanke ist, dass es Bardhyl ist, aber dieser Mann hat kurze Haare, und es ist lange her, dass ich jemanden in einer Lederjacke gesehen habe. Vor allem, weil sie schwer zu bekommen sind.

Die Zellentür knallt zu, die Wachen marschieren hinaus und ich wende meine Aufmerksamkeit dem Neuankömmling zu. Er liegt auf der Seite, zusammenge-rollt, unbeweglich.

"Hey", rufe ich, aber er antwortet nicht. Er wurde ausgeknockt.

Ich atme tief ein und schnüffle den Geruch des Kerls, um ihn zu lokalisieren.

Starker Wolfsmoschus, Schweiß, und darunter liegt sein einzigartiger Geruch, der an die Salzigkeit des Meeres erinnert. Wer genau ist dieser Fremde und was macht er auf unserem Land?

Was ist da draußen los?

Ich stolpere zu meiner Zellentür und drehe mich um, um die Haupttür des Raumes zu studieren, lausche nach irgendwelchen schwachen Stimmen der Wachen.

Stille.

Mad ist längst weg und sein Plan beunruhigt mich.

Ein Schauer läuft mir über den Rücken und es hat nichts mit meinem Ableben zu tun, sondern mit Meiras Sicherheit, falls Mad sie gefangen nimmt. Ich kehre zu meinem Nachbarn zurück und werde daran arbeiten, ihn zu wecken, um herauszufinden, was vor sich geht.

Bardhyl

"Steh auf, verdammt. Wir müssen jetzt gehen!" Luciens Stimme zerreißt mich aus dem Schlaf und weckt wach.

Ich reiße mich zusammen, mein Herz rast, und ich erwarte halb, dass Angreifer in unserer Höhle sind. Als ich auf die Füße klettere, öffnet Meira ihre Augen und stöhnt verwirrt auf.

"Was ist hier los?", belle ich Lucien an, der nach Luft schnappt, als ob er gerannt wäre.

"Mads Männer kommen den Hügel hinauf. Ich habe sie gesehen, als ich zum Pinkeln rausging. Wir verwandeln uns in unsere Wölfe und rennen von hier weg."

"Wohin rennen?" Meira richtet sich auf, umklammert die Decke, die sie um sich gewickelt hat, ihre Augen huschen zum Höhleneingang und zurück.

"Irgendwohin, wo es sicher ist", sagt Lucien und die Energie in der Luft verdickt sich mit der Elektrizität seiner schwankenden Veränderung.

Ich schüttele den Kopf, Panik macht sich in meinem

Bauch breit. "Wenn sie hier draußen sind und nach uns suchen, dann ist das unsere Chance, Dušan zu holen."

"Ja." Meira nickt mit dem Kopf und tritt einen Schritt vor. "Es gibt kein Weglaufen mehr, denn ihr beide seid da draußen bei den Untoten nicht sicher. Also machen wir das jetzt. Aber wie weit sind die Wölfe von uns entfernt?"

"Am Fuße des Hügels", antwortet Lucien.

Ich bewundere die Entschlossenheit meines Engels und lege einen Arm um ihre Schulter und ziehe sie an mich.

Sie blickt auf, ihr Lächeln ist angespannt und ihre Augen sind voller Angst, dennoch stellt sie sich auf ihre Zehenspitzen und stiehlt sich einen schnellen Kuss. Ihre weichen Lippen schmiegen sich an meine, aber sie zieht sich zurück, als ich mich umdrehe, um sie ganz in meine Arme zu nehmen.

"Wir haben keine Zeit für so etwas", erinnert uns Lucien, der mit dem Fuß auf den Steinboden klopft.

"Ich weiß", sagt Meira mit zittriger Stimme, legt ihre Arme um ihn und küsst ihn auf die Lippen, so wie sie es bei mir getan hat. "Wir gehen und holen Dušan", bekräftigt sie.

Widerwillig nickt Lucien. "Gut, ich bin überstimmt, aber wir gehen jetzt."

"Dann mal los." Meine Haut kribbelt bereits, als ich meinen Wolf nach vorne rufe und ihn loslasse. Er schiebt sich an meinen Barrieren vorbei und stürmt los. Es ist immer ein Rennen für ihn, er braucht die Freiheit, will jagen, die Kontrolle übernehmen. Aber noch nicht jetzt, Junge.

Reißender Schmerz durchfährt mich, als die Knochen brechen, die Haut aufplatzt, und ich knurre wegen des sich vertiefenden Schmerzes. Genauso schnell wie meine

Verwandlung einsetzt, ist sie auch beendet. Ich falle auf alle Vieren. Die Farben verwandeln sich in gedämpfte Töne, die Welt ist schärfer, klarer, der Duft der Kiefern draußen frisch und reif.

Ein tiefes, grollendes Knurren hallt in meiner Brust wider und ich schüttle mich, mein dickes Fell weht. Ich fühle mich nie so frei und bereit wie in meinem Wolfskörper.

Ich drehe meinen Kopf zu den anderen beiden, die noch in menschlicher Gestalt sind und sich leise unterhalten, während Lucien Meira um die Taille hält.

Ich trotte näher und habe das Gefühl, etwas verpasst zu haben.

"Schließe deine Augen", sagt Lucien. "Und denke nur daran, deine Wölfin nach vorn zu locken. Ruf sie zu dir."

Ein kaltes Gefühl legt sich um mein Herz. Dies ist erst ihre zweite Verwandlung, und nicht ein einziges Mal habe ich daran gedacht, dass es ihr schwerfallen würde. Schuldgefühle durchzucken mich, aber das ist jetzt nun mal so, also springe ich zur Höhlenöffnung, um nach den Eindringlingen zu sehen.

Das Sonnenlicht strahlt heute hell, und es ist schon weit nach dem Morgen, wie lange haben wir also geschlafen?

Leise schleiche ich mich in den Schatten des Waldes und gleite über das abschüssige Gelände von einem Baum zum nächsten.

Ich schnuppere in die Luft, fange den Duft von nassem Fell und die Wolfsgerüche im Aufwind ein. Ich halte an der Seite des Hügels in der Nähe eines Felsvorsprunges mit tödlich scharfem Abhang inne. Am Fuße suchen drei Wölfe die Gegend ab. Der Regen sollte

meinen Geruch überdecken, aber Lucien hat recht. Wir
können es nicht riskieren.

Langsam gehe ich zurück und verschwinde aus dem
Blickfeld, bevor ich mich umdrehe und mich auf den Weg
zurück zur Höhle mache. Ich eile an hochgewachsenen
Bäumen vorbei und springe über Sträucher. Mein Herz
schlägt schneller, da wir unsere Wachsamkeit vernachläs-
sigt haben, weil wir so lange geschlafen haben. Niedrige
Äste fegen über mich hinweg, Tröpfchen des Sturms
spritzen mir ins Gesicht.

Ein plötzliches Heulen durchbricht die Ruhe. Das
Echo von Pfoten, die auf den Boden stampfen, erfüllt die
Luft und wird stärker, je mehr ich lausche.

Sie haben meinen Geruch aufgespürt.

Verdammt!

Ich renne schneller, die Höhle kommt in Sichtweite
und immer noch keine Spur von Lucien und Meira.

Ein Knurren donnert durch meine Kehle, eine
Warnung an Lucien, und ich bete, dass er Meira bei der
Verwandlung geholfen hat.

Unsere Zeit ist gerade abgelaufen.

11

Meira

ie Wölfin durchfährt mich so schnell und
plötzlich, dass mich Panik ergreift. Ich schlurfe
umher, zucke zusammen und muss irgendwie den
Schmerz stoppen, der in meinem Körper brennt. Es hat
nicht funktioniert. Ich bin immer noch ein Mensch, und
ein Teil von mir flippt aus, dass sie dieses Mal die volle
Kontrolle über mich hat.

"Entspann dich. Hab keine Angst davor", schwebt
Luciens Stimme um mich herum, während mein Herzschlag in meinen Ohren donnert. Ich versuche, mich auf
seine Stimme zu konzentrieren, was mir nicht sonderlich
gut zu gelingen scheint.

Schärfe gräbt sich durch jeden Zentimeter meines
Körpers. Mein Körper heizt sich auf, fast so, als ob ich in
Flammen stehe und kurz davor bin zu explodieren. Es ist
nicht anders als beim ersten Mal ... Verwandlungen sind

verdammt schmerzhaft, und meine Wölfin kommt heftiger heraus als beim ersten Mal.

"Meira, hör auf, dagegen anzukämpfen."

Ich atme scharf ein und strample wild umher, meine krallenbewehrten Füße kratzen über den steinernen Boden. Ich zucke am ganzen Körper und breche plötzlich schaudernd auf allen Vieren zusammen. Meine Sicht verschwimmt zwischen Gegenwart und dunklen Flecken. Genau wie bei meiner ersten Verwandlung.

Sekunden später atme ich tief ein, mein Puls steht in Flammen und ich bin nicht mehr in meiner menschlichen Form. Jetzt stehe ich auf vier Pfoten als meine Wölfin, hebe den Kopf und rieche den beißenden Geruch des ausgebrannten Feuers, die schlammige Erde draußen, den köstlichen Duft, der ganz Lucien ist. Es hat etwas Befreiendes, so zu sein, aber gerade als ich diesen Gedanken habe, gleitet meine Wölfin wie ein Schatten durch mich hindurch. Sie ist immer da, drängt und stößt mich zur Seite.

Ich drehe meinen Kopf zu Lucien und sein anerkennendes Lächeln ist alles, was ich brauche, um mich zu beruhigen.

Er streicht mit einer Hand über meinen Rücken, die Berührung ist wie die unglaublichste Massage der Welt, und ich recke mich ihm entgegen.

Ein plötzliches Knurren von außerhalb der Höhle zieht unsere Aufmerksamkeit auf die Öffnung und mein Puls beschleunigt sich angesichts der drohenden Gefahr.

"Sie kommen", verkündet Lucien und ein Funke von Energie flackert plötzlich in mir auf. Sein Körper verwandelt sich in Sekundenschnelle von einem Menschen in eine Bestie, so mühelos, während sich meine Verwandlung schmerzhaft und langsam anfühlt. Er begegnet

meinem Blick und ich starre in seine vertrauten blass-
stahlgrauen Augen, die sich in ihrer Farbe nicht von
denen in seiner menschlichen Gestalt unterscheiden.
Dickes braunes Fell bedeckt ihn, seine langen Ohren
drehen sich und nehmen alle Geräusche auf.

Die Luft wird dichter und ein kalter Schauer überläuft
meine Wirbelsäule. Vorbei ist es mit dem Frieden mit
meiner Wölfin. Etwas anderes überkommt mich - ein
erhöhtes Bewusstsein für jedes Geräusch, jede Bewegung,
für das Überleben.

Lucien dreht sich um und stürmt aus der Höhle.

Ich klettere hinter ihm her und versuche verzweifelt,
mit ihm Schritt zu halten, während meine Wölfin sich
vorwärtsdrängt und auf den Feind zusteuert. Panik brennt
in mir und mit all meiner Willenskraft lenke ich meine
Schritte zurück und jage Lucien hinterher. Angespannt
konzentriere ich mich auf jeden Schritt, jede Bewegung,
und ein Teil von mir ist überzeugt, dass meine Wölfin sich
stärker fühlt.

Kälte umhüllt mich.

Um mich herum sind die früheren Gerüche nun zehn-
fach verstärkt und erdrücken mich. Der schlammige
Boden, den der Regen aufgeweicht hat, die Kiefern, der
Geruch von Feuerrauch in der Ferne, von dem ich
annehme, dass er vom Lager der Ash-Wölfe kommt.

Ich sprinte Lucien hinterher, der links von der Höhle
abbiegt und wir rasen den Hang zwischen den Bäumen
hinunter.

Ich sehe, wie Bardhyl mit uns rennt, sein weißes Fell
verschwimmt in den Schatten, er springt über Sträucher,
seine hektischen Bewegungen gehören zu jemandem, der
Angst hat. Er ist ein Alpha, den kaum etwas ängstigt,
deshalb erschreckt mich seine Reaktion.

Unsere Verfolger sind nah.

Er schließt zu uns auf, blickt mich für den Bruchteil einer Sekunde an, eine mächtige Energie wirbelt hinter seinem Blick. Wir drei in Wolfsgestalt springen den Hügel hinunter und ergreifen mit außergewöhnlicher Geschwindigkeit die Flucht. Es verblüfft mich, wie schnell ich mich bewege, nicht viel anders als beim Fliegen, denke ich, während meine Pfoten kaum den Boden berühren, während ich mich nach unten stürze.

Wir beschleunigen unser Tempo und sprinten über einen rauschenden Bach, als ich dieselben Schattenmonster sehe, die nicht weit von der Stelle entfernt sind, an die ich sie geschickt habe, damit sie mich in Ruhe lassen. Und ich sehe deutlich, dass es vier von ihnen sind. Wie zuvor machen sie keine Anstalten, uns zu verfolgen. Je mehr ich sie ansehe, desto mehr habe ich das Gefühl, dass ich mich an den einen mit der riesigen Narbe an der Seite seines kahlen Kopfes erinnere. Dann kommt die Erinnerung wie ein Sturm zu mir. Es hat versucht, Jae anzugreifen, nachdem ich sie von einem Baum losgebunden hatte. Es ist das gleiche verdammte Schattenmonster, das ich bekämpft und gebissen habe. Warum verhält es sich jetzt so?

Ein ohrenbetäubendes Heulen von irgendwo hinter uns durchbricht die Stille im Wald und ich drehe meinen Kopf herum.

Zwei Gestalten stürmen hinter uns her. Sie haben unsere Fährte und ihr Ruf würde andere alarmieren. Wie lange wird es dauern, bis der Ort von Mads Anhängern wimmelt?

Lucien hält nicht inne und ich eile, um mit ihm Schritt zu halten. Bardhyl hat sich hinter mich zurückgezogen, um mich immer im Blick zu haben. Ich kann nicht

ignorieren, wie beschützend sie sind und wie sehr ich das
an ihnen liebe.

Mit gespitzten Ohren lausche ich auf jemanden, der
sich an uns heranschleicht, auf Geräusche, aber je weiter
wir rennen, desto mehr ziehen sich meine Lungen zusammen. Aber es macht mir nichts aus, ständig in Bewegung
zu sein. Es hält meine Wölfin beschäftigt.

Ich weiß nicht, wie lange wir schon rennen. Lucien
wird nicht langsamer und erst als eine Bewegung am
Rande meiner Sicht meine Aufmerksamkeit erregt,
schaue ich mich in den umliegenden Wäldern um.

Schattenmonster drängen sich durch den Wald,
strömen von rechts auf uns zu. Lucien taumelt abrupt
davon, als er sie ebenfalls bemerkt.

Verdammt! In meinem Hinterkopf schwingt die Angst
mit, dass wir in einem Schwarm von ihnen gelandet sind.
Vielleicht ist das nicht der beste Weg zu rennen.

Als ich hinter mich schaue, ist Bardhyl mir praktisch
auf den Fersen, die Fährtenleser sind dicht hinter uns, nur
dass es jetzt fast ein Dutzend in ihren Wolfsgestalten sind,
die in diese Richtung stürmen.

Meine Brust krampft sich bei diesem Anblick
zusammen.

Ich neige mein Kinn in Richtung der Horde Untoter,
die unseren Aufruhr bemerkt haben, und bete, dass wir
schnell genug sind, um ihnen zu entkommen, während
die Ash-Wölfe in unserem Rücken ausgeschaltet werden.

Plötzlich strömt die Masse der Untoten zu unserer
Rechten mit einer solchen Geschwindigkeit auf uns zu,
dass es mich zuerst überrascht und mein Herz galoppiert.
Sie kommen auf meine beiden Männer zu.

Lucien weicht scharf nach links und rechts aus, dorthin, wo der Wald weniger dicht ist, wo er eine größere

Chance hat zu entkommen. Bardhyl tut dasselbe und stupst mich mit seinem Kopf an, damit ich ihm folge.

Ich richte meine Aufmerksamkeit auf die Schatten-monster, die Ash-Wölfe und meine beiden Männer, die sich aus dem Staub machen, und das alles geschieht viel zu schnell.

Bruchteile von Sekunden, um eine Entscheidung zu treffen.

Bardhyl schaut zu mir zurück, als ich mich in die entgegengesetzte Richtung zu ihm drehe und mich auf die Untoten stürze, die sich schnell bewegen. Ich will, dass sich diese Kreaturen stattdessen auf unsere Feinde konzentrieren.

Ich knalle in einen toten Mann, der uns beide zu Boden wirft. Er stinkt nach Tod und fauligen Dingen. Spröde Knochen brechen unter meinem Gewicht in seiner Brusthöhle, aber das macht für diese Kreaturen keinen Unterschied. Er wälzt sich bereits, um aufzuste-hen, und stöhnt. Ich klettere nach vorne und reiße das nächste Monster nieder, und noch eines. Sicher, sie kommen immer wieder zurück, aber ich verlangsame sie lange genug, damit meine Wölfe entkommen können.

In einem chaotischen Tanz aus Sprüngen und dem Zerreißen von Kleidung halte ich so viele auf, wie ich kann. Schon schwenkt ein halbes Dutzend zu den Wölfen um, die es auf meine Männer abgesehen haben.

Als ich in diese Richtung schaue, stehen Bardhyl und Lucien an einem verdrehten großen alten Baum, weit weg, kaum ein Schatten, aber ich weiß, dass sie es sind.

Hektisch studiere ich, wie flink sich das Ash-Pack auf meine Männer zubewegt, während es sich von den angrei-fenden Zombies wegdreht. Die Mitglieder sehen mich nicht, nicht solange ich von den Untoten umgeben bin.

Das Problem ist, dass ich mich in dem Moment, in dem ich hervortrete, um mich meinen Gefährten anzuschließen, verraten werde. Also weiche ich tiefer in den Strom der Untoten zurück, der aus dem Wald kommt.

Verzweifelt starre ich meine Männer an, flehe sie an, von hier zu verschwinden, und hoffe, dass sie es verstehen. Ich werde sie finden. Unsere einzige Rettung ist, dass wir einige der Zombies sehen, die den Ash-Wölfen hinterherjagen.

Als ich meine Aufmerksamkeit wieder auf Bardhyl und Lucien richte, sind sie verschwunden.

Mein Herz krampft und schmerzt, aber es ist besser so. Jetzt, wo die Ash-Wölfe weg sind, ist es besser für mich, in der Nähe der Untoten zu bleiben ... zumindest, bis ich einen saubereren Durchbruch schaffen kann.

Nervosität durchströmt meine Adern und ich dränge mich durch den Strom der Zombies, die den Ash-Wölfen folgen. Sie schieben sich an mir vorbei, stöhnen und überfluten die Luft mit ihrem Gestank. Ich mag sie hassen, aber sie haben mir schon ein paar Mal den Arsch gerettet. Bettler können nicht wählerisch sein.

Als ich die Ash-Wölfe in den Wäldern vor uns nicht mehr sehen kann, löse ich mich langsam von den Untoten und beschließe, in die Richtung zu gehen, in die Lucien uns ursprünglich geführt hatte - weg von den Ash-Wölfen und Zombies. Ich bete, dass sie, sobald sie die Ash-Wölfe abgeschüttelt haben, ihren Kurs auch in diese Richtung fortsetzen werden.

Die Wälder verschwimmen und schließen sich um mich herum. Dieser Teil des Waldes ist dicht mit Bäumen bewachsen und das Sonnenlicht durchdringt kaum das Blätterdach über mir.

Ein Schauer der Panik überkommt mich. Je weiter ich

gehe und immer wieder über meine Schulter schaue, desto mehr schmerzt mein Magen. Vielleicht hätte ich meinen Männern, die von den Ash-Wölfen gejagt werden, hinterherlaufen sollen, aber Abstand halten? Habe ich einen Fehler gemacht?

Ich halte einen Moment inne, um zu Atem zu kommen und mein trommelndes Herz zu beruhigen, und überlege, was ich als Nächstes tun soll.

Ich kann niemanden sehen, der mir folgt, als ein Zweig hinter mir knackt.

Mit gefletschten Zähnen fahre ich herum, meine Wut entlädt sich. Meine Gedanken fliegen zu den Ash-Wölfen, nur mein Blick landet auf Jae und den drei riesigen Männern an ihrer Seite. Sie sind in Kleidung gekleidet, die zu sauber, zu perfekt ist, um von diesem Ort zu stammen. Hosen, Stiefel, lange schwarze Mäntel und wildes Haar. Brutalität glänzt in ihren Augen. Ihr Anblick erschreckt mich und erinnert mich in vielerlei Hinsicht an drei Bären, die sich auf den Hinterbeinen aufbäumen, bevor sie angreifen.

Diese Männer sind ein Meter fünfundneunzig oder größer und sehen für mich wie Bestien aus. Sie sind nicht von hier, also wo zum Teufel kommen sie her?

"Meira", sagt Jae, tritt näher und streckt ihre Hand nach mir aus. "Du brauchst keine Angst zu haben."

Der Mann mit dem honigfarbenen, kurz geschorenen Haar ergreift ihren Arm, um sie an ihrer Seite zu halten.

Ja, richtig, hab keine Angst, sagt sie.

Jae runzelt die Stirn und blickt zu ihrem Fänger auf, dann schüttelt sie die Hand frei. "Sie ist keine Gefahr, auch wenn sie ein Ash-Wolf ist. Sie hat mich vor den Zombies und vor den abtrünnigen Wölfen gerettet. Sie gehört zu mir."

Ich lege den Kopf schief und staune, wie selbstbewusst Jae klingt, und bin in diesem Moment stolz auf sie,
aber diese drei Männer, denen sie Gesellschaft leistet,
sind nichts als Gefahr. Weiß sie, was sie da tut?

Der Mann, der Jae am Arm genommen hat, tritt vor,
was mir sagt, dass er der Anführer dieser Alphas ist. Ich
kann es tatsächlich an allen von ihnen riechen, spüre die
Alpha-Hitze, die von ihnen wie Feuer ausstrahlt. Genauso
wie Omegas wie ich einen bestimmten Duft verströmen,
tun das auch diese Männer.

Aber ich bin kein Narr ... Alphas suchen nach zwei
Dingen, wenn sie in den Wäldern jagen.

Nahrung.

Und Frauen zum Beanspruchen. Zum Tauschen. Zum
Besteigen.

Ich bin ganz sicher nicht so weit gekommen, um
wieder am Anfang zu stehen.

Ich weiche vor ihnen zurück und Jaes Mund verzieht
sich leicht, als sie mich zurückweichen sieht. Ich bin kein
Gegner für drei Männer. Ich kenne meine Grenzen, auch
wenn bisher noch keiner nach mir gegriffen hat.

"Meira, bitte", fleht sie. "Sie sind nicht abtrünnig. Sie
sind aus dem Norden hierhergekommen, und sie werden
mir helfen, meine Schwestern zu finden."

Norden ... mir gehen die Schurken durch den Kopf,
die dort leben, und dass es nur wenige wilde Alphas gibt,
die zusammenarbeiten. Angst steigt in mir auf.

"Deine Freundin sagt die Wahrheit", versichert mir der
Anführer, seine Stimme ist tief und heiser.

Drei bleiche Augenpaare studieren mich, ihre Mienen
verbergen ihre Absichten nicht, wenn man ihnen die
Chance dazu gibt. Für mich ist nichts Verlockendes an
ihnen und in meiner Brust sammelt sich nur Angst um

mich und Jae. "Zieh dich um und wir können reden, Ash-Wölfin."

Ich möchte lachen, da ich ihm nicht aufs Wort glauben werde, aber Jae werde ich glauben. Und nach allem, was ich weiß, könnte das ihr Code sein, um mir zu signalisieren, dass sie Hilfe braucht ... wieder einmal.

"Bitte", beharrt sie. "Zieh dich um, damit wir richtig reden können. Sie wollen nur etwas über die Ash-Wölfe wissen."

Das Fell auf meinem Rücken sträubt sich. Was wollen sie wissen? Ihre Schwachstellen, damit sie angreifen können, während im Rudel das Chaos regiert? Allerdings gibt mir das auch die Chance, sie in die Irre zu führen und ihre wahren Absichten aufzudecken. Wir haben es bereits mit einem Dämon zu tun und wir brauchen keinen Teufel, der sich an das Lager heranschleicht, um es zu übernehmen.

Der Anführer knöpft seinen Mantel auf, der ihm bis zu den Hüften fällt und lässt den Stoff an seinen Armen hinuntergleiten, bevor er ihn Jae reicht. Sie nimmt ihn pflichtbewusst und hält ihn wie einen Vorhang vor, um mich vor den drei Männern zu verbergen, die mich anstarren. Ihre Augen flehen mich an, und sie glaubt wirklich, dass sie mir nichts tun werden.

Meine Haut kribbelt, denn ich muss mich jetzt nicht damit beschäftigen. Aber ich kann auch nicht weglaufen, wenn neue Raubtiere durch diese Wälder pirschen.

Wie Lucien es mir beigebracht hatte, atme ich langsam aus und rufe meine Wölfin zurück, die ihre Aufmerksamkeit auf die Neuankömmlinge richtet. Mit einem Knurren in meiner Brust, einem protestierenden Laut gegen diese Feinde, gleitet sie in mich hinein, der Schmerz gleitet über mich, lässt mich zusammenzucken. Ich werde diesen Männern keine Schwäche zeigen.

In wenigen Augenblicken stehe ich nackt da. Schnell nehme ich Jae den Mantel ab und drehe mich mit dem Rücken zum Publikum, um meine Arme in die zu langen Ärmel zu fädeln. Der starke männliche Moschus- und Schweißgeruch des Stoffes überflutet mich und meine Nackenhaare stellen sich auf. Obwohl ich es zu schätzen weiß, dass sie mir etwas zum Anziehen geben, da viele Männer es nicht tun würden. Ich knöpfe den Mantel zu, der an mir eher wie ein Kleid aussieht, weil er mir bis zu den Knien fällt. Aber er bedeckt alles, was ich brauche.

Ich drehe mich gerade um, als der Anführer mich am Arm packt, drückt und knurrt. "Lass uns gehen. Wir brauchen deine Hilfe, Ash-Wölfin."

12

Lucien

Ich komme schlitternd in der Nähe eines gurgelnden Baches zum Stehen, ich ringe wütend nach Luft und drehe mich herum. Bardhyl springt direkt über das Wasser, bevor er innehält.

Hinter uns ist keine Spur von den Ash-Wölfen zu sehen. Auch keine Geräusche. Das Gleiche gilt für die Untoten. Wir haben sie verloren.

Alles, woran ich denken kann, ist Meira, und wie sie uns gerettet hat, indem sie die Zombies in Richtung der Wölfe gelenkt hat, die auf uns zukommen. Normalerweise würde ich bleiben und kämpfen, zumal ich mir geschworen habe, sie nie wieder zu verlieren, aber ich bin weggelaufen. Und ich hasste mich dafür, doch zu bleiben bedeutete unseren sicheren Tod inmitten dieses Schwarms. Weglaufen ist keine Schwäche, auch wenn die

Schuldgefühle jetzt mein Inneres zu einem so festen Knoten verdrehen, dass mir schlecht wird.

Ein plötzlicher Funke von Elektrizität flammt an meinen Armen auf, meine Haare stellen sich auf. Ich drehe mich um und sehe Bardhyl, wie er sich in seiner menschlichen Gestalt aufrichtet und die letzten Schichten seines Fells in seiner Haut verschwinden.

Er lässt den Nacken knacken, seine noch krumme Haltung zeigt blanke Wut.

"Fuck!", ist alles, was er sagt.

Genau mein Empfinden. Ich folge seinem Beispiel und beschwöre meinen Wolf zurück, meine Verwandlung krallt sich in mich. Ich begrüße den Schmerz, die Qual, alles ist besser als das Gefühl, dass mein Herz zerreißt.

"Wir müssen sie finden", knurre ich und rapple mich auf. "Sie ist uns entweder gefolgt oder in die Richtung gegangen, in die ich uns geführt habe, nach Norden, zu den Bergen, die sich dem Savage-Sektor nähern. Dort hat Dušan uns gesagt, dass wir uns verstecken sollen, wenn die Dinge wirklich schlimm werden." Wölfe kommen nur selten in diese Gegend und ich dachte mir, dass es ein guter Ort sein könnte, um sich zu verstecken und die Ash-Wölfe abzuschütteln.

"Ich weiß nicht, ob sie in diese Richtung gehen würde. Sie weiß nicht, dass das ein Versteck ist. Wir gehen unsere Schritte vorsichtig zurück und versuchen, sie hier zu finden", sagt Bardhyl und klingt dabei eher so, als würde er sich selbst beruhigen.

"Gut, aber wenn wir keine Spur von ihr finden, dann können wir uns aufteilen und in Richtung Norden zurück zum Lager gehen. Ob sie nun gefangen wird oder aus eigenem Antrieb, sie wird irgendwann dorthin gehen, oder?"

Bardhyls Antwort kommt in Form eines Knurrens. Ich schnuppere an der Luft und kann sie nicht wahrnehmen. "Wir müssen nur ihre Fährte finden."

Im Prinzip könnte sie überall im Wald sein, aber ich versuche, wie Meira zu denken. Sie hat uns aus der Zelle in der Siedlung gerettet, was bedeutet, dass sie sich nicht weit entfernen wird, um uns aufzuspüren.

Ich schaue in die Richtung, aus der wir gekommen sind, ein Teil von mir sehnt sich danach, ihre Silhouette aus dem Schatten auftauchen zu sehen, um zu wissen, dass sie in Sicherheit ist, aber sie kommt nicht. Ich weiß es tief in meinem Herzen, dass sie uns nicht gefolgt ist.

"In den Wäldern wimmelt es von Untoten und Ash-Wölfen, die sich gegen uns gewendet haben", sage ich.

"Wenn das Glück uns hold ist, werden wir sie in den Wäldern finden."

"Ich hoffe, du hast recht, mein Freund." Unbehagen durchwühlt mich bei dem Gedanken, dass es nicht so einfach sein wird.

Meira

"*L*ass mich los!" Ich versuche, mich aus der Hand des Rohlings zu befreien, doch sein Griff könnte genauso gut ein unzerbrechlicher Stein sein.

"Du wirst uns helfen", ist alles, was er noch fordert. Er geht schnell den Weg zurück, den ich gerade gelaufen bin, und zerrt mich neben sich her. Dieser Alpha mit den blassen grünen Augen macht keine Anstalten, langsamer zu werden.

Wenn ich Glück habe, kreuzen sich unsere Wege mit denen der Untoten, was mir die ideale Chance zur Flucht gibt. Schlimmer noch, wir würden auf die Ash-Wölfe stoßen, die nach mir suchen. Nun, vielleicht könnten diese nördlichen Rohlinge sie für mich erledigen. Das wiederum würde mir genug Zeit geben, mit Jae zu fliehen.

Ich werfe einen Blick über meine Schulter zurück, wo sie zwischen den beiden anderen Alphas hin und her läuft, obwohl keiner von ihnen sie festhält.

"Nikos", ruft sie. "Bitte. Du tust Meira weh."

Der Mann, der mich zieht, hält inne, dreht sich langsam zu uns um, sein Griff um mein Handgelenk zieht sich zusammen. "Wir haben keine Zeit zu verlieren." Seine Aufmerksamkeit fällt auf mich, seine Gesichtszüge straffen sich.

Aus der Nähe sieht man goldene Flecken in seinen Augen und eine frische Narbe über einer Augenbraue, die immer noch rosa ist. Er hat dichtes, langes, kastanien-braunes Haar auf dem Ober- und Hinterkopf, das an den Seiten rasiert ist. Es ist leicht, ihn als einen wilden Mann zu sehen, aber ich erinnere mich daran, dass er mich noch nicht verletzt hat, was bedeutet, dass man mit ihm vernünftig reden kann.

"Sag mir einfach, was du willst", frage ich und halte seine Aufmerksamkeit fest. "Du willst meine Hilfe, dann rede."

Das Geräusch der anderen beiden Männer, die schwer atmen, sagt mir, dass diese Alphas es nicht gewohnt sind, dass Frauen so mit ihnen reden.

Nikos, wie Jae ihn genannt hat, lächelt. "Die Ash-

Wölfe haben etwas von mir und du wirst uns helfen, es zurückzuholen." Es ist keine Geduld in seiner Stimme.

"Was ist es?", frage ich sofort.

"Das geht dich nichts an, Omega. Du wirst uns helfen oder ich werde dich an meine beiden Männer verfüttern." Sein Kopf schnellt hoch, bevor ich antworten kann. "Jae, wenn du willst, dass wir dich zurück zu Narah bringen, wirst du die Klappe halten."

Unbehagen kräuselt sich in meiner Brust und ich drehe mich zu Jae, um zu sehen, wie weiß ihr Gesicht geworden ist. Ihre Schultern krümmen sich nach vorne, als würde sie versuchen, sich kleiner zu machen, um zu verschwinden, aber ihr Blick verlässt meinen nicht. Hinter ihren Augen tobt ein Kampf, ob sie mich aufgeben soll, um ihre Familie zu erreichen, oder ob sie sie aufgeben soll, um mir zu helfen.

"Du gibst dein Wort, dass du meiner Freundin nichts antun wirst? Narah hat dich angeheuert, mich zu finden und zu beschützen, aber ich bitte dich, dasselbe mit Meira zu tun", sagt sie schließlich.

Diese Männer wurden von Jaes Schwester angeheuert? Angeheuert, um sie zu finden? Wer genau ist ihre Schwester, dass sie Waren zum Tauschen hat oder die Macht, solch mächtige Alphas anzuheuern?

Nikos schlägt sich wütend eine Faust auf die Brust. "Mein Wort gilt dir. Wir werden der Frau nichts antun, wenn sie uns hilft."

Jae nickt, und Nikos dreht sich um, um mich wieder in seinen schnellen Gang zu ziehen, aber ich wehre mich gegen ihn. "Warte. Du willst also, dass ich dich in die Siedlung bringe? Ist das alles?" Meine Haut kribbelt bei der Art, wie er mich anstarrt, aber ich kann Jae nicht dafür hassen, dass er sie nicht anfleht, mich freizulassen. Wir alle tun alles, was wir können, um zu überleben, für unsere Familie. Ich habe genug Zeit mit Jae verbracht, um zu wissen, dass sie in ihren Absichten aufrichtig ist und nichts mehr will, als nach Hause zu kommen und sich sicher zu fühlen. Das haben wir alle verdient, also gilt meine Wut diesen Männern, die sich wie alle anderen aus gierigen Gründen nehmen, was sie wollen.

"Ja", flüstert Jae stattdessen als Antwort, während sie wegschaut.

Nikos zieht mich zurück in unseren eiligen Schritt. Mein Kopf schwirrt hin und her, um aus allem einen Sinn zu machen. Was haben die Ash-Wölfe von diesen Alphas genommen?

In Wahrheit weiß ich nicht genug über die Wolfsrudel im Shadowlands-Sektor, nicht einmal, mit wem Dušan zu tun hat. Soweit ich weiß, sind das verärgerte Alphas, die Vergeltung an ihm üben wollen, während sie in der Nähe sind, und sie wollen, dass ich ihnen die Haustür öffne.

Doch selbst diese Theorie scheint mir nicht ganz stimmig. Den obersten Anführer eines Rudels auszuschalten, ist kein leichtes Unterfangen. Ist es eine Aufgabe für nur drei Männer? Vielleicht schon. Ich werde meine Freundin auf jeden Fall nicht diesen Monstern ausliefern.

Wir bewegen uns jetzt schneller, der Boden rauscht unter meinen Füßen. Nikos hält meinen Arm fest und trägt einen Teil meines Gewichts, damit ich mit seinen langen Schritten mitkomme.

Zu meiner großen Enttäuschung sind keine Schatten-monster auf unserem Weg zu sehen.

"Wenn du mir sagst, wonach du suchst, wird es einfacher sein", breche ich das Schweigen. "Dann weiß ich, von wo aus ich dich einschleusen kann. Ich meine, ich gehe davon aus, dass du eingeschleust werden willst, warum sonst schleppst du mich wie ein Verrückter dorthin?"

Er gibt keinen Laut von sich oder schaut auch nur in meine Richtung, aber wir eilen über das mit toten Blättern und Zweigen bedeckte Gelände. Unsere Annäherung ist für jeden in der Nähe leicht zu hören, aber das scheint ihn nicht zu stören.

Hinter mir bleiben Jae und die anderen zwei Männer dicht bei mir. Jeder Fluchtversuch wird mich nicht weit bringen. Das merke ich schon allein an der Größe dieser Männer. Drei gegen einen, im Grunde.

"Meira." Er knurrt und lässt meinen Namen irgendwie schmutzig klingen. Er lehnt sich dicht an mich heran. "Hör gut zu. Diese Männer sind seit Wochen ausgehungert, seit unserer Abreise." Er packt mich am Kinn und tut mir weh. "Dränge mich weiter, und ich werde mit Freude zusehen, wie sie dich immer wieder nehmen. Danach wirst du mir immer noch helfen, das zu finden, was mir gehört. Die Entscheidung liegt bei dir."

Ich erstarre, als Panik durch mich flattert. Aber ich zucke nicht zurück und traue mich nicht, ihm zu zeigen, wie wütend er mich macht. In meinem Kopf will ich ihn leiden lassen, ihm so wehtun, dass er vor Schmerz weint. Idioten wie er finden es geil, wenn sie sehen, welchen Schrecken sie bei anderen auslösen.

"Bitte, Meira, tu einfach, was sie sagen", fleht Jae und ich höre das Zittern in ihrer Stimme. Obwohl diese Alphas gekommen sind, um sie zu holen, machen sie ihr immer noch Angst. So viel ist klar.

Aber ich halte Nikos' Blick stand. Er versucht, mir unter die Haut zu gehen. "Gut, dann machen wir es auf deine Art", sage ich schließlich.

Er lässt mich los und packt mich am Arm. "Das machen wir immer."

Und schon sind wir wieder unterwegs.

Ich atme schwer aus. Es brodelt in mir, ich zittere, aber ich sollte nichts anderes erwarten. Mein ganzes Leben lang habe ich mich aus diesem Grund von Männern fern-gehalten. Die meisten Alphas geben selten nach und sehen Omegas nur als ihre Sklaven.

Seine Drohung verfolgt mich mit jedem Schritt. Ich hebe meinen Kopf und wir bewegen uns zügig durch den Wald, während ich mir die ganze Zeit wünsche, dass die Untoten uns finden würden. Dann, wenn sie diese Arsch-löcher fressen, werde ich keinen Hauch von Schuld empfinden.

Meine Beine schmerzen von dem Tempo, das wir an den Tag legen und von der Tatsache, dass wir schon seit einer gefühlten Ewigkeit ohne Pause unterwegs sind.

Die Tannen und die Hügel in der Ferne kommen mir langsam bekannt vor. Wir nähern uns dem Gelände und die Nerven liegen blank, denn ich habe keine Ahnung, was mich erwartet. Ich stecke zwischen einem Berg und einem harten Ort mit zwei Gegnern, die mich verfolgen.

Bitte lass Bardhyl und Lucien wenigstens irgendwo in Sicherheit sein.

Wir halten abrupt an und noch bevor ich mir einen Reim darauf machen kann, was vor sich geht, rieche ich Ash-Wölfe in der kalten Brise, aber nicht meine Männer. Schatten erheben sich vor uns entlang der Bäume. Ein Dutzend von ihnen nähert sich in Tiergestalt und knurrt.

Ein Schauer läuft mir über den Rücken. "Wir müssen weg", flüstere ich Nikos zu. "Bevor es zu spät ist."

"Ich renne nie!", brüllt er und sein Blick zuckt in Rich-tung der herannahenden Gefahr.

Er beugt sich vor und flüstert: "Beantworte alles, was ich dich frage, wahrheitsgemäß und ich verspreche, dich freizulassen." Er tritt vor und zieht mich an meinem Arm neben sich her.

Ich habe keine Ahnung, wovon er spricht. Die Angst packt mich und ich rutsche dicht an ihn heran und wünsche mir, dass sich der Boden öffnet und mich verschluckt. Wenn Mad mich kriegt, wird er mich nie wieder loslassen. Er wird mich foltern und schließlich töten, wenn er merkt, dass ich nicht die Antwort auf seine Forderungen nach Immunität bin. Ich bin kein Narr und weiß genau, was er will und wie furchtbar das für mich und meine Wölfe ausgehen wird.

"Ich will mit eurem Alpha sprechen!", schreit Nikos, laut genug, dass es alle hören können.

Zuerst gibt es keine Reaktion und ich verfluche meinen Griff an seinem Arm. Weiß dieser verrückte Nord-wolf eigentlich, worauf er sich da einlässt? Dass er mich buchstäblich einer Höhle voller ausgehungerter Wölfe aussetzt?

Seine Finger um mein Handgelenk lockern sich nicht. Sein Griff ist grausam und ich weiß nicht, vor wem ich mehr Angst haben soll. Ich mache keine Anstalten zu kämpfen, beobachte nur, wie ein Mann aus dem Wald vor uns tritt.

Wölfe durchkämmen das Land um uns herum und mit jeder Sekunde, die verstreicht, schwindet die Chance zu entkommen in dem bösen Wind, der an meinem Mantel zerrt.

Der Mann hat kurzes Haar. Er ist jemand, den ich schon ein paar Mal auf dem Gelände gesehen habe. Er würde mich definitiv wiedererkennen und ich rutsche weiter in Nikos' Schatten.

"Du hast nach mir gerufen", antwortet der Fremde, das Kinn hoch, die Schultern breit. Nur bin ich verwirrt, denn dieser Mann ist nicht Mad, also wer auch immer er ist, er täuscht es vor. Oder ist Mad irgendwo um uns herum in Wolfsgestalt und beobachtet uns?

Nikos lehnt sich zu mir und flüstert: "Sagt er die Wahrheit?"

"Er ist nicht der Anführer", antworte ich leise.

"Wer ist er dann?"

Ich schüttle den Kopf. "Ich denke, ein Wächter."

Nikos räuspert sich, räuspert sich und wendet sich wieder dem Schwindler zu.

"Deine Männer haben jemanden mitgenommen, der zu uns gehört. Ich bin bereit, es als Unfall zu übersehen, aber ich bin hier, um ihn zurückzubekommen. Bring ihn jetzt zu mir, oder dein Blut wird vergossen."

Ich blicke zu Nikos auf, halb beeindruckt von seiner Überheblichkeit, wenn man bedenkt, dass sie nur zu dritt gegen ein Dutzend Ash-Wölfe sind. Entweder ist er der beste Kämpfer der Welt oder er blufft. Aber wen genau hat Mad überhaupt von diesem Mann entführt?

Der Hochstapler spuckt auf den Boden zwischen uns, sein Gesicht verzieht sich vor Wut. "Du betrittst unbefugt mein Land und wagst es, mir zu drohen?"

Er schnippt mit einer Hand nach seinen Wölfen, und bevor ich Luft holen kann, werden wir angegriffen. Ich zucke zurück, aber Nikos hält sich an mir fest wie ein Verrückter.

"Wir müssen fliehen", keuche ich.

Die Hälfte der Wölfe stürmt auf uns zu, die Zähne entblößt, die Ohren flach am Kopf.

Nikos streicht mit seiner Hand meinen Arm hinauf

und in meinen Nacken und zieht mich näher an seine
Seite. "Halt still."

Plötzlich rauscht ein Windhauch an mir vorbei, ein
Fleck, der sich so schnell bewegt, dass ich zusammen-
zucke und gegen Nikos stoße. Mein erster Fehler ist es, zu
denken, dass ein Ash-Wolf von der Seite angreift, aber es
sind die beiden Nordwölfe in meinem Rücken, die sich in
den Kampf stürzen.

Weiß wie der Schnee sind diese Kreaturen in Tierform
größer als alle Wölfe, die ich je gesehen habe, sogar
größer als Bardhyl, und der ist riesig. Diese Nordmänner
könnten leicht so groß sein wie ich auf Augenhöhe.

Schauer kriechen meine Arme hinauf, aber ich kann
nicht wegsehen, wie schnell sich diese beiden Monster auf
die anderen Wölfe stürzen. Ein Biss, und die Knochen
knacken. Wimmern, und verängstigte Ash-Wölfe versuchen
zu entkommen. Wimmern durchflutet die Luft, es ist ein
Blutbad, ein Gewirr aus Fell und Reißzähnen und Staub.

Wer zum Teufel sind diese Alphas?

Ich blicke zurück zu Jae, die jetzt dicht bei uns ist, den
Kopf gesenkt, sich selbst umarmend, den Angriff nicht
beachtend. Ich möchte ihr sagen, dass sie in Sicherheit
sein wird, aber es gibt keine Möglichkeit, dass ich so ein
Versprechen für einen von uns beiden geben kann.

"Diese verdammten Narren. Wissen die nicht, dass wir
sie alle umbringen werden?", murmelt Nikos vor sich hin.

Es geht alles so schnell und vor uns liegen tote Körper,
blutverschmiert und verdreht, zurückverwandelt in
menschliche Form. Ich scanne sie alle nach Mads Gesicht
oder jemandem, den ich wiedererkenne. Von meinem
Standpunkt aus ist nichts zu sehen.

Der Hochstapler fällt vor Nikos auf die Knie, die

monströsen Wölfe auf beiden Seiten von ihm erfüllen die
Luft mit ihrem Knurren. Ihr weißes Fell ist rot gefärbt, die
Mäuler triefen vor Blut. Allein der Anblick lässt mich
erbeben. Ein absolutes Massaker umgibt mich, und es hat
mich kaum Mühe gekostet.

In der Ferne tauchen weitere Ash-Wölfe auf, was auch
Nikos' wanderndem Blick nicht entgeht. Er mag zwar
Kampfmaschinen unter sich haben, aber selbst ihm
müsste klar sein, dass er gegen ein ganzes Rudel unter-
liegen wird.

"Ich werde ein letztes Mal fragen", stellt Nikos fest. "Ich
will keinen Krieg zwischen uns, aber ich werde jeden
einzelnen von euch vernichten. Bringt mir sofort, wen ihr
gestohlen habt!", brüllt er. "Und um dir zu zeigen, dass ich
ein fairer Mann bin, werde ich dir eine der Deinen
zurückgeben."

"Planänderung!", flüstert er mir ins Ohr. Seine große
Hand stößt mich in den Rücken und ich stolpere nach
vorne, bevor ich mich stoppen kann.

Mein Herz pocht wie wild in meiner Brust und plötzlich befinde ich mich in der Defensive. Dieser Idiot hat
mich gerade den Löwen zum Fraß vorgeworfen.

Ich blicke zurück zu ihm, zu Jae. "Bitte nicht. Lass ihn
das nicht tun."

"Abgemacht", antwortet eine dunkle Stimme, und
starke Finger krallen sich um mein Handgelenk.

Ich drehe mich um und stehe dem Hochstapler gegenüber, der nur Zentimeter von mir entfernt steht und
grinst. "Hab dich", formt er lautlos mit dem Mund.

Ich halte inne und versuche, mein Zittern zu beruhigen, dann schaue ich noch einmal zu Nikos. "Bitte. Sie
werden mich umbringen."

Jae zerrt an seinem Arm, Angst verdreht ihren

Ausdruck. "Lass nicht zu, dass sie sie mitnehmen. Sie muss mit uns kommen."

"Wir haben einen Deal gemacht", knurrt das Arschloch, das mich festhält. "Sie gehört uns, und ich werde meine Männer deinen Mann holen lassen."

Nein, nein, nein! Wut füllt meine Adern. Ich bin nicht so weit gekommen, um gefangen zu werden. Ich schwinge herum, meine Faust fliegt und ich schlage dem Ash-Wolf-Arschloch mitten ins Gesicht.

Sein Griff lockert sich, als er stöhnt und sich die blutige Nase hält.

Ich reiße mich los und sprinte.

Plötzlich packt er mich an den Haaren und zerrt mich nach hinten. Ich stolpere, meine Füße rutschen unter mir weg und ich schlage mit dem Hintern auf dem Boden auf. Ich schreie auf und halte mich an meinen Haaren fest, um den unerträglichen Schmerz zu stoppen.

Jae rennt schreiend zu mir, aber Nikos packt sie am Arm. "Nein, das ist nicht unser Kampf."

"Bastard!", brülle ich Nikos an. Ich hatte die ganze Zeit recht damit, dass diese Alphas die Frauen nur als Ware sehen. Und dieses Arschloch hat mich gerade verraten.

13

Dušan

"Steh auf, verdammt!" Das Knurren reißt mich abrupt aus meinem Schlaf.

In Sekundenschnelle richte ich mich auf, mein Herz rast, nur um festzustellen, dass niemand in meiner Zelle ist, der mir Befehle zubellt.

Eine Bewegung zu meiner Rechten lenkt meine Aufmerksamkeit auf die am weitesten entfernte Zelle, in der der andere Gefangene liegt. Alen, eine Wache, die ich an einer Narbe im Nacken wiedererkenne, steht über dem Gefangenen und tritt ihm gegen das Bein. Zwei weitere Wachen warten vor der Zelle.

Ich habe vorhin versucht, mit dem Gefangenen zu reden, als wir alleine hier drin waren, aber er wurde ausgeknockt, was ich nur in Form der gleichen Injektion vermuten kann, die Mad auch mir verpasst hat. Obwohl ich nicht mit ihm sprechen musste, um seinen Alpha-

Geruch zu erkennen. Mit ihm kam die Bestätigung, dass ich ihn nicht erkenne. Ein Schurke? Vielleicht. Oder sogar jemand aus einem nahegelegenen Rudel, das den Shadowlands-Sektor umgibt. Es gibt viele, die ich noch nicht kennengelernt habe, aber ich bin wählerisch, wenn es darum geht, mit wem ich zusammenarbeiten möchte.

"Hast du mich gehört?", brüllt Alen.

Der Fremde stöhnt auf, die Seite seines Gesichts, mit der er auf dem Steinboden geschlafen hat, ist gerötet.

Alen beugt sich über ihn, packt ihn an den Haaren und reißt ihn nach oben. Ich höre die leise geknurrte Drohung, die durch die Brust des Fremden rollt.

"Lass ihn verdammt noch mal in Ruhe", befehle ich.

Alens Kopf dreht sich in meine Richtung, seine Lippen verziehen sich zu einem schiefen Grinsen. "Mach dir keine Sorgen. Deine Zeit wird kommen."

"Und *du* hast deinen Platz vergessen. Daran werde ich dich sicher erinnern, wenn ich mein Rudel zurückfordere."

Er bellt ein Lachen, obwohl ich das Unbehagen höre, das sich durch den Ton zieht. Ja, er sollte besser Angst haben. Hier alleine zu sitzen, hat mir viel Zeit verschafft, darüber nachzudenken, wie ich mein Rudel von nun an leiten werde. Zuerst habe ich angenommen, dass diese Verräter Angst haben und das bedeutet, dass sie alles tun, um ihre eigene Haut zu retten. Und obwohl das immer noch stimmt, gibt es einen gewaltigen Unterschied zwischen denen, die sich aus Angst vor Mad verbeugen, um ihm ihre Treue zu zeigen, und denen, die freudig seine Drecksarbeit verrichten. Letzteren werde ich ihren Verrat niemals verzeihen.

Ich konzentriere mich wieder auf den Neuankömmling, der auf seinen Füßen steht und viel größer und breiter ist, als ich zuerst dachte. Das dunkle Haar ist an den Rändern und hinten kurz geschnitten, während es vorne länger ist.

Alen greift nach ihm, aber der Mann ist schnell und schnappt sich seinen Arm, den er in Sekundenschnelle hinter den Rücken verdreht. Er stößt den Wachmann mit dem Gesicht voran gegen die Metallgitter.

Ich kann nicht aufhören zu lachen. "Mach, dass es weh tut", grinse ich.

Die anderen Wachen stürmen gerade herein, als der Alpha mit seinem Fuß gegen die offene Tür tritt, die dann in ihre Gesichter schwingt.

Ich brülle vor Lachen über die Unfähigkeit dieser Männer, denen Mad traut. Ich kenne jeden dieser Ash-Wölfe und es gibt einen Grund, warum sie nie eine hohe Position in meinem Team von Kriegern erreicht haben.

Was diesen Fremden angeht ... der ist ein anderes Kaliber und könnte eine gute Ergänzung für mein Team sein.

Er wirft mir einen Blick zu, ein leichtes Nicken als Zeichen dafür, dass wir hier keine Feinde sind.

Die anderen Wachen drängen zurück in die Zelle und der Alpha weicht zurück, die Hände in der Luft. Sie schlagen auf ihn ein, bis seine Knie den Boden berühren und er sich in sich zusammenrollt.

"Mach ihn fertig." Alen reißt sich von den Gittern los, seine Nase blutet. Er wischt sich die Sauerei mit dem Handrücken ab und zieht eine Linie aus Blut über seine Wange.

Ich balle meine Hände zu Fäusten. "Das reicht!", schreie ich.

Die anderen beiden stehen über dem Gefangenen, als

Alen sich vorbeidrängt und ihm eine Faust ins Gesicht schlägt, sodass er auf dem Rücken liegt.

"Nehmt ihn mit. Sieht so aus, als ob heute anscheinend doch sein Glückstag ist."

Ich versteife mich, unsicher, was los ist, und bin plötzlich überrascht, als sie die Beine des Gefangenen packen und ihn aus dem Kerker ziehen.

Ich laufe in meiner Gefängniszelle auf und ab, um mir die Beine zu vertreten. Ärger durchströmt mich bei dem Gedanken, dass ich immer noch hier drin festsitze und keine verdammte Ahnung habe, was draußen vor sich geht.

Ich weiß nicht, wie lange ich einen Weg in den Boden laufe, als sich die Haupttür mit einem Knarren öffnet.

Mein Kopf zuckt hoch und fällt auf Meira, die in den Kerker stolpert, Alen stoßt ihr mit der Hand gegen den Rücken.

Verzweiflung durchfährt mich, als ich sehe, dass sie sie gefangen haben. Galle steigt mir in die Kehle.

"Meira", rufe ich und eile in die Ecke meiner Zelle, die ihr am nächsten ist. Mad hat angedeutet, dass sie vor ihm geflohen ist, aber der Bastard muss sie gefunden haben. Sie zu sehen, ist, als hätte jemand die Sonne in den Raum gelassen. Ihr Kopf dreht sich in meine Richtung, ihre Augen sind groß vor Erkenntnis, mich gefunden zu haben.

"Dušan." Ihre sanfte Stimme bricht vor Rührung, ihr Arm streckt sich nach mir aus, als sie weggerissen und in die letzte Zelle gezwungen wird. Die Tür schließt sich und die Wachen lassen uns allein in dem Raum zurück.

Ich presse meinen Kiefer zusammen und konzentriere mich auf Meira, die stolpert, um ihr Gleichgewicht zu finden.

Meine kleine Wölfin hält inne und schwingt sich auf die mir zugewandte Seite ihrer Zelle. Sie hält sich an den Metallstäben fest, ihre Knöchel sind weiß, ihr dunkles Haar fällt ihr unordentlich um die Schultern, Schmutz verschmiert ihre Wangen wie Kriegsbemalung. Es passt zu ihr.

"Dušan", wiederholt sie. "Wir wollten zurückkommen, um dich zu holen, aber da draußen herrscht der Wahnsinn."

"Bist du verletzt?", frage ich und scanne den langen, schwarzen Mantel, den sie trägt. Er ist ihr zwei Nummern zu groß. Ihre nackten Füße sind schmutzig, und sie erinnert mich so sehr an das wilde Mädchen, das ich im Wald aufgeschnappt habe, als wir uns das erste Mal trafen. Der einzige Unterschied ist, dass in ihren Augen kein Hass liegt, wenn sie mich anstarrt, nur schmerzhafte Sehnsucht. "Du hast dich in deine Wölfin verwandelt."

Sie nickt enthusiastisch, ihr Lächeln erzwungen in einem Moment, in dem ich gedacht hätte, sie würde jubeln.

"Beunruhigt dich etwas?", frage ich und warte auf ihre Antwort.

Sie schiebt sich eine lose Haarsträhne aus dem Gesicht. "Obwohl ich mich in meine Wölfin verwandelt habe, bin ich anscheinend immer noch unsichtbar für die Untoten. Ich verstehe nicht, was das bedeutet. Bin ich immer noch krank?" Ihr Ton wird weicher, als würde es ihr wehtun, das laut zuzugeben.

"Erbrichst du Blut wie früher?" Meine Stimme verdickt sich bei dem Gedanken. Sie sollte heilen, sobald sie sich verwandelt hat, aber wenn sie immer noch an Leukämie leidet, bedeutet das, dass die Krankheit sie von uns nehmen wird? Das ist nicht das, was ich hören will, wenn alles andere im Arsch ist.

Sie schüttelt den Kopf. "Ich fühle mich stark und als könnte mir nichts etwas anhaben."

Ich schnaufe und lecke mir über die trockenen Lippen, versuche, mir einen Reim darauf zu machen, warum sie immer noch immun ist. Habe ich mich die ganze Zeit geirrt und vielleicht hat Mad recht - sie ist der Schlüssel zu unserer Rettung? Ich koche bei dem Gedanken, dass er mit irgendetwas recht haben könnte. Aber nur weil die Immunität in ihrem Blut liegt, heißt das nicht, dass es eine Lösung für den Rest von uns ist.

"Ich werde alles in meiner Macht stehende tun, um dich hier rauszuholen, damit wir herausfinden können, warum du immer noch resistent bist." Die Woge überwältigender Bewunderung in meiner Brust droht mich zu ersticken bei dem Gedanken, wie sehr sie mir ans Herz gewachsen ist, wie sehr sie ein Teil von mir geworden ist, wie ich es nicht ertragen kann, sie zu verlieren. Sie sieht mich an, schenkt mir dieses herrlich schiefe Grinsen und ich möchte vor Frust und Wut brüllen.

Zwischen uns ist eine leere Zelle und mehr als alles andere wünsche ich mir, ich könnte sie festhalten, sie küssen und ihr sagen, dass wir irgendwie aus dieser Situation herauskommen werden. Sie unterbricht unseren Blick und lässt sich auf den kalten Boden sinken, die Beine verschränkt. Sie braucht nicht lange, um es sich so bequem wie möglich zu machen, während jede Faser in meinem Körper kurz vor dem Zusammenbruch steht, weil ich so weit von ihr entfernt bin.

Sie wischt sich über ihre glitzernden Augen. "Ich bin so wütend. Wir sind vor den Ash-Wölfen geflohen, und ich wurde von Bardhyl und Lucien getrennt. Dann bin ich auf das Mädchen gestoßen, Jae, welche ich das letzte Mal im Wald getroffen habe. Ich hatte dir von ihr erzählt. Nur war sie in Begleitung von drei Nord-Alphas. Ich habe noch nie jemanden gesehen, der sich in solch einen monströsen Wolf verwandeln kann. Dušan, sie waren wie Bardhyl, nur größer und furchterregender."

Meine Gedanken kreisen um das, was sie mir erzählt, um den Fremden, der vor nicht allzu langer Zeit in ihrer Zelle gegessen hat. Im Norden gibt es viele abtrünnige Wölfe und Rudel, die in ihrem Verhalten eher den Barbaren ähneln. Aber der Alpha, den ich heute gesehen habe, schien berechnend und kein Schurke zu sein. Könnte er aus dem Savage-Sektor kommen?

"Dieses Arschloch aus dem Norden hat mich gegen jemand anderen ausgetauscht, den Mad entführt hat. Und das Schlimmste daran ist, dass Jae bei ihnen ist. Wer auch immer sie sind, anscheinend hat ihre Schwester diese Schläger angeheuert, um sie zu finden."

Das sagt mir, dass Mads Männer das Außenseiterrudel abgefangen und einen der ihren mitgenommen haben müssen. Das ist der Alpha, der vorhin hier war.

Ich knirsche mit dem Kiefer, als ich höre, wie meine Schicksalsgefährtin als Tauschware benutzt wurde. Wut durchströmt mich, dass es überhaupt jemand gewagt hat, Hand an sie zu legen.

"Die Wachen sind überall im Wald", sagt sie. "Ich hoffe nur, dass Bardhyl und Lucien in Sicherheit sind."

Da die Ash-Wölfe den umliegenden Wald überwachen, werden mein Zweiter und Dritter sich bedeckt halten, bis sie die Chance bekommen, durch die Tunnel hierher zu kommen. Es sei denn, der Ort wurde kompromittiert.

"Was ist da draußen noch los?", frage ich. "Ist Mad auch Teil der Suche?"

Sie lehnt sich näher heran, presst ihr Gesicht zwischen zwei Metallstangen, und es bringt mich um, dass zwischen uns eine leere Zelle ist und ich sie nicht festhalten oder den Schrecken, der auf ihr Gesicht gemalt ist, wegstreicheln kann. "Der Mann, der mit dem Nordwolf verhandelt hat, hat sich zum Alpha dieses Sektors erklärt. Aber er ist nur ein Wächter. Und wenn Mad dabei gewesen wäre, wäre er in dem Moment, in dem er mich gesehen hätte, losgestürmt."

Ich nicke. "Du hast recht, was bedeutet, dass er noch nicht weiß, dass du hier drin bist, sonst wäre er sofort hier."

Meine Brust zieht sich zusammen, aber ich weigere mich, Meira gegenüber meine Bedenken zu äußern. Mads Pläne sind geradlinig. Jetzt, wo er Meira gefangen hat, bin ich nicht mehr nötig. Mein Ende ist nah. Schweiß läuft mir den Rücken hinunter und ich sollte Angst haben, aber was mich mehr beunruhigt, ist, was der Wahnsinnige mit meiner schönen Gefährtin machen wird, wenn ich nicht hier bin, um ihn aufzuhalten.

Lucien und Bardhyl sind meine letzte Hoffnung.

"Wir werden das überstehen", versichert sie mir, wahrscheinlich hat sie meine wachsende Besorgnis mitbekommen.

Ich habe mein ganzes Leben lang für einen besseren Ort für unser Rudel gekämpft. Und die eine Person, die ich mein ganzes Leben lang beschützt habe, wird nun mein Verderben sein.

Ich werfe einen Blick zur Tür hinüber, mein rasender Herzschlag klingt wie ein Countdown, bis mein Stiefbruder hier für Meira einmarschiert. Ich schlucke die

Galle in meiner Kehle hinunter. Die Wut hallt in meinem
Kopf wider und ich versuche, die aufkommende Angst zu
verdrängen. Ich fahre mir mit einer Hand durch die
Haare, um die Nervosität abzuschütteln.

"Dušan, geht es dir gut?" Meira unterbricht meine
Gedanken und ihre singende Stimme lenkt meine
Aufmerksamkeit auf sie. Ihre schönen Augen studieren
jede meiner Bewegungen, jede Reaktion.

Mein Mund verzieht sich zu einem Lächeln, aber
innerlich zerbreche ich, meine Emotionen entladen sich.
Nie wieder in ihr Gesicht zu schauen, nie wieder ihre
Wärme zu spüren, nie wieder ihr Lachen zu hören,
zerstört mich. Stattdessen steigt die Wut in mir auf und
verschlingt mich. Ich ballte meine Hände bei dem Gedanken, dass Mad alles tun würde, um sie mir wegzunehmen.

"Ich weigere mich zu glauben, dass wir es nicht
schaffen werden", sagt Meira und ich brauche ein paar
Augenblicke, um das Wort *glauben* so weit zu verarbeiten,
bis es sich endlich in meinen Gedanken festsetzt. So lange
war ich derjenige, der die Rudelmitglieder davon überzeugt hat, dass wir in diesem Lager sicher sind. Sie sollten
Vertrauen in mich haben und glauben, dass ihre Zukunft
vor den Zombies sicher ist. Aber ich wusste nicht, dass
der wahre Feind die ganze Zeit in meinen Reihen war.

Ich lenke meinen Blick auf Meiras schönes Gesicht,
das ich mir eingeprägt habe, jede Linie, jede Kurve, jede
Farbe. Sie ist ein Gemälde in meinem Kopf, das ich nie
vergessen werde. "Du hast recht, Hübsche. Wir werden
das überstehen."

Ich setze mich und höre ihr zu, als sie mir von ihrer
Rettung von Lucien und Bardhyl erzählt, von ihrem
Ablenkungsmanöver mit den Untoten und sogar von
einigen seltsamen Zombies, die ihr zu folgen scheinen.

Was an und für sich schon ungewöhnlich ist, aber ich kann mir nur vorstellen, dass es etwas damit zu tun hat, dass sie immer noch immun gegen die Untoten ist.

Ihre Stimme beruhigt die Bestie in mir, die kurz davor ist, durchzudrehen, weil sie eingesperrt ist.

Alles an ihr macht süchtig. Sie riecht so gut - wie die frische Wiese an einem Frühlingsmorgen. Ich sehne mich danach, ihren Körper an mich gepresst zu spüren, ihre weichen Brüste, ihre langen Beine um mich geschlungen, das Feuer zwischen ihren Schenkeln. Ich vermisse sie furchtbar. Wir teilen uns zwar den gleichen Raum, aber sie ist zu weit weg.

Ich will raus aus diesem verdammten Gefängnis, sofort!

Als ich ihrem Blick begegne, spiegelt sich ein Schmerz in ihnen. Sie spürt meine Qualen und leidet selbst in diesem Höllenloch, in das wir alle gefallen sind, seit Mad seine Spielchen treibt.

Dies wird mit Blut enden. Seines und meines. Ich werde nicht untergehen, ohne ihn mit mir zu nehmen.

14

Meira

*E*in Klicken der Kerkertür lenkt meine
Aufmerksamkeit von Dušan weg. Ich versteife
mich und klammere mich an den Metallstäben fest, um
zu sehen, wer eintritt.

Mad stürmt herein, sein Blick schweift von Dušan zu
mir, dann atmet er laut aus. Sein Grinsen macht mich
wütend. "Meine Männer haben mir gesagt, dass sie dich
gefangen haben, aber ich habe ihnen nicht geglaubt. Ich
musste kommen und dich mit eigenen Augen sehen." Der
harte Zug um seine Mundwinkel überzieht mich mit
einer Gänsehaut - und zwar nicht der guten Art.

Ich krieche rückwärts in meine Zelle, entsetzt
darüber, was dieser verrückte Mann für mich auf Lager
hat. Der Blick in seinen Augen gehört zu jemandem, der
sich nur um eines kümmert: sich selbst. Und ich bin für

ihn nur ein Sprungbrett, ein Weg, um in dieser kaputten Welt die Oberhand zu gewinnen.

"Du bist ein verdammtes Monster", schreie ich auf. "Lass uns gehen!"

Er ignoriert mich und steuert hinüber, einen Blick in Dušans Zelle zu werfen, dicht gefolgt von drei Wachen.

Als einer von ihnen die Gefängnistür öffnet, durch-zuckt mich ein Anflug von Panik wie Rasierklingen. Ich sauge jeden rasenden Atemzug ein und ziehe mich auf die Beine.

Ich starre sie an, meine Augen brennen, denn ich bin nicht dumm und weiß genau, was hier passiert.

Mad hat mich, also wofür braucht er noch Dušan? Den Alpha am Leben zu lassen, ist eine Gefahr, die Mad für den Rest seines Lebens über die Schulter schauen lassen würde.

Zwei Wachen nähern sich meinem Seelenverwandten und nehmen sich jeweils einen Arm. Dušan kämpft nicht gegen sie ... vier gegen einen, er würde nicht gewinnen. Also steht er bereitwillig auf, hält sein Kinn hoch, die Lippen zusammengepresst.

Ich stoße einen erstickten Atemzug aus und ziehe ihre Aufmerksamkeit ihre Aufmerksamkeit auf mich. Aber ich habe nur Zeit für Dušan. Ich schaue ihm in die Augen und versuche, mich daran zu erinnern, man spricht, während der Schrecken in mir aufsteigt und sich langsam wie ein Sturm aufbaut. Der Sturm kommt schneller und schneller, mein Kinn zittert. Alles, was ich sehe, ist ein Mann, der von einem Schicksal verschlungen wird, das ihm aufgezwungen wurde. Der Kampf in seinem Gesicht, für mich tapfer zu sein, erschüttert mich.

Jetzt sehe ich, warum er sich nicht wehrt. Das Letzte, was ich von ihm sehen soll, ist nicht ein panischer Mann, sondern der Schicksalsgefährte, in den ich mich verliebt habe.

Jemand, der stark ist.

Selbstbewusst.

Hartnäckig.

Aber unter den Schichten ist ein Mann, der verzweifelt versucht, sich zusammenzureißen.

Eine Träne gleitet mir über die Wange. "Du kannst das nicht tun." Ich keuche bei jedem Wort und starre Mad an.

"Und warum nicht?", fragt Mad, als wolle er mir eine Chance geben, ihn zu überzeugen, meinen Seelenverwandten zu verschonen. Aber er beschwichtigt mich, demütigt mich.

Ich wische mir die aufsteigenden Tränen mit dem Handballen weg und ziehe die Schultern hoch. "Weil du ein Stück Scheiße bist und im Vergleich zu Dušan nie etwas anderes sein wirst. Du benutzt Bestechung und Angst. Du bist schwach und ich werde dich umbringen, sobald ich die Gelegenheit dazu habe."

Wut brodelt in mir auf. Meine Wölfin sitzt in meiner Brust, drängt und drängt nach Erlösung. Aber noch ist es nicht soweit. Wenn die Zeit reif ist, werde ich ihn abschlachten.

Mad rollt mit den Augen und gluckst. "Große Worte von jemandem, der bald nichts weiter als eine Ratte in einem Experiment sein wird."

Ich schaudere bei dem Gedanken, bei dem Inferno, das durch meine Adern brennt, bei diesem Arschloch, das es nicht verdient hat zu leben.

"Es wird alles gut", beruhigt mich Dušan. Für ihn stehe ich immer an erster Stelle. Nur heute ist das das Letzte, was ich will.

Der Tod ist in seine Zelle gekommen, um ihn abzuho-

len, und er sorgt sich nur um mein Wohlergehen. "Mad",
sagt er. "Wenn du noch einen Funken Bruderliebe für
mich übrig hast, dann versprichst du mir, Meira nicht zu
verletzen. Erfülle mir diesen letzten Wunsch."

Meine Knie knicken unter mir ein, mein Herz
zerbricht in zwei Hälften. Das kann doch nicht wahr sein.

Mad antwortet Dušan mit einem drohenden Knurren.
"Hast du Gnade gezeigt, als du mich in den Kerker
geworfen hast, als du mir vor den anderen den Titel
entzogen hast? Du verdienst den Tod, und ich werde
dafür sorgen, dass du leidest, während ich zusehe. Und
während du deinen letzten sterbenden Atemzug machst,
wirst du mein lächelndes Gesicht sehen."

Dušans Gesichtsausdruck verfinstert sich, seine
Schultern wölben sich nach vorne und der Wolf knurrt in
seiner Brust.

"Du verdammtes Arschloch!", schreie ich auf.

Mad lacht nur, und er macht mich so wütend, dass ich
schreien möchte. Wut kämpft in mir, eine Explosion von
Herzschmerz und Frustration bei dem Gedanken, hier
drin festzusitzen.

Sie schieben Dušan in Richtung Tür und ich stürme
zur Vorderseite meines Gefängnisses und strecke meinen
Arm aus. "Bitte, tu das nicht! Ich werde alles tun, was du
willst, Mad. Ich flehe dich an."

Es ist Dušan, der mich immer noch ansieht und
meinen Blick festhält, während mir die Tränen über das
Gesicht laufen.

Er lächelt, und ich weine, unfähig, aufzuhören.
"Unsere Seelen werden immer vereint sein. Ich verspreche, dass dies nicht das letzte Mal sein wird, dass du mich
siehst. Ich liebe dich, Meira."

Er wird aus dem Gefängnis getrieben, die Wachen

und Mad folgen ihm. Kaum ist die Haupttür geschlossen, wendet sich Dušan wütend zwei der Wachen zu. Brutal schlägt er auf sie ein und wirft sie zu Boden.

Die Tür schlägt zu.

Ich erstarre.

Ich kann nicht atmen.

Ich breche zusammen.

Knurren und dumpfe Schläge brechen aus, das Handgemenge eskaliert. *Töte sie, Dušan.*

Ich warte atemlos auf seine Rückkehr. Um zu wissen, dass er sie erledigt hat. Um mich von hier wegzubringen.

Es dauert einige Augenblicke, bis die Geräuschkulisse abebbt. Stille.

Die Vorfreude schlängelt sich um mich herum, erstickt mich.

Je länger ich warte, desto weniger Luft bekomme ich und mein Inneres verbrennt vor Angst.

Niemals hätte ich mir träumen lassen, dass ich mich verlieben würde, geschweige denn in drei Männer. Aber dass mir einer davon entrissen wird, ist, als würde mir das Herz aus der Brust gerissen.

Ich sinke auf die Knie, schreie laut in meine Hände und atme meine Wut durch zusammengebissene Zähne.

Sekunden vergehen.

Minuten.

Er kommt nicht.

Dušan kommt nicht zurück.

Er ist verschwunden.

Meine Welt zerbricht in Stücke, die sich nie wieder zusammensetzen lassen.

In meinen Gedanken sehe ich nur noch seine wolfsblauen Augen, die Sanftheit seiner Lippen, die sich an meine schmiegen, höre das leise Flüstern in mein Ohr, was er mir versprochen hat. Alles, was wir geteilt haben, wurde mir genommen, und ich kann es nicht ertragen, mir eine Zukunft ohne ihn vorzustellen.

Ein Schluchzen bricht aus mir heraus.

Diese Erinnerungen sitzen in mir wie schreckliche zerklüftete Glasscherben.

Sie zerreißen mich.

Zerschmettern mich.

Töten mich.

Selbstsüchtig kann ich nur denken, dass ich wünschte, ich hätte mich nie in jemanden verliebt.

Bardhyl

"*B*eeilt euch verdammt noch mal", belle ich, als Lucien hinter mir zurückbleibt.

"Haltet euch verdammt noch mal zurück."

Frustration durchfährt mich, dass wir Meira nirgendwo im Wald gefunden haben.

Als wir uns auf den Weg nach Norden gemacht haben, haben wir endlich ihre Fährte aufgenommen. Aber sie führte uns direkt an den Hintereingang der Siedlung. Und das kann nur eines bedeuten: Sie wurde gefangen genommen. Es gibt kaum einen anderen Grund, warum sie diesen Eingang benutzen würde, wenn es in den Wäldern von Asch-Wölfen wimmelt.

Ich wische mir mit dem Handrücken das tropfende Blut von meiner aufgeplatzten Lippe. Lucien und ich haben eine kleine Gruppe von Ash-Wölfen ausgeschaltet, die wir beim Durchsuchen der Wälder gefunden haben.

Die Idioten waren Männer, die wir kannten. Der niedrigste Abschaum in unserem Rudel, leicht zu manipulieren, um diesem Verräter gegenüber loyal zu sein, also war dieser kleine Dienst zur Säuberung unseres Rudels das Mindeste, was wir tun konnten.

Nun stürmten wir in Menschengestalt durch die Tunnel. Wir haben mehrere Felsbrocken am Eingang der Höhle, die zu diesen Tunneln führt, verkeilt, nur für den Fall, dass jemand sie findet.

Ich werfe einen Blick zurück. Lucien holt endlich auf und springt durch die Dunkelheit. Er ist ein Schatten, den ich mit meinen Wolfsaugen leicht erkennen kann ... Die partielle Verwandlung hat ihre Vorteile.

"Ich musste sichergehen, dass es fest an seinem Platz ist", murmelt er.

Wir beide hetzen hektisch in dem engen Tunnel vorwärts, die Dunkelheit jagt uns hinterher und ich kann nur an Meira denken.

"Wir befreien zuerst Dušan, dann stürzen wir uns zu dritt auf Mad. Ich werde ihm den Kopf abreißen", knurre ich.

"Gut, ich erhebe Anspruch darauf, ihm das Rückgrat herauszureißen. Aber unter einer Bedingung." Lucien wartet nicht auf eine Antwort von mir. "Er ist am Leben, also kann er Schmerz empfinden. Ich will so sehr, dass er verdammt noch mal weh tut, dass es in mir vor Dringlichkeit brennt."

"Diesen Wichser machen wir fertig", belle ich. "Dann tanze ich auf seinem Grab. Eigentlich kannst du das mit deinen Cowboystiefeln machen, da er sie gehasst hat."

Seine Stirn zieht sich zusammen, die Augen weiten sich. "Was zum Teufel? Er hat meine Stiefel gehasst?"

"Bruder, er hat sich vor anderen über dich lustig

gemacht. Als ich das hörte, habe ich ihn so hart geschlagen, dass ihm seitdem ein Backenzahn fehlt. Danach habe ich nie wieder ein Wort über deine Stiefel gehört."

"Du bist ein echter Kumpel, weißt du das? Wenn es jemanden gibt, mit dem ich meine Seelenverwandte teilen würde, dann sind es du und Dušan."

"Werd nicht sentimental."

Lucien lacht und klopft mir auf die Schulter, während er sich an mir vorbeischiebt und mich absichtlich gegen die Wand stößt. "Beeil dich, verdammt", spottet er, lacht aber leise weiter.

Ich stürme hinter ihm her. Wir beide kennen diese Tunnel wie unsere Westentasche, jede Kurve und jede Senke.

Als wir das Ende des Ganges erreichen, betreten wir den kleinen behelfsmäßigen Bereich mit einer Leiter, die zu Kinleys Haus hinaufführt.

Ohne Zeit zu verlieren, renne ich die Stufen hinauf und bleibe direkt unter der geschlossenen Falltür stehen.

Ich lege mein Ohr so nah wie möglich an die Holzplatte und lausche. Nichts. Nicht einmal Vibrationen, die andeuten könnten, dass Kinley Besucher hat und sie herumlaufen.

Als ich mir sicher bin, dass die Luft rein ist, klopfe ich zweimal mit den Fingerknöcheln gegen die Falltür.

Ich schaue wieder zu Lucien hinunter und er starrt mich nur achselzuckend an. Kinley geht selten raus und ich bezweifle, dass sie es bei dem Chaos in der Siedlung tun würde.

Unbehagen verhärtet sich in meinem Bauch bei dem Gedanken, dass ihr etwas zugestoßen ist. Ich kann leicht durchbrechen, aber ich will sichergehen, bevor ich diesen Eingang zerstöre.

Ich wende mich wieder der Falltür zu und greife nach dem Metallriegel, bereit, daran zu rütteln, falls Kinley eingeschlafen ist.

Das Knarren des Holzes hallt hier unten wider und ich lasse den Riegel los, krieche schnell zurück nach unten, nur für den Fall, dass da oben jemand anderes ist. Ein weiteres Knarren.

Lucien und ich gleiten in die Schatten um uns herum, als eine weibliche Stimme ruft: "Es ist unverschlossen."

Kinley. Erleichterung überschwemmt mich.

Ich flitze die Leiter hinauf und schiebe die Falltür auf.

In wenigen Augenblicken sind Lucien und ich in ihrem Zimmer, die Falltür geschlossen und durch den Teppich verdeckt. Ich suche das ganze Haus ab, um sicherzugehen, dass wir allein sind.

Lucien ist an Kinleys Seite und informiert sie über alles, was passiert ist. Er war schon immer gut darin, Verbindungen zu anderen herzustellen, viel besser als ich, also überlasse ich es ihm.

"Hast du etwas gehört?", fragt er sie.

Sie schüttelt den Kopf. "Alle haben Angst und die meisten Familien halten sich in ihren Häusern versteckt. Keiner will, dass Mad das Sagen hat." Ihre Worte zittern.

Lucien hält ihre Hand und beruhigt sie. "Er wird untergehen", versichert Lucien ihr, und als sie zu mir hinüberschaut, nicke ich. Plötzlich fühle ich mich unbehaglich, einfach nur da zu stehen.

"Wir müssen gehen", erklärt Lucien. "Halte die Türen verschlossen, bis wir zurückkommen, in Ordnung?"

"Natürlich. Aber zieh dir etwas an, sonst fällst du in der Menge auf."

Sie hat recht. Wir sind nackt. Die meisten in der Siedlung behalten ihre menschliche Gestalt und laufen selten nackt herum. Nun, außer dem alten Rog, dem ältesten Mitglied des Rudels, der manchmal vergisst, wo er ist.

"Ich werde uns ein paar Klamotten besorgen", biete ich an, wohl wissend, wo Kinley ihr Versteck hat.

Das Hinterzimmer ist klein und gefüllt mit Regalen voller gefalteter Kleidung, eine Vielfalt, die sie für jeden sammelt, der sie braucht. Das Problem ist, dass die meisten davon kleinere Größen sind.

Schritte nähern sich hinter mir und ich drehe mich um, um Lucien direkt hinter mir zu finden.

"Dachtest du, ich würde dir vertrauen, dass du mir etwas zum Anziehen besorgst?" Er grinst, und ich grinse zurück.

"Du hast dir Sorgen gemacht, dass ich dir eine Strumpfhose besorgen würde? Mach dir keine Sorgen. Keiner erwartet, dass du darin so gut aussiehst wie ich."

Er schnappt sich eine gefaltete blaue Hose und wirft sie mir zu. Ich schnappe mir die Jeans, die in etwa meine Größe zu haben scheint.

"Was zum Teufel? Sie hatte richtige Kleidung in der Schublade?", frage ich.

Lucien gluckst vor sich hin. "Nur *du* würdest da nicht reinschauen, oder, Strumpfhosenjunge?"

Es ist mir egal, wie er mich nennt. Ich ziehe mich an, mache es mir dort bequem und schließe den Reißverschluss.

Als ich den Kopf hebe, trifft mich ein weiteres Kleidungsstück im Gesicht. "Verdammt noch mal."

Er hat nicht aufgehört, vor sich hin zu lachen, als er sich ein schiefergraues Strickoberteil überzieht und bereits mit einer schwarzen Jeans bekleidet ist.

Ich ziehe mir den langärmeligen, dunkelgrünen Hoodie über.

Irgendwo in den Vorräten hat Lucien Stiefel für uns gefunden. "Probier die mal an."

Ich nehme sie, verschwende keine Zeit und ziehe die knöchelhohen schwarzen Stiefel mit dicken Sohlen an. "Die sind gut."

"Lass uns loslegen."

Draußen im Hauptraum begrüßt uns Kinley mit einem Lächeln. Trotz der Angst in ihren Augen, spricht sie ihre Bedenken nicht aus. Wie der Rest von uns weiß sie, dass der einzige Weg, einen Tyrannen zu beseitigen, darin besteht, sich ihm entgegenzustellen. Und obwohl das mit Gefahren verbunden ist, ist es der einzige Weg, ihn zu stoppen.

Man muss für das kämpfen, woran man glaubt, würde mein Vater immer sagen.

"Passt auf euch auf", sagt Kinley.

Eilig schleichen wir uns aus ihrem Haus. Auf dem Hof vor ihrem Haus sieht man mehrere Wachen umher-schlendern. Aus den benachbarten Häusern ist niemand aufgetaucht.

Ich gebe Lucien mit einer Handbewegung zu verste-hen, dass er mir folgen soll, während ich seitlich an Kinleys Haus entlang zu ihrem Gemüsegarten schleiche. Hier hinten führt ein Gang an allen Häusern vorbei und gegenüber von uns liegt der Wald der Siedlung.

Nach einem kurzen Check, bei dem wir niemanden entdecken, sprinten wir beide nach links.

Die Festung erhebt sich vor uns, unerschütterliche Steinmauern, Türme ... Nicht mehr der Ort, den ich Heimat nannte, sondern eine Gefahr.

Plötzlich ertönen Stimmen aus dem Wald zu meiner Rechten. Ich halte inne, suche krampfhaft nach einem Versteck.

Lucien schnappt sich den Ärmel meines Oberteils und zieht mich hinter einige Holzfässer im Hinterhof von jemandem zurück. Hinter uns stehen Feigenbäume und ein kleines hüttenartiges Haus aus grauem Stein. Solange niemand aus dem Fenster schaut, sollte es glattgehen.

Lucien duckt sich dicht neben mir. "Hast du überhaupt geguckt, bevor du so schnell rausgerannt bist?", flüstert er barsch.

Ich werfe ihm einen bösen Blick zu. "Natürlich habe ich das."

Die Stimmung ist aufgeheizt, aber ich schüttle es ab. Ich bin nicht seinetwegen frustriert, sondern darüber, was Mad uns alles genommen hat.

Durch den Spalt zwischen zwei Fässern beobachte ich zwei Beta-Männchen, die sich mit gedämpften Stimmen unterhalten und den Weg in diese Richtung gehen.

Ich bin angespannt. Ich tausche einen Blick mit Lucien aus, der von der Rückseite unseres Verstecks auf sie zeigt. Er hat sie gesehen. Wenn es einen Vorteil hat, dass so viele Rudelmitglieder auf dem Gelände leben, dann ist es, dass sich unsere Gerüche so stark in der Luft vermischen, dass ich bis zum Mond und zurück bete, dass sie unsere Wölfe nicht aufspüren werden.

Wir wissen zwar nicht, auf wessen Seite sie stehen, aber wir können das Risiko nicht eingehen.

In der Nähe von Lucien kauernd, beobachte ich sie intensiv, aber in meinem Kopf habe ich schon alles durchgespielt. In dem Moment, in dem ich das Gefühl habe, entdeckt zu werden, werde ich sie beide zur Strecke bringen.

Augenblicke später schlendern sie an uns vorbei und hinter dem rasenden Klopfen meines Herzens kann ich nur vier Worte aus ihrem Flüstern heraushören. "Er macht es jetzt."

Meine Gedanken katapultieren sich zu Mad und ich kann mir nur vorstellen, wie er Meira wehtut. Er hat sie und wird sie aufschlitzen, ihr Blut nehmen, alles nehmen.

Elektrizität durchzuckt mich bei diesem Gedanken, und ein verzweifeltes Bedürfnis überkommt mich. Ich bin auf den Beinen und stürze mich auf diese Bastarde, um sie zum Reden zu bringen.

Starke Hände packen mich am Rücken meines Hoodies und reißen mich nach hinten.

Ich stolpere und bleibe mit dem Absatz an einem kaputten Stein im Garten hängen. Mein Magen krampft, als ich hart auf meinen Hintern falle, direkt neben der Reihe Spinat. Ich knurre, während sich Lucien in mein Sichtfeld schiebt.

"Was hast du dir gedacht, Mann?"

Ich schiebe ihn von mir weg. "Sie wissen etwas über Meira."

"Das wissen wir nicht. Wir können uns jetzt nicht verraten."

Hitze pulsiert in meinen Schläfen, als ich meinen Kopf drehe und feststelle, dass die beiden Betas längst weg sind.

"Scheiße." Ich bin auf den Beinen. "Wir gehen jetzt!"

Luciens Lippe kräuselt sich nach oben. "Reiß dich verdammt noch mal zusammen. Wir halten uns an den Plan. Wir holen Dušan, und dann sind wir stärker, um es mit Mad aufzunehmen."

Wut schnürt meine Brust zusammen, aber ich schlucke sie hinunter. "Na dann los jetzt!"

Wir überprüfen die Umgebung und stellen fest, dass die Luft rein ist. Wir rennen geradewegs zur Festung und zur Seitentür, wo ich beim letzten Mal, als wir hier waren, das Schloss aufgebrochen habe.

Wir stürmen in den Korridor. Schatten kleben an den Wänden.

Es ist keine Menschenseele in Sicht und je tiefer wir in die Anlage eindringen, desto mehr verdreht sich mein Magen. Es ist nie so ruhig hier. Niemals!

Lucien sprintet lautlos die Treppe hinunter und ich stürze hinter ihm her, immer wachsam. Wir gehen den ganzen Weg hinunter zum Kellerverlies, überzeugt davon, dass, wenn Mad unseren Alpha irgendwo versteckt hat, es dort unten ist.

Wir laufen die Steinstufen herunter und stehen plötzlich einer Wache gegenüber.

Ich versteife mich.

Lucien bleibt stehen.

Der Mann ist im ersten Moment genauso erschrocken wie wir, er ist wie erstarrt, seine Augen quellen förmlich aus den Augenhöhlen. Ich habe ihn schon einige Male gesehen. Jarrod. Ein Beta mit mehr Muskeln als Hirn.

Ich balle meine Fäuste, aber Lucien stürzt sich auf ihn und stiehlt mir den Kampf. "Du glaubst, du kannst über meine Cowboystiefel lachen?" Er knurrt, als beide hart auf dem Boden aufschlagen.

Ich rolle mit den Augen und stürme direkt in den Kerker. Wir haben keine Zeit zu verlieren.

Mein Blick sucht die Umgebung nach Wachen und die Zellen nach Dušan ab, aber ich finde beides nicht.

Stattdessen fällt mein Blick auf ein kleines Bündel im hinteren Teil der Zelle, ihre herzzerreißenden Schreie erfüllen den Raum.

Ich stolpere vorwärts, in meiner Kehle bildet sich ein Kloß. "Meira!"

15

Meira

Mein Kopf ruckt beim Klang meines Namens hoch, bei der vertrauten Stimme, und Hoffnung durchfährt meine Brust.

Bardhyl steht vor meiner Zelle und klammert sich an die Gitterstäbe. Im ersten Moment traue ich meinen Augen nicht, doch dann rapple ich mich auf und stürme zu ihm hinüber. Ich krache gegen die Gittertür, meine Arme fädeln sich durch die Lücken, um ihn zu erreichen.

Er ist für mich gekommen!

Die Tränen hören nicht auf zu fließen, während mein Herz laut gegen meinen Brustkorb hämmert.

"Angel Legs", sagt er sanft.

"Dušan! Sie haben Dušan!", platze ich heraus, gerade als Lucien in den Raum stürmt und seinen Blick weit schweifen lässt, bis er auf uns landet.

"Ich habe die Schlüssel", erklärt er.

Bardhyl und ich treten zurück und in wenigen Augenblicken hat Lucien die Tür zu meiner Zelle aufgeschwungen.

Ich stürze mich auf meine Männer, wir alle drei in einer engen Umarmung. Ich kann nicht aufhören zu zittern. Ich möchte hierbleiben und niemals von ihrer Seite weichen, aber wir sind noch lange nicht in Sicherheit. Unser Kampf hat gerade erst begonnen.

"Dušan", hauche ich, als ich mich von ihnen losreiße. "Der Wahnsinnige hat ihn geholt und er wird ihn töten. Wir müssen ihn finden."

Lucien steht der Mund offen, während die verkrampften Muskeln in Bardhyls Hals zucken.

"Wo bringt er ihn hin?", frage ich, Verzweiflung durchfährt meine Brust.

Zuerst antwortet niemand und das sagt mir, dass sie die Antwort nicht kennen. Ich durchkämme notfalls die ganze Siedlung, um ihn zu finden.

"Er wird es vor Publikum tun", antwortet Lucien schließlich, und in seiner Stimme liegt Angst. Ich hasse es, ihn ängstlich zu hören, weil das meine eigene Angst in die Höhe treibt.

"Es wird entweder im Hof oder draußen auf dem Feld sein."

"Wir folgen den Menschenmassen", sage ich atemlos und Panik macht sich breit. Die Angst schnürt mir die Luft ab.

Bardhyl nickt, dann übernimmt er die Führung und reißt die Haupttür auf, während Lucien meine Hand ergreift und wir aus dem Kerker stürmen.

"Es tut mir leid", sagt Lucien, sein Gesicht ist blass, während sich Angst hinter seinem Blick verbirgt. "Ich habe versprochen, auf dich aufzupassen, und ich habe dich wieder verloren."

"Das spielt keine Rolle", sage ich. "Ich würde alles tun, um dich zu beschützen - so wie du mich beschützen würdest. Und im Moment müssen wir zu Dušan."

Ein Schmerz flammt in meiner Brust auf, jedes Mal, wenn ich mich daran erinnere, wie Mad ihn aus dem Gefängnis geschleppt hat. Ich erschaudere, wenn ich an seinen Gesichtsausdruck denke.

Dušans letzte Worte verbleiben in mir und weigern sich, mich zu verlassen. Ich weiß jetzt schon, dass diese Erinnerung mich zerstören wird, wenn wir nicht rechtzeitig zu ihm kommen.

Es würde mich in Stücke reißen.

Ich kann kein Leben führen, ohne dass sie alle drei bei mir sind.

Und ich kann mir nicht einmal ansatzweise vorstellen, wie es für mich weitergehen soll. Ich schaue zu Lucien hinüber und erinnere mich daran, wie er seine erste Schicksalsgefährtin verloren hat. Er ist tapferer, als ich es jemals sein kann. Jedes Mal, wenn ich an den Verlust von Dušan denke, steigen mir Tränen in die Augen.

Aber in meinem Kopf ist es klar, dass, was auch immer passiert, ich Mad umbringen werde.

Ich werde alles niederbrennen. Meine einzige Rettung sind Bardhyl und Lucien, aber ich bin kein Narr. Das wird auch sie zerstören.

Nichts wird je wieder so sein wie vorher.

Ich fühle es in meinen Knochen.

Verzweifelt schnappe ich nach Luft und renne mit meinen Männern die Treppe hinauf.

Wir sprinten hinaus in einen leeren Gang. Es gibt keine Pause. Wir schwenken nach rechts und rennen hektisch zu der Seitentür, die wir letztens benutzt haben.

Die Antwort liegt im Freien. Ich prüfe den Korridor hinter uns, während Bardhyl seinen Kopf nach draußen steckt. Er gibt uns einen Wink und wir eilen in einen menschenleeren Hof.

Im selben Moment schallt eine ohrenbetäubende Sirene durch die Luft und stiehlt die frühere Stille.

Ich erschaudere in meiner Haut und drehe mich auf den Fersen, halb in der Erwartung, dass eine Armee von Ash-Wölfen auf uns zustürmt.

"Fuck, fuck!" Luciens Hand in meiner zittert.

Bardhyl stürmt nach rechts und verschwindet um den Rand des Festungsgebäudes.

"Was zum Teufel ist hier los?", schreie ich.

"Die Sirene geht nur los, wenn die Untoten in die Siedlung eingedrungen sind."

Mir schwirrt der Kopf. "Zombies sind hier eingedrungen?"

Lucien zieht mich näher zu sich; die Farbe aus seinem Gesicht ist verschwunden. "Ich vermute, dass hier etwas anderes vor sich geht."

Augenblicke später stürmt Bardhyl um die entfernte Ecke des Gebäudes und stürmt auf uns zu, als wäre der Teufel selbst hinter ihm her.

Angst verzerrt seinen Gesichtsausdruck, und mir wird übel. Die Galle steigt mir in die Kehle, während die Angst mich erdrückt.

Ich sauge jeden zittrigen Atemzug ein, während das Schrillen der Sirene nicht abreißt.

"Ich glaube, Mad opfert Dušan den Zombies vor dem Gelände." Er keucht. "Die Sirene muss sein, um die Untoten heranzurufen."

Ein Schauer überläuft meine Wirbelsäule und meine Knie knicken unter mir ein.

"Ich kann es aufhalten." Bevor einer von ihnen antworten kann, reiße ich meine Hand aus Luciens Griff und sprinte zum Rand der Festung.

"Meira!", ruft er mir hinterher. "Geh da nicht hin!"

Doch nichts kann mich aufhalten. Meine Hände ballen sich zu Fäusten, die Füße stampfen auf den Boden, ich renne, als wäre nichts auf der Welt wichtig.

Und das ist es auch nicht.

Ich biege um die Ecke der Festung, mein Herz schlägt mir bis zum Hals, doch ich komme ins Schleudern und bleibe stehen, weil mich die Angst übermannt.

Vor mir klettern Hunderte von Mitgliedern des Ash-Rudels auf die Mauer des Geländes. Viele steigen auf die Leitern, andere beeilen sich, einen Weg nach oben zu finden, um zu sehen, was da los ist. Jubelrufe kommen von einem hohen Podest, wo ich Mad lachend entdecke. Er trinkt ein Glas Wein oder so, während er genüsslich über den Zaun hinausschaut. Er hat Wachen um sich herum. Sie sind überall. Wir können auf keinen Fall versuchen, ihn anzugreifen. Wir sind in der Unterzahl und meine Priorität ist es, zuerst Dušan zu finden. Ich kann nur vermuten, dass er es ist, den alle über die Mauer hinweg anstarren.

Weitere Ash-Wolf-Mitglieder erscheinen und gesellen sich zu den anderen.

Aber ich kann Dušan von hier unten nicht sehen.

Bardhyl und Lucien sind in wenigen Augenblicken an meiner Seite und ringen nach Luft. "Lauf doch nicht so weg", tadelt mich Lucien.

"I-ich k-kann ihn nicht sehen. Vielleicht ist er es nicht." Tränen kullern über mein Gesicht, denn selbst während ich die Worte ausspreche, kenne ich die Wahrheit.

Das ist genau die Art und Weise, wie Mad die Strafe

vollstrecken würde. Den Tod von Dušan zu einem Spektakel machen.

Mir dreht sich der Magen um und ein Schrei durchströmt mich angesichts der Ungerechtigkeit, angesichts dessen, wie verdammt falsch das ist.

"Wir müssen zu ihm." Ich scanne die Gegend, als eine Gruppe von Rudelmitgliedern direkt neben uns auftaucht. Sie sind zu fünft, aber sie schenken uns keine Beachtung, denn sie rennen, um die Show zu sehen.

Lucien schiebt mich zwischen sich und Bardhyl, als sich weitere Leute eilig bewegen. "Wir dürfen nicht entdeckt werden."

"Da gibt es keinen Ausweg", flüstert Bardhyl. "Wir gehen durch die Tunnel."

"Nein. Das dauert zu lange. Der Hintereingang", sage ich und zeige auf den Weg, über den ich die Siedlung zuerst betreten habe. "Wenn es Wachen gibt, werden wir mit ihnen fertig und können über den Zaun. Wir müssen schnell zu Dušan kommen."

Die beiden nicken unisono.

Nach einem Blick auf das Gelände machen wir uns auf den Weg und sprinten über den Rasen in Richtung der Ansammmlung Bäume weiter oben in der ansteigenden Landschaft.

Immer wieder werfe ich einen Blick zu den Zuschauern hinüber. Keiner beachtet uns, aber die Wachen bleiben definitiv in der Nähe von Mad. Einige jubeln, aber viele schreien aus Angst, weil sie sehen, dass ihr Alpha als Opfer dargeboten wird.

Mein Herz blutet für uns alle. Für die Verwüstung, die Mad entfesseln wird, sobald er Dušan los ist. Er wird jeden wie einen Sklaven behandeln und jeden bestrafen, der ihm nicht gehorcht.

Bitte, lass Dušan noch am Leben sein, wenn wir dort ankommen. Lass nicht zu viele Wachen an der Hintertür stehen. Ich dränge mich, schneller zu gehen, um meinen Alpha zu erreichen.

Schnell und leise.

Schnell und leise.

Schnell und leise.

Dušan

D as Seil schneidet in meine Handgelenke und um meine Brust, meine Schultern brennen, während meine Arme um den Pfahl auf meinem Rücken gespannt bleiben. Ich strample und ringe mit meinen Fesseln, versuche, etwas Bewegung in den Pfahl zu bekommen. Aber Mad hat dafür gesorgt, dass seine Wachen ihn tief in den Boden eingegraben haben, und die Chance, ihn umzustoßen oder herauszureißen, ist gleich null.

Wut zuckt durch mich hindurch und ich richte meine Aufmerksamkeit auf das Arschloch. Er steht auf einer Plattform hinter der Mauer in der Sicherheit des Geländes, während ich draußen bleibe. Eine Opfergabe für die ausgehungerten Zombies.

Und die Sirene heult wie ein brüllender Dämon. Es gibt keinen Zombie-Einbruch im Rudelgelände, das ist ein Aufruf an sie, an die Siedlung heranzukommen und mich zu finden.

Dies ist sein letztes Geschenk an mich, nach allem, was wir zusammen durchgemacht haben. Aufgewachsen mit seinem missbrauchenden Vater, als ich die meisten Schläge einsteckte, damit er es nicht tun musste. Ich beschützte ihn im Rudel, gab ihm eine hohe Position. Aber nichts war gut genug. Ich hätte das kommen sehen müssen, hätte es verdammt nochmal sehen müssen.

Dutzende von Gesichtern klettern den Zaun hoch, um mich anzuglotzen, und ich begegne jedem ihrer Blicke. Die Angst dreht sich in meiner Brust, aber ich will, dass sie sehen, wie ich bis zum Ende gegen einen Tyrannen kämpfe.

Furcht erfüllt die meisten ihrer Augen. Alles Teil von Mads Plan ... Ihnen zu zeigen, was passiert, wenn sich jemand mit ihm anlegt, und niemand wird sich gegen ihn erheben. Ich habe Mitleid mit diesen Ash-Wölfen, die unter der Kontrolle eines Monsters zurückgelassen werden.

Aber den größten Schmerz empfinde ich für Meira.

Für den quälenden Herzschmerz, den er ihr bereiten wird. Ich kämpfe gegen meine Fesseln an, um zu entkommen und Rache an meinem Stiefbruder zu üben. Das Flüstern in meinen Gedanken wiederholt unaufhörlich ‚*Brich aus und töte ihn. Jeden verdammten verschissenen, hinterlistigen, arroganten Zentimeter von ihm.*‘

Ich will Blut.

Rache.

Mads Tod.

Er bellt ein Lachen, steht dort oben und stellt damit sicher, dass niemand vergisst, welche Freude ihm das bereitet.

Die Menge versammelt sich hinter dem Zaun und klettert hoch, um mich zu beobachten, murmelnd und flüsternd.

Innerlich brodelt es in mir, mein Wolf stürzt sich auf

mich, um zu fliehen, aber auch der Wandel würde mich gefesselt, mit dem Rücken an den Pfahl gebunden, zurücklassen. Ich zerre an der Stange und höre nicht auf. Nicht einmal, als sich der hohle Schmerz in meiner Brust ausbreitet und mich die Erkenntnis verschluckt, dass es vielleicht zu spät für mich ist.

Die Zeit schleppt sich so langsam dahin und ich sauge einen heißen Atemzug unter der sengenden Hitze ein. Das Grauen kriecht durch mich hindurch, als ich mir meinen Tod vorstelle. Schwer atmend kämpfe ich darum, mich auf nichts anderes zu konzentrieren, als die Fesseln zu sprengen, die mich an Ort und Stelle halten.

"Wie fühlt es sich an, auf der Verliererseite zu sein, Bruder? Hättest du mir doch nur vertraut, anstatt dich gegen deine eigene Familie zu wenden." Mads Worte sind wie eine Peitsche, die über mich zuckt.

"Verpiss dich! Du bist nicht mein Bruder." Meine Antwort scheint wie ein Echo zu wirken. Ich habe keine Zeit für seine Selbstgefälligkeit. Ich kann mich gerade noch zusammenreißen und nicht ausrasten. *Ich werde das überstehen. Das werde ich.*

Und immer noch ertönt die Sirene.

Dann kommt statt seiner spöttischen Stimme, die ich erwarte, ein tiefes Stöhnen, das mir einen Schauer über den Rücken jagt.

Jemand schreit, und ich drehe meinen Kopf in Richtung des Waldes in meinem Rücken.

"Sie sind hier", erklärt Mad.

Das Arschloch grinst hinterhältig, während sich mein Magen um sich selbst dreht.

Ich versuche mein Bestes, um nicht zu zittern, aber ich versage kläglich. Silhouetten treten aus den Schatten, schlaksige Gestalten mit zerrissener Kleidung und hageren Gesichtern. Fehlende Augen und Gliedmaßen. Nichts hält die Verfluchten auf.

Ich kämpfe härter, reiße an den Seilen, während sie an meiner Haut reißen und sich immer tiefer einschneiden. Panik durchfährt mich, denn das ist nicht der Ort, an dem ich sterben möchte. Nicht auf diese Weise. Nicht so, verdammt.

Immer mehr schlurfen aus dem Wald und der Anblick lässt mich bis ins Mark erschaudern. Es ist ein Schlag in die Magengrube, dass ich trotz allem, was ich getan habe, hier gelandet bin.

"Flehe mich an", fordert Mad.

Ich würde lieber sterben, als vor ihm zu kriechen. Nichts, was ich sage, wird ihn von seiner Meinung abbringen. Ich habe die Dunkelheit in seinen Augen gesehen, den Hass, die Vergeltung, die ich seiner Meinung nach verdient habe.

Ich richte meine Wirbelsäule auf und starre nach hinten zu den herannahenden Monstern. Sie kommen immer näher. Dunkle Schatten bewegen sich im Wald. Das sind nicht nur ein paar Zombies ... sondern eine ganze Herde.

Ein Zittern durchzuckt mich. Ich ringe nach Freiheit und gebe nicht auf, während die Angst an meinem Inneren kratzt. Meine Ruhe ist dahin, während das Geräusch von schlurfenden Füßen näherkommt.

Ein Hauch von Elektrizität summt über meine Haut, so wie es immer geschieht, wenn ein Wolf sich bewegt. Wer ist das? Hinter mir sind nichts als Zombies, die näher taumeln. Die Menge auf dem Zaun verändert sich nicht, sondern schreit eher in panischem Keuchen. Keiner wagt es, meine Freilassung zu fordern, und ich kann es ihnen nicht verübeln. Nicht, wenn das der einzige Grund ist, den

Mad braucht, um sie über den Zaun und in die Gnade der Untoten zu schubsen.

Verzweifelt ziehe ich an dem Seil, ein Tornado aus Adrenalin und dem Schrecken, der auf mich zukommt, tobt in meiner Brust.

Ein ohrenbetäubendes Knurren schneidet durch die Luft, und es kommt tief aus dem Wald, außerhalb der Siedlung.

Mein Herz rast. Ich bete, dass es Bardhyl und Lucien sind. Ich recke meinen Hals und schaue zurück. Meine Männer sollten besser verdammt schnell sein, denn die Horde in der Ferne wird immer dichter. Und ich höre den Schrecken in den Stimmen der Menschen auf der Mauer, ihre panischen Worte. *Sie sind zu nah ... Es sind zu viele ... Wie beim letzten Mal.*

Eine solche Ansammlung von Untoten kann größere Folgen haben, als dass das Rudel mich verliert, wenn die Untoten mit so vielen Zuschauern in Reichweite auf das Gelände gelangen. Um die Unschuldigen, die da drin gefangen sind, mache ich mir Sorgen, aber für Mad ist es alles, was er verdient hat.

Jemand schreit und ich zucke bei der Reaktion zusammen, als der Boden unter mir wie bei einem kleinen Erdbeben schwankt.

Ich reiße meinen Kopf herum und sehe einen riesigen weißen Fleck auf mich zukommen.

So schnell, so groß, dass ich ihn zuerst nicht erkennen kann.

"Bardhyl", murmle ich vor mich hin, aber der Geruch ist völlig falsch. Es ist niemand, den ich erkenne, und doch gehört er zu einem Alpha. Meine Gedanken fliegen zu dem Mann, der mit mir den Kerker teilte. Nur hat Meira darauf bestanden, dass sie sie gegen ihn eingetauscht haben ... Warum sind diese Eindringlinge also noch hier?

Ich versteife mich, als ein plötzlicher Lufthauch meinen Rücken streift. Ich drehe meinen Kopf zu den heranstürmenden Zombies.

Nichts hält sie davon ab, hierher zu kommen, und ich suche verzweifelt nach einem Ausweg.

Vier Ash-Wölfe-Wachen springen vom Zaun auf beiden Seiten von mir. Es dauert nur Sekunden, bis sie sich in ihre Wölfe verwandeln. Die Kleidung zerreißt, die Haut platzt auf, als sich die Knochen verlängern. Sie traben näher und bleiben in einem schützenden Kreis um mich herum ... Das hat nichts damit zu tun, dass sie mich vor den Zombies schützen wollen, sondern damit, dass sie den Neuankömmling davon abhalten wollen, mich zu befreien.

Mad ist so paranoid, dass ich fliehen könnte, dass er seine eigenen Männer riskiert, um sicherzustellen, dass ich von den Untoten zerrissen werde, selbst wenn er dabei ein paar seiner eigenen Anhänger verliert. Nach allem, was ich weiß, wer auch immer diese Wölfe sind, wollen sie mich vielleicht genauso sehr tot sehen wie Mad.

Sadistisches Arschloch.

Die Spannung liegt in der Luft.

Ich hebe meinen Blick zu Mad, der mich anstarrt, seine Lippen werden schmaler. Ich wende meinen Blick nicht von ihm ab und so lange ich atme, werde ich ihn herausfordern.

Ein Heulen durchdringt die Luft von irgendwo hinter mir und ich drücke mich gegen den Pfahl. Sekunden später ertönt das Geräusch von Pfoten, die auf den Boden schlagen, direkt hinter mir.

Mein Herz hämmert gegen meinen Brustkorb. Ich

drehe meinen Kopf, als die vier Ash-Wölfe auf die weißen Flecken zustürmen, die mit außerordentlicher Geschwindigkeit aus dem nahen Wald hervorbrechen. Sie prallen mit voller Wucht aufeinander und das Chaos bricht aus.

Die Menge schreit und jubelt, während Mads gebrüllte Kommandos auf taube Ohren stoßen.

Und wenn es jemals einen günstigen Zeitpunkt gab, um mich zu befreien, dann ist es jetzt.

Meine Hände in den Seilen zu winden, erweist sich als schwieriger als ich gehofft hatte. Ich kämpfe gegen die Enge an und versuche, meine Hände so zu krümmen, dass sie durch die verknoteten Fesseln passen.

Die Frustration nimmt mir den Atem und ich knurre, Wut lodert in mir auf. Aber ich will nicht aufhören.

Wut und der Wunsch nach Vergeltung kommen an die Oberfläche. Ich schöpfe daraus, um gegen die Fesseln kämpfen. Ich blicke zu den Zuschauern auf, die mich vom Zaun aus beobachten, und es muss klar sein, was ich tue, aber niemand sagt ein Wort. Sie feuern mich mit ihren Blicken an, ihre Verzweiflung ist auf ihre Gesichter gemalt wie Kriegsbemalung.

Ich atme schnell, Schweiß rinnt an meinem Gesicht herunter. Alle paar Sekunden schaue ich nach den Unto-ten. Sie sind jetzt größtenteils aus den Schatten heraus, aber noch mehr von ihnen scheinen tiefer in den Wald zu taumeln und kommen auf mich zu, zweifellos angelockt von den dröhnenden Geräuschen.

Meine Arme zittern, jeder Teil von mir schmerzt.

Wimmern und Schreie durchdringen die Luft hinter mir bei der Erkenntnis, dass eine Seite verloren hat.

Plötzlich raunt und keucht die Menge. Ich strenge mich an, um mich umzusehen, und kaum eine Sekunde später spüre ich einen kühlen Luftzug an meinem Rücken.

Die Seile lockern sich augenblicklich und fallen von meinen Hand- und Fußgelenken ab. Ich stolpere vom Pfahl weg und reibe mir die roten Stellen, an denen meine Haut aufgescheuert ist. Ich trete aus dem Rest der Seile um meinen Knöcheln und drehe mich um, um vier große weiße Wölfe zu sehen, die ungeduldig auf der Lichtung weiter oben auf dem Hügel umherstreifen und mich anstarren. Blut befleckt ihre Gesichter, die Lefzen ziehen sich über rasiermesserscharfe, blutverschmierte Zähne zurück. Ash-Wölfe liegen zerfetzt in der Nähe des Waldes, ihre Körper verwandeln sich bereits wieder in ihre menschliche Form.

Die ersten Zombies stürzen sich auf die Leichen und fressen sich durch ihre Körper.

Die Menge schreit mir zu, dass ich weglaufen soll, und das muss ich mir nicht zweimal sagen lassen.

Mad schreit seinen Wachen Befehle zu, die sich vor Angst von ihm zurückziehen. Mein sadistischer Stiefbruder schubst einen Mann vom Zaun herunter, dann einen weiteren.

"Runter mit euch und macht sie fertig!"

Doch seine Anhänger ziehen sich zurück.

Ich fahre herum, mein Herz hämmert in der Brust, als einige Meter entfernt der erste Untote in meine Richtung stürmt.

Eine Phantomhand drückt meinen Brustkorb zusammen, so dass ich keine Luft mehr bekomme.

Ich habe keine Zeit zu warten oder nachzudenken, sondern renne in die gleiche Richtung, in die sich meine Retter bewegen.

Sie sind nicht dumm und rennen.

Hinter mir ertönt Geschrei, darunter auch Mad, der nach den Gewehren ruft. Und genau das ist es, was mit ihm nicht stimmt. Er denkt nie etwas zu Ende. Er hat Zombies in die Nähe des Geländes gelockt, aber er hat nicht dafür gesorgt, dass die Scharfschützen für den Fall der Fälle bereit sind.

Doch ich kenne den Bastard. Er hat mich sofort nach der Entdeckung, dass er Meira hat, aufknüpfen wollen. Nicht nachdenken, einfach nur schnell-schnell und dann weitermachen. Das ist der Grund, warum alles, was er jemals angefasst hat, in die Hose gegangen ist, warum ich ihn so oft beschützen musste.

Ein Fehler, den ich nie wieder machen werde.

Ich renne so schnell wie möglich, bevor die ersten Kugeln fliegen, und werfe einen Blick zurück auf die Massen von Zombies, die sich auf die beiden Männer stürzen, die Mad vom Zaun gestoßen hat.

Schreie schallen durch die Luft, während die Sirenen verstummen.

Aber die Flucht ist alles, was mich jetzt interessiert ... zusammen mit dem Einbruch zurück ins Gelände, um Meira zu retten.

Vor uns, am Rande des Geländes, halten die weißen Wölfe inne. Sie schnappen gleichzeitig nach etwas außerhalb meines Blickfeldes und knurren, dann stürzen sie sich darauf.

Mehr Zombies oder Ash-Wölfe, die im Hinterhalt lauern? Meine Haut kribbelt. Ich bin von Feinden umgeben.

Ich renne um die hintere Ecke des Zauns und werde langsamer, da ich nicht vorhabe, blindlings in etwas hineinzurennen.

Ein Zittern durchfährt meinen Körper bei dem Anblick, der sich mir bietet.

Vier weiße Wölfe in Angriffspose, geduckt, das Fell gesträubt, stehen Bardhyl und Lucien in Wolfsgestalt gegenüber.

Doch zwischen ihnen steht Meira, ihre Arme weit ausgebreitet, als würde ihre bloße Anwesenheit diese Kraftpakete davon abhalten, aufeinanderzuprallen und sich gegenseitig zu zerfleischen.

Ein tiefes, gutturales Knurren entringt sich meiner Kehle und ich greife an, bereit bis zum Ende zu kämpfen, um meine Familie zu schützen.

16

Meira

"Halt! Keiner von euch ist der Feind." Meine Stimme strömt über das gutturale Knurren und schneidet durch die dicke Luft, die mit Alpha-Testosteron und Dominanz gefüllt ist.

Ich bleibe zwischen zwei gegnerischen Parteien stehen, die Arme nach beiden Seiten ausgestreckt, um sie daran zu hindern, in einer blutigen Schlacht aufeinanderzuprallen. Vier monströse weiße Wölfe aus den nördlichen Regionen knurren zu meiner Rechten und zwei Männer, denen mein Herz gehört, zu meiner Linken. Lucien und Bardhyl. Dennoch rast mein Puls verzweifelt in meinen Adern. In dem Moment, in dem wir über den Zaun gesprungen sind, sind wir diesen verdammten Nordmännern begegnet, anstatt um die Ecke zu huschen und Dušan zu retten. Und die Zeit rennt uns davon.

Tick.

Tick.

Tick.

Ein Knurren entringt sich meiner Kehle. "Genug davon. Wir haben keine Zeit zu verlieren."

In der Ferne ertönen Schüsse und Schreie. Ich zucke bei jedem Knall zusammen, meine Nerven sind wie zersplittertes Glas.

Hektisch scanne ich den hohen Zaun weiter in der Ferne zu meiner Linken. Als wir vorhin hochgeklettert sind, haben wir keine Wachen getroffen ... aber wie lange wird es dauern, bis sie zurückkehren?

Und wo zum Teufel ist Jae?

Ich möchte schreien und all diesen Männern Vernunft einbläuen. Ein Zittern durchfährt meinen Körper, jeder Zentimeter von mir verkrampft sich.

Das bedrohliche Knurren der einzelnen Parteien lässt in meinem Kopf die Alarmglocken schrillen, eine Warnung, dass ich einfach zerrissen werde, wenn sie sich gegenseitig angreifen. Nur sind es zwei gegen vier und ich habe gesehen, wie diese Nordmänner in den Wäldern kämpfen. Es ist furchterregend und ich könnte es nicht ertragen, wenn meine beiden Wölfe ausgeschaltet werden. Eins gegen eins wären sie ohne Zweifel ebenbürtige Gegner, aber dieser Kampf ist einfach unfair.

Der Gedanke an das Massaker, zu dem das führen kann, trifft mich mitten in die Brust. Verzweiflung überwältigt mich.

"Jae!", rufe ich. "Wenn du in der Nähe bist, dann schwing deinen verdammten Hintern sofort hier raus!" Ich denke, wenn ich noch jemanden in meinem Rücken habe, könnte das helfen, die Situation schneller zu entschärfen. Ich wende mich an die Nordwölfe. "Bitte,

Nikos, halte dich zurück. Das sind meine Rudelmitglieder, und sie werden dir nichts tun."

Bardhyls und Luciens drohendes Knurren heizt die Spannung an, was meiner Sache nicht zuträglich ist. Aber wenn ich den Nordmännern den Rücken zuwende, ist das gefährlich. Ich mag die meiste Zeit meines Lebens versteckt in den Wäldern verbracht haben, aber selbst ich weiß, dass ich mich niemals von der Gefahr abwenden sollte.

Der Geruch von Schweiß und Aggression schmeckt sauer in meiner Kehle.

Plötzlich taucht eine Gestalt hinter der Ecke des hohen Zauns auf.

Ich rucke mit dem Kopf in die Richtung und mein Verstand rast und denkt zuerst an ein Schattenmonster, aber es dauert nicht lange, bis meine Augen erkennen, wer sich uns anschließt und über das offene Gelände sprintet.

"Dušan", brülle ich, und all die Angst und das Grauen verschwinden. *Er lebt!* Die Dunkelheit, die sich um mich gedrängt hatte, weicht. Freude durchflutet mich, als ich erkenne, dass er irgendwie Mads Klauen entkommen ist, bevor wir ihn erreicht haben. Was auch immer für dieses Wunder verantwortlich ist, ich danke ihm mit jeder Faser meines Seins.

Ich halte mich an ihm fest, als er meine Seite erreicht. "Wie konntest du dich befreien?" Ich schaue ihm über die Schulter, halb in der Erwartung, dass die Ash-Wölfe und die Untoten hinter ihm herlaufen werden.

"Diese Wölfe haben mich befreit", verkündet er und deutet mit dem Kinn auf die Nordmänner.

Er tritt vor mich und wendet sich dem größten der

Eindringlinge zu, dem mit dem grauen Streifen unter seiner Kehle.

Der Wolf tritt vor, sein Rudel bleibt immer wachsam in Angriffshaltung, die Köpfe gesenkt, das Fell gesträubt, die Ohren flach am Kopf angelegt. Er ist gewaltig und leicht so groß wie Dušan. Aber mein Alpha gibt nicht klein bei. Er steht aufrecht, stellt sich dem Feind mutig entgegen.

Meine Haut kribbelt. Ich balle meine Fäuste und das Grauen packt mein Herz, als der erste Hauch von Energie über meine Haut tanzt. Mit der Energie kommt die Verwandlung der weißen Wölfe.

Augenblicke später stehen vier Männer vor Dušan. Muskulös, groß und unglaublich gutaussehend. Nikos und seine beiden Männer, dann der Alpha, den Nikos gegen mich ausgetauscht haben muss, als wir uns über den Weg liefen.

Bardhyl und Lucien treten neben uns und ich bin entsetzt, dass wir hier als Zielscheibe dienen. "Wir sollten von hier verschwinden", flüstere ich Dušan zu.

In der Ferne knallen Schüsse, und ich zucke zusammen.

"Sie hat recht", durchbricht Dušan die Stille. "Du kanntest mich kaum, aber du hast mich gerettet. Aber bevor wir besprechen können, warum, müssen wir tiefer in den Wald gehen - und zwar schnell."

Niemand protestiert gegen den Vorschlag und wir bewegen uns mit Eile, bis wir einen dichteren Teil des Waldes erreichen, wo ich das Lager nicht mehr sehen kann und die Schüsse nur noch schwach zu hören sind.

Dušan lässt sich nicht beirren und setzt sein Gespräch fort. "Du hast mich gerettet, also werde ich alles tun, was in meiner Macht steht, um dir vorerst sicheres Geleit durch meinen Sektor zu gewähren."

Der Mann, der vortritt, hat die graue Strähne und es ist nicht Nikos, was mich überrascht, da ich annahm, er sei der Alpha dieses Rudels.

Ihr Anführer ist ein grimmig aussehender Mann. Er hat kurzes dunkles Haar an den Rändern und im Nacken, während es oben lang ist. Er hat kleine Metallringe in sein Haar gebunden, die das wilde Aussehen noch verstärken. Ich bin winzig im Vergleich zu ihm, und während ich sein Gesicht nach Grausamkeit absuche, finde ich nur Toleranz.

Gebannt stehe ich in der Nähe meiner Männer und beobachte die Neuankömmlinge und während ich mich mit der Erkenntnis abfinde, dass die Nordwölfe vielleicht das Wunder waren, das Dušan gerettet hat, habe ich einen anderen Gedanken.

All die nackten Männer.

All die gemeißelten Muskeln.

Hitze kriecht mir in den Nacken und ich schüttle sie ab. Ich halte meinen Kopf hoch und erinnere mich daran, dass dies ein angespannter Moment ist, kein Gafferfest. Aber warum sind die meisten Alphas so gut ausgestattet? Ist das etwas in ihren Genen, das den Prozess des Knotens unterstützt?

Mein Blick gleitet hinüber zu Nikos, der mich anschaut, als ob er mich beobachtet hätte, während ich jedermanns Paket begutachtete. Ich beiße die Zähne zusammen und weigere mich, ihm zu zeigen, dass es mich interessiert. Wenn sie offen herumhängen, zur Hölle, *werde ich die Ware inspizieren*, wie ich einmal vor langer Zeit eine Frau sagen hörte. Damals habe ich es nicht verstanden, aber Junge, in letzter Zeit verstehe ich es immer besser. Die Größe der Munition, die ein Alpha mit sich führt, sorgt für eine höhere Chance auf Fortpflanzung, da er tiefer in eine Frau eindringen kann. Das ist der Grund, warum Frauen einen Partner mit einem langen Stiel wollen.

"Ich bin Ragnar, Alpha des Savage-Sektors", verkündet der nördliche Alpha, das Kinn hoch erhoben, die Brust hervorgestreckt. Er spricht mit einer tiefen, autoritären Stimme. Seine dunkelgrünen Augen sind von Aufrichtigkeit erfüllt. Eine Ernsthaftigkeit, die mir sagt, dass ich ihm glauben soll. So seltsam das auch klingen mag, ich kann mich des Eindrucks nicht erwehren, dass er sein Herz auf der Zunge trägt.

Er fährt fort. "Meine Männer haben es vermasselt, indem sie das Leben deiner Omega gegen meines im Gefängnis eingetauscht haben." Er blickt auf mich herab, seine Augen wandern an meinem Körper hinunter, so dass ich das Gefühl habe, nackt zu sein. Ich weigere mich, meinen Blick von seinem zu lösen.

Er räuspert sich und redet weiter. "Ich folge einem strengen Ehrenkodex, bei dem keine Unschuldigen für mich oder unter meiner Herrschaft getötet werden. Die Frau hat also zu Unrecht ihr Leben für mich eingetauscht", er blickt Nikos an, "und dafür war ich dir etwas schuldig. Aber jetzt habe ich meine Schuld bei dir beglichen, indem ich dich vor deinem Schicksal bewahrt habe."

Alle sind still geworden, und das überrascht mich nicht. Es ist selten, einen anderen Alpha mit solch ehrenhafter Integrität zu treffen.

"Ich bin dir dankbar für deine Ehrlichkeit und deine Hilfe, als ich sie am meisten brauchte", antwortet Dušan. "Wäre unser Sektor in besseren Umständen, würde ich dich in meinem Haus zu einer Rast und einer Mahlzeit willkommen heißen."

Ragnars Blick schweift über uns. "Daran habe ich keinen Zweifel. Ihr habt eine Menge aufzuräumen und viele Wölfe zu erlegen" Seine Stimme verfinstert sich. "Was ich verspreche, ist, dass ich mit meinen Kriegern in euer Land zurückkehren werde. Wenn du bei meiner Ankunft nicht das Sagen hast und dieses Chaos nicht beseitigt ist, werde ich alle Männchen auf diesem Land auslöschen, die Weibchen beanspruchen und den Besitz übernehmen."

Ich schlucke schwer, ein Schauer kriecht mir über den Rücken. Obwohl er Dušan auf dem Umweg Respekt zollt. Ich frage mich, wie anders seine Sichtweise wäre, wenn er jetzt seine ganze Armee bei sich hätte. Würde er die Situation ausnutzen und den Shadowlands-Sektor für sich beanspruchen, ohne Dušan eine Chance zu geben, das Rudel zurückzugewinnen?

Bei diesem Gedanken versteife ich mich. Ich kenne diese Wölfe nicht, und auch wenn sie Dušan jetzt Respekt zollen, heißt das nicht, dass sie immer vertrauenswürdig sind.

Weder Lucien noch Bardhyl kommentieren oder missbilligen diese Aussage. Auch wenn die Situation angespannt ist, vermute ich, dass dies ein normales Verhalten unter Rudelführern ist.

"Wenn ich meinen Sektor nicht bis zum nächsten Blauen Mond zurückerobere, werde ich dir nicht im Weg stehen", antwortet Dušan. "Aber wenn wir uns wiedersehen, schlage ich vor, dass wir Vorkehrungen treffen, damit unsere Rudel zusammenarbeiten können."

Seine Antwort erschreckt mich. Aber ich verstehe auch seine wahre Bedeutung. Wenn er nicht der Alpha dieses Sektors ist, dann, weil er tot ist. Ein Schauer schlängelt sich bei dem Gedanken an den Rückseiten meiner Beine hinauf, denn er wird bis zum Ende kämpfen, bevor er sich von Mad sein Rudel stehlen lässt. Auch wenn wir in der Unterzahl sind.

Ragnar nickt leicht, seine Oberlippe kräuselt sich leicht, dann wendet er sich an Nikos. "Nimm das Mädchen, und wir gehen."

Die frühe Dunkelheit kommt näher, und Ragnars Blick peitscht über uns mit seinem Versprechen.

Ich wage es nicht, ein Wort zu sagen, als Nikos in den nahen Wald marschiert. Ich werfe einen Blick in die Richtung des Geländes, kann es nicht sehen, aber ich mache mir trotzdem Sorgen, dass Mads Männer uns finden könnten. Ich bin hibbelig und bereit, weiterzuziehen.

Bardhyl geht auf den Alpha zu und beginnt, mit ihm in einer anderen Sprache zu sprechen ... ich kann nur vermuten, dass es Dänisch ist. Als der Mann antwortet, bricht Bardhyl in Gelächter aus.

Ich tausche einen Blick mit Lucien, der mit den Schultern zuckt.

"Meira!", schreit plötzlich eine weibliche Stimme. Ich drehe mich um und sehe Jae auf mich zu rennen. Sie umarmt mich fest und überrascht mich. "Es tut mir so leid", sagt sie und nimmt meine Hände in ihre. "Ich habe versucht, sie davon abzuhalten, dich zu tauschen, aber sie haben nicht auf mich gehört. Ich habe mir große Sorgen um dich gemacht." Sie wirft noch einmal ihre Arme um mich und umarmt mich so fest, dass ich kaum atmen kann.

"Mir geht es gut." Ich löse mich und nehme ihre Hände in meine. "Sind diese Alphas vertrauenswürdig?

Bist du sicher, dass sie dich zu deinen Schwestern bringen werden?"

Sie nickt, bevor ich zu Ende gesprochen habe, und steckt ihre Hand in die Hosentasche. Als sie sie herauszieht, öffnet sie ihre Hand und enthüllt eine goldene, vogelförmige Brosche mit einem großen Smaragd in der Mitte. Sie ist wunderschön und ich kann mich nicht erinnern, wann ich das letzte Mal Schmuck gesehen habe.

"Sie gehört meiner Schwester Narah. Als sie mich fanden, gaben sie mir die Brosche als Beweis." Sie lehnt sich näher heran und flüstert: "Ich muss glauben, dass meine Schwester sie angeheuert hat." Ihre Unterlippe zittert, als sie mir ein schiefes Grinsen schenkt. Das bedeutet alles für sie. Seitdem ich sie das erste Mal im Wald getroffen habe, hat sie nur eine Mission: ihre Schwestern zu finden. Ich bete zum Mond, dass sie ihre Familie findet und dass diese Wölfe tatsächlich ehrenhaft sind.

"Das hoffe ich wirklich."

"Wir brechen auf", verkündet Ragnar.

Ich umarme Jae ein letztes Mal. "Ich hoffe, wir sehen uns wieder."

"Ich auch." Ihre Stimme bricht, und sie räuspert sich, als sie sich zurückzieht. "Pass auf dich auf, Meira, und ich werde es vermissen, dass du mir immer den Arsch rettest."

Ich lache, als sie sich umdreht und auf die vier kräftigen Nordmänner zugeht, die auf sie warten.

Schnell verschwinden sie in den Schatten. *Ich werde dich auch vermissen, Jae.*

Starke Hände umklammern meine Taille und plötzlich werde ich vom Boden hochgehoben, während ein heißer Atem über meinen Nacken strömt. "Hey, meine Schöne. Ich habe dich unfassbar vermisst."

Mein Herz zerspringt vor Freude, dass Dušan wieder bei uns ist. Als meine Füße wieder den Boden berühren, drehe ich mich in seiner Umarmung und schlinge meine Arme um seinen Hals.

Wir küssen uns, unsere Körper so eng aneinandergepresst, dass es sich unmöglich anfühlt, uns jemals wieder zu trennen.

"Ich liebe euch alle so sehr", murmle ich. "Lass uns nie wieder getrennt sein, bitte."

"Meine Schöne, du gehörst mir, und ich liebe dich." Seine Worte berühren mich auf eine Weise, die ich mir nie hätte vorstellen können.

Lucien und Bardhyl gesellen sich zu uns, stehen zu beiden Seiten von mir, umarmen mich und sorgen dafür, dass sie sich gegen mich drücken, vor allem ihre Schwänze, wie Hunde, die ein Bein besteigen. Ich möchte lachen, weil sie sich so viel ähnlicher sind, als sie beide jemals zugeben würden.

"Ich liebe dich, Angel Legs", murmelt Bardhyl.

"Du bist mein Ein und Alles, und ich liebe dich über alles", fügt Lucien hinzu.

Alles fühlt sich surreal und unglaublich zugleich an. Ich verliebe mich immer mehr in meine Männer, liebe tiefer, als ich es je für möglich gehalten hätte. Sie sorgen sich so sehr um mich und ich hätte nie gedacht, dass ich so glücklich sein würde. Aber in keiner Weise war diese Verbindung einfach. Die Scheiße, durch die wir gegangen sind, ist verrückt.

"Wir müssen jetzt los." Dušan zieht sich endlich zurück, ebenso wie die anderen beiden. Ich bleibe im Kreis meiner drei Männer.

"Wohin?", frage ich. "Wir können Kinley und die

anderen nicht unter der Führung von Mad da drin lassen."

"Ich will Mad vernichten", knurrt Bardhyl.

"Dann gehen wir durch die Tunnel", fügt Lucien hinzu.

"Genau mein Gedanke", gibt Dušan zu. "Wir müssen uns erst einmal zurückziehen, um zu verschnaufen und unseren Plan auszuarbeiten, wie wir die Siedlung und die Ash-Wölfe zurückerobern können."

Ich stimme ihm absolut zu, und doch kann ein kleiner Teil von mir nicht anders, als Angst zu empfinden. Wir sind nur knapp entkommen, haben nur knapp überlebt, sind nur knapp wieder zusammengekommen. Aber so erschöpft ich auch bin, ich habe mein ganzes Leben lang Angst gehabt. Verstecken. Auf der Flucht.

Dieses Mal umarme ich die Angst, die Dunkelheit, die vor uns liegt, und werde so weit weg von der Sicherheit des Lichts gehen, wie ich kann, um die Dinge richtig zu machen. In der letzten Schlacht geht es nicht nur darum, ein Rudel zu retten ... Ich kämpfe darum, die eine Sache festzuhalten, die ich vermisse, seit ich meine Mama verloren habe.

Liebe.

17

Lucien

"Wir nehmen den alten Tunnelraum", schlage ich vor, woraufhin Bardhyl seine Nase rümpft.

"Diese Bruchbude. Ich hasse es dort."

Ich rolle mit den Augen, während wir über den Hang des Berges zu der verschlossenen Höhle eilen, die in die Tunnel führt. Dušan und Meira eilen vor uns her, Hand in Hand, und flüstern sich etwas zu. Sie hat ihn so sehr vermisst, machte sich Sorgen um ihn. Alles, was ich will, ist, Meira in einen Kokon einzuwickeln, um sie vor der Welt zu beschützen. Es ist lächerlich und selbst sie würde sich gegen mich wehren, wenn ich so eine Nummer abziehen würde. Aber mein Wolf brennt bei dem Gedanken, dass wir sie nicht beschützen können.

Ich werfe Bardhyl einen Blick zu, während er neben mir hereilt und ständig über seine Schulter blickt, um nach Zeichen der Verfolgung Ausschau zu halten. Dann begegnet er meinem Blick. "Wir bleiben einfach unten in der Höhle", sagt er.

"Es ist zu offen, und wir können nicht gerade ein Feuer machen, da Rauch aus der Höhle kommen würde."

"Ich stimme Lucien zu", wirft Dušan über seine Schulter ein. "Wir bleiben im Raum."

Bardhyl grummelt vor sich hin und sieht mich an.

"Was soll ich sagen? Wenn ich recht habe, habe ich recht", brüste ich mich.

"Ich übernehme keine Verantwortung, wenn wir uns alle Flöhe einfangen", erwidert er.

Meira sieht uns mit großen Augen an. "Flöhe?"

Ich schüttle den Kopf darüber, wie dramatisch der Typ sein kann. "Es gibt keine Flöhe." Ich schaue Bardhyl finster an. "Warum erfindest du so einen Scheiß?"

Er mustert mich. "Die Waschbärenfamilie, die eingezogen ist, als wir den Raum während unseres Tunnelbaus genutzt haben, zählt also nicht?"

Ich will laut über ihn lachen, aber ich halte meine Stimme leise und flüstere: "Der große böse Wolf hat Angst vor Waschbären."

"Fick dich, Lucien. Ich bin aufgewacht, weil einer an meinem Ohr gekaut hat."

Dušan hält am Eingang inne, wo zwei Felsbrocken den Eingang zum Tunnel verdecken. Dieser Ort ist unsere Rettung. Niemand weiß davon, außer uns vier und Kinley. Es war richtig von Dušan, dieses kleine Projekt vor seinem Bruder geheimzuhalten, und es nützt uns sehr.

Ohne ein Wort gehen wir drei zur Barriere, während Meira zur Seite tritt und uns studiert. Die Hände an die Seite eines Steins gepresst, schieben wir drei ihn schnell

über den Steinboden, bis eine Lücke im Tunnel entsteht.
Sie ist groß genug, wenn wir seitlich hineinrutschen.

Bardhyl geht zuerst hinein, schlurfend, und wird auf
halber Strecke eingeklemmt, wobei er mit seinem Brustkorb hängenbleibt. Dieses Mal kann ich mir ein Lachen
nicht verkneifen, aber ich ramme meine Hände in seine
Seiten und schiebe ihn durch. "Dein fetter Arsch wird
nicht passen", stöhne ich.

Er springt auf der anderen Seite heraus und stolpert.
"Verdammt, das war ganz schön eng."

Meira kichert vor sich hin, als sie leichtfüßig einsteigt.
Dušan ist der Nächste, dann folge ich.

Wir tauchen in völliger Dunkelheit ein, aber der
kleine Raum, den wir bei unserem Umbau des Tunnels
geschaffen haben, ist nicht weit entfernt und leicht zu
finden. Ich übernehme die Führung. "Folgt mir."

Die Dunkelheit ist ein willkommener Freund. Ich
habe hier Wochen ... *Monate* während der Bauarbeiten
verbracht. Eine Aufgabe, die Dušan mir gab, als ich neu in
seinem Rudel ankam, und obwohl ich es erst später
erkannte, nutzte er dies, um mir zu helfen, mit dem
Verlust meiner ersten Seelengefährtin umzugehen.

Ich kam als gebrochener Mann zu den Ash-Wölfen,
doch am Ende war ich die rechte Hand meines Alphas.
Ich fand eine Familie und eine Zukunft, von der ich
dachte, dass ich sie nie wieder haben würde.

Damals freundete ich mich mit der Dunkelheit an,
den Schatten, die den Herzschmerz verbargen, der mich
in Stücke riss. Wieder einmal weckt dieser vertraute Ort
harte Erinnerungen, aber in meinem Kopf wird er
immer der Ort sein, an dem ich Trost und Sinn
gefunden habe. Deshalb bleibe ich manchmal allein in
dem Raum, zu dem wir gehen, damit ich mich daran

erinnern kann, was ich verloren habe und wie ich Versöhnung finde, wenn meine Erinnerungen mich zu verschlingen drohen.

Jetzt mit Meira hierher zu kommen, bringt das Ganze zu einem runden Abschluss. Zuerst kam ich mit einem zerbrochenen Herzen hierher. Jetzt kehre ich mit Liebe zurück, die jede Pore meines Körpers durchflutet.

Die Schritte der drei, die mir folgen, hallen wider und allein ihre Anwesenheit bestätigt mir, dass ich für sie alle drei kämpfen werde. Für unsere Zukunft, bis zum Ende.

"Hey, Bardhyl, worüber hast du mit dem nördlichen Alpha vorhin im Wald gesprochen? Ihr habt euch doch auf Dänisch unterhalten, oder? Als hättet ihr einen Witz gemacht oder so?", fragt Meira.

Ich schaue über meine Schulter und sehe, wie Bardhyl vor sich hin grinst. Auch Dušan, der hinten bleibt, nur für den Fall, dass sich jemand an uns heranschleicht, beugt sich neugierig vor, um das Gespräch zu hören.

"Er fragte mich, aus welcher Region ich stamme, und als ich es ihm sagte, meinte er, ich käme ihm bekannt vor, und machte dann einen Witz darüber, dass eine meiner entfernten Verwandten jemanden aus seinem Rudel heiratet, und sie ist genauso groß wie ich. Ihr Schicksalsgefährte ist es nicht. Aber weißt du, was das bedeutet? Ich habe eine lebende Blutsverwandte." Er kichert vor sich hin und es wärmt mein Herz zu hören, dass Bardhyl eine Verbindung zurück zu seinen Wurzeln gefunden hat. Nach seiner Vergangenheit hat er akzeptiert, dass er seine Blutsfamilie verloren hat, also muss es für ihn ein Geschenk des Himmels sein, zu wissen, dass es noch einige Familienmitglieder gibt.

"Das ist erstaunlich", sagt Meira. "Wenn du zurückgehst, möchte ich dich begleiten und deine Verwandten kennenlernen. Ich wollte schon immer reisen und andere Länder besuchen."

Bardhyl gluckst, bevor er sagt: "Wenn ich gehe, kommt ihr alle mit. Aber wir werden sehen, wie sich die Dinge entwickeln."

"Du bist seit deiner Abreise nicht mehr zurückgekehrt?", fragt Meira.

"Nein." Bardhyl schluckt laut, denn was er durchgemacht hat, als er die Kontrolle über seinen Wolf verlor, ist für jeden eine schwere Last. Selbst für einen riesigen Bären wie ihn. Ich schüttle den Kopf. Ich liebe ihn verdammt noch mal wie einen Bruder und das ist eine fantastische Nachricht.

Dušan sagt nichts, aber was wir alle jetzt brauchen, ist Ruhe nach allem, was wir durchgemacht haben. Und zum Glück decke ich mich in diesem Raum regelmäßig mit Vorräten ein.

Als ich um eine Ecke tief in den Tunneln komme, wo es stark nach Erde riecht, strecke ich die Hand aus und meine Finger streifen eine Holztür, genau wie ich es erwartet habe. Ich senke meine Hand auf den Metallgriff und schwinge die Tür auf.

Durch dünne Risse in der Decke fällt ein Lichtschimmer.

Ich schaue mir den kleinen Raum an und überfliege ihn in einem Zug. Es ist sicher.

Der Ort ist genauso, wie ich ihn verlassen habe. Zwei mittelgroße Betten an der Rückwand, ein Tisch in der Nähe der Lichtschlitze und ein Schrank in der hinteren Ecke. Die Wände habe ich vor langer Zeit mit Holzpaneelen verkleidet, die jetzt zu einem hellen Braun verblasst sind. Einfach, aber was braucht man mehr?

"Wow. Das ist so gemütlich." Meira und die anderen

beiden treten ein, ich schließe die Tür und verriegele sie
hinter ihnen. Nur für den Fall, dass jemand versucht, sich
hereinzuschleichen.

Meira huscht durch den Raum, inspiziert die Betten
und den mit Essen gefüllten Vorratsschrank.

Ihr Lächeln erhellt jeden Tag.

Das Gefühl wird nie alt. Ich staune immer wieder, wie
sie auf ihrer Freude schweben kann, und es hilft mir, mit
der beschissenen Situation umzugehen, in der wir uns
befinden.

"Wir bleiben hier für die Nacht, ruhen uns aus und
machen dann die nächsten Schritte", schlage ich vor,
während Bardhyl zum Schrank hinübergeht. Er schnappt
sich Decken, während ich die Wasserflasche und die
Metallbehälter nehme, die ich mit getrocknetem Essen
gefüllt habe. Dann beginne ich, ein kleines Festmahl auf
dem Tisch zu bereiten.

Ein Flüstern lenkt meine Aufmerksamkeit auf Meira
und Dušan, die es sich auf dem Bett bequem gemacht
haben, sie in seinen Armen liegend. Bardhyl lässt ihnen
den Vortritt und setzt sich an den Tisch, während er sich
an den getrockneten Fleischstücken bedient und in
seinen eigenen Gedanken versunken ist. Ich packe ein
großes Stück Käse aus und schneide es mit dem Messer in
kleine Stücke. Hier unten ist die Temperatur niedrig
genug, dass das Essen nicht schnell verdirbt.

Ehe ich mich versehe, sitze ich neben Bardhyl in
meinem Sitz, beide noch nackt, und esse Käse und Fleisch
auf Crackern. "Ich habe gar nicht gemerkt, wie ausgehungert ich bin", murmle ich.

"Ich könnte hier alles essen und wäre trotzdem hungrig." Er lächelt schief und sein Blick gleitet zu den beiden

auf dem Bett hinüber. Sie brauchen nach all dem etwas Zeit für sich allein.

"Also, was denkst du, wie wir Mad vernichten?", frage ich.

Bardhyl stopft sich eine große Scheibe Käse in den Mund, bevor er nach weiteren Crackern greift. Als er sein Essen heruntergeschluckt hat, sagt er: "Überraschungsmoment. Wir brauchen etwas, womit er nicht rechnet, um uns Zeit zu geben, ihn zu erwischen."

Ich kratze mich am Kopf. "Tolle Idee. Wir *haben* nur leider kein Überraschungsmoment. Mad erwartet uns sicher."

Seine Lippen werden schmal. "Das ist der Teil, den ich noch nicht ausgearbeitet habe."

Meira

*D*ušan wischt die Träne weg, die aus meinem Augenwinkel fließt. "Nicht mehr weinen, meine Schöne. Wir haben es lebend raus geschafft, und jetzt sind wir diejenigen, vor denen Mad Angst haben sollte."

Die Entschlossenheit in seiner Stimme, der Glaube, den er hegt, ist Grund genug, dass ich meinen Rücken straffe und die Angst vor dem, was hätte passieren können, verjage. Ich war schon immer jemand, der die Vergangenheit hinter sich lässt und vorwärtsgeht. Aber mit meinen wachsenden Gefühlen für diese drei Ash-Wölfe hat sich etwas in mir verändert. Eine Beklemmung, ein Bauchgefühl, das mich bedrückt, dass ich sie verlieren könnte.

"Du hast recht", sage ich. Ich wische mir über die Wangen, während ich ein Bein unter mich ziehe und mich zu Dušan auf das Bett drehe. "Ich halte an der Angst fest, und das ist dumm."

Er nimmt die Seiten meines Gesichts mit seinen großen Handflächen und ich strahle unter seinem Blick. Er gibt mir immer das Gefühl, dass mich nichts berühren kann. "Du bist der stärkste Mensch, den ich kenne. Wir werden Mad besiegen und dann können wir vier zusammen sein, wie es für uns bestimmt ist."

Ich versuche, den Schauer, der mir über den Rücken läuft, zu ignorieren, und vermeide es, die offensichtliche Frage zu stellen, wie in aller Welt wir das erreichen wollen. Dies ist nicht der richtige Zeitpunkt für solche Gedanken. Nachdem wir angeschlagen und entkräftet sind, ist dies die Zeit, um neue Energie zu tanken.

"Ich bin bereit, Mad zu vernichten."

Er lacht leise und so wie er mich ansieht, erwarte ich fast, dass er sagt, dass ich nicht gegen Mad antreten werde. Doch stattdessen streift sein Mund plötzlich meinen, erst sanft, dann küsst er mich intensiv. Es ist glühend heiß wie ein Donnerschlag. Ich verschmelze mit ihm. Nach allem, was ich erlebt habe, ist das genau das, was ich mir wünsche. Ihn an mir zu spüren, den Hunger in seinem Knurren zu hören, seine verzweifelte Erregung zu fühlen.

Was auch immer zwischen uns ist, es ist so viel mehr als animalische und körperliche Anziehung. Es ist eine tiefe Leidenschaft, die mich wie ein Inferno durchströmt, und ich habe keine Chance, sie zu vertreiben.

Als er seine Zunge über den Saum meiner Lippen

gleiten lässt, stöhne ich vor Verlangen und fahre mit meiner Hand über seine steinharte Brust, meine Finger ziehen an seinem Oberteil. Ich ziehe ihn näher zu mir und küsse ihn mit den aufgestauten Emotionen, die mich verknotet haben.

Eifrig küssen wir uns wie chaotische Teenager, die Lippen prallen aufeinander, die Zähne klappern, und ich will so viel mehr. Wir sind zwar in einer kleinen, eiskalten Grotte von einem Raum, der nach altem Brot riecht, aber ein Gefühl von Komfort und Sicherheit umgibt mich.

Es ist schon zu lange her, dass ich alle meine Männer bei mir hatte und jetzt habe ich vor, das Beste aus allem zu machen, was ich verpasst habe.

Er stöhnt gegen meinen Mund, bevor er seine Lippen über mein Kinn und zu der Kurve meines Halses zieht, wo er an meiner Haut knabbert. Ich lehne meinen Kopf zurück, schließe die Augen und konzentriere mich nur auf die Schwere seines Atems, die Wärme seines Mundes, den Hunger, mit dem er neckende Bisse auf meiner Schulter verteilt.

Gierige Finger zupfen am Ärmel meines Mantels, finden mehr Haut, um sie in Küssen zu ersticken.

Seine Hände gleiten zwischen uns und knöpfen meinen Mantel hastig auf. Er schiebt den Stoff auseinander und entblößt mich darunter völlig nackt. Er lässt den Mantel über meine Arme gleiten und knüllt den Stoff auf halber Höhe meiner Arme zusammen. Meine Arme sind in den Ärmeln gefangen und er verschränkt sie hinter meinem Rücken.

"Ich bin gefangen", flüstere ich schwer atmend und versuche, meine Arme zu befreien.

Sein Lächeln ist hinterhältig und es schickt mir Schauer der Erregung über den Rücken. "Nein, du bist

genau da, wo ich dich haben will. Ich habe jeden
Moment, in dem wir getrennt waren, von dir geträumt,
mein Wolf wurde verrückt vor Verlangen nach Verbindung. Und ich werde diese süße Muschi einfordern, die
ich so sehr vermisst habe."

Ihn so reden zu hören, bringt mich praktisch an den
Rand eines Höhepunkts. Ich sauge jeden Atemzug ein,
meine Hände unter meinem Rücken verschränkt.

Lucien und Bardhyl stehen dicht neben Dušan, ihre
Schwänze sind erigiert, da sie uns zweifellos vom anderen
Ende des Raumes aus beobachtet haben.

Dušan scheint es nicht einmal zu bemerken, aber
wenn doch, dann zuckt er nicht mit der Wimper. Er
konzentriert sich vollkommen auf mich, während er mit
seinen Fingern über meine Knie und tiefer gleitet, dann
packt er meine Knöchel. Er zieht sie hoch, meine Knie
beugen sich, während er meine Fersen auf die Bettkante
stützt. Mit zwei Händen reißt er sie weit auf.

Es lässt sich nicht leugnen, dass drei Männer, die auf
meine intimsten Stellen starren, etwas Außergewöhnli-
ches mit meinem Selbstbewusstsein machen.

Ich fühle mich wie eine Königin, wie jemand, der so
wertvoll ist, dass sich alles, was ich in der Vergangenheit
erlitten habe, auflöst. Und ich bete dieses Gefühl so
sehr an.

"Cupcake, du bist umwerfend", sagt Bardhyl mit seiner
tiefen Stimme, die Hand auf seinem großen Schwanz.

Luciens Augen sind bereits glasig geworden, verloren
in seinen Gedanken.

Dušan zieht sich in Sekundenschnelle aus und vor
mir stehen meine Alphas.

"Bitte ...", flehe ich sie an.

Diese kleine Bitte veranlasst Dušan dazu, seine Hände

an den Innenseiten meiner Schenkel entlang zu führen und mich weiter zu spreizen.

Sein Daumen streicht so sanft über meinen Kitzler, dass ich erschaudere.

"Ist es das, was du willst?", fragt er.

"Fuck!", stöhnt Lucien, während seine Hand auch seinen dicken Schwanz in langsamen Strichen entlanggleitet.

Dušans lässt seine Erektion über meinem Eingang tanzen.

Ich bin klatschnass und recke meinen Kopf nach vorne, um ihn zu erreichen, alles, damit er mich nimmt.

Er packt die Seiten meiner Beine und stößt in mich hinein. Die anderen beiden schauen zu, als ob nichts auf der Welt sie von diesem Anblick wegreißen könnte.

Ich stöhne, je tiefer er eindringt, mich spreizt, mich ausfüllt. Energie rinnt meinen Körper hinunter, als er so hart und schnell stößt, dass mein ganzer Körper auf dem Bett zuckt.

Ich wölbe meinen Rücken und schreie vor Erregung, die mich durchbrennt. Die Geräusche und der Geruch sind hypnotisierend.

"Hör niemals auf", murmle ich.

Seine Finger finden meine verhärteten Brustwarzen und er zupft sie, schnippt sie, während er mich reitet. Unsere Körper reiben sich aneinander, sein Blick verlässt meinen nie. Wir starren uns in die Augen, während er mich wie verrückt fickt.

Ich gehöre zu ihm, zu Lucien, zu Bardhyl. Vor Monaten hätte ich noch hysterisch über den Gedanken gelacht, irgendjemandem zu gehören, geschweige denn drei Alphas. Jetzt kann ich mir mein Leben ohne sie nicht mehr vorstellen.

Und genauso wie ich zu ihnen gehöre, gehören sie auch zu mir.

Dušan stößt in mich und mein ganzer Körper zuckt, meine Brüste hüpfen. Lucien und Bardhyl streicheln sich jetzt schnell, ihre Blicke verschlingen mich.

Adrenalin schießt durch meinen Körper, und schon ist da das vertraute Gefühl, dass Dušan in mir anschwillt. Es gibt nichts Vergleichbares zu der Euphorie, wenn er sich vergrößert und sich der Knoten bildet. Er schiebt und stößt und hakt sich ein, um in mir zu bleiben.

Erregung schießt durch mich hindurch. Hastig schlingt er einen Arm unter meinen Rücken und hebt mich hoch und vom Bett. Ich schlinge meine Beine um seine Hüften, während er meine Hände aus dem Mantel löst.

Ich werfe meine Arme um seinen Hals und vergrabe mein Gesicht an seiner Brust, als er in mich stößt.

Ich schnappe nach Luft, als mein Höhepunkt tief in mir ausbricht. Ich schreie auf, aber er küsst mich und stiehlt mir den Schrei, während ich mich in seinen Armen winde. Mein Körper wird von Schaudern heimgesucht.

"Fuck!" Lucien knurrt im Hintergrund.

Bardhyl knurrt wie ein Löwe, während ein animalisches urtümliches Brüllen durch Dušans Brust rollt.

Nichts kommt auch nur annähernd an die Wärme heran, die durch mein Inneres fließt, während ich Dušans Schwanz in mir habe. Ich bin um ihn gewickelt und spüre seine Dicke in mir pulsieren. Plötzlich stöhnt er gegen meinen Mund und diese Wärme, die sich in mir ausbreitet, ist sein Samen, der mich überflutet. Er pumpt in mich hinein, beansprucht mich, macht seinen Anspruch auf mich deutlich.

Und es ist alles, was ich will.

Wir schwitzen beide, der Schweiß läuft mir den Rücken hinunter.

"Das war verdammt heiß", murmelt Lucien aus der Ecke des Raumes, wo er sich Taschentücher geschnappt hat und sich nun reinigt.

Bardhyl hat sein Hemd gegen seine Erektion gepresst, seine Augen öffnen sich langsam und er ist eindeutig noch in seiner Erregung gefangen.

Als ich Dušans Blick begegne, küsst er mich einmal, sanfter als zuvor, und murmelt: "Jetzt fühle ich mich wie zu Hause."

18

Bardhyl

Ich liege wach, auf dem Boden auf den Decken, während der Krieg in meinem Kopf spielt und sich mein Herz bei dem, was auf dem Spiel steht, zusammenzieht. Ich erwäge die Idee, dass wir vier einfach alles zurücklassen und nicht unser Leben riskieren. Es wird nicht einfach sein, aber es ist ein Weg nach vorne. Es ist sicherer.

Aber den Rest des Ash-Rudels zurückzulassen, ist keine Option. Wir haben Freunde, die wir als Familie betrachten, und es gibt keine Möglichkeit, dass Dušan weggeht. Was mich zu der Frage zurückbringt, wie wir Mad besiegen können, wenn wir in der Unterzahl sind. Ganz zu schweigen davon, dass Meira in Gefahr ist und die Frau so stur ist, dass sie nicht zurückbleiben wird, wenn ich es ihr befehle.

Ich knirsche mit den Zähnen und atme bei dem

Gedanken laut aus. Egal wie ich die Sache betrachte, ich
weiß nicht, wie ich sie in Sicherheit bringen kann. Es gibt
keine Garantien, dass wir diese Schlacht gewinnen
werden, aber ich kann sie nicht mit uns untergehen
lassen. Also, sobald Dušan aufwacht, müssen er und ich
reden. Wir haben ein verdammtes Problem, und ich muss
es lösen, bevor wir es mit Mad aufnehmen.

"Kannst du nicht schlafen?" Meiras sanfte Stimme
findet mich im frühen Morgenlicht, das den Raum kaum
erhellt.

Ich werfe einen Blick hinüber zum Bett, wo sie
lächelnd zu mir herüberschaut. Der Schlaf steht noch in
ihren Augen, ihr dunkles Haar ist durcheinander, und sie
gähnt. Wenn ich sie ansehe, sehe ich alles, was ich nicht
bin, alles, was ich gerne sein würde. Ich bin kein Narr. Ich
habe meine Unschuld vor langer Zeit verloren. Töten
macht das mit dir, aber Meira ist anders. Wie zum Teufel
soll ich also ihr Leben riskieren?

"Nicht wirklich", antworte ich.

Vorsichtig klettert sie aus dem Bett und versucht, die
anderen beiden nicht beim Schnarchen zu stören. Sie
macht sich nicht die Mühe, sich zu bedecken, und kommt
nackt zu mir wie eine wunderschöne Erscheinung. Diese
umwerfenden Kurven machen mich fertig. *Scheiße!* Mein
Blick wandert über ihre perfekten Titten, ihre schmale
Taille, das schmale Stück Haare zwischen ihren Beinen.
Sie ist alles, was ich mir von einer Frau wünsche ... weiche
Kurven und Rundungen, ein berauschender Duft und ein
verdammtes Temperament, das meinem eigenen
entspricht. Alles an ihr ist verlockend. Sie ist klug und
schlagfertig und stürzt sich mutig in jeden Kampf, um
diejenigen zu beschützen, denen sie ergeben ist. Ich bete
alles an ihr an.

Sie kniet neben mir.

Es ist schwierig, einen klaren Kopf zu behalten, während sie nackt ist und meine Erektion wächst. Letzte Nacht, nachdem Dušan sie beansprucht hat, ist sie in seinen Armen vor Erschöpfung eingeschlafen. Ich beendete das Essen, bis Lucien und Dušan mit ihr ins Bett gegangen waren.

Jetzt lehnt sie sich eng an mich und küsst mich, die Weichheit ihrer Brüste auf meiner Brust. Mein Atem stockt mir in der Kehle. Die Verlockung, sie hochzuheben und sie auf meine Hüften zu setzen, treibt die Luft aus meinen Lungen. Ich sehne mich danach, mich tief in ihr zu vergraben, sie auf mir reiten zu lassen.

Ich bin nur ein Mann, verdammt noch mal. Ein geiler Bastard, der nicht genug bekommen kann.

"Guten Morgen", flüstert sie, ihr Atem ist warm an meinem Ohr und lässt das Blut in meinen Schwanz rauschen. "Ich muss auf die Toilette", sagt sie.

Ich breche fast in Gelächter aus. Ich bekomme einen Steifen und mein Mädchen platzt aus allen Nähten. "Natürlich, Angel Legs. Lass uns was anziehen und ich gehe mit dir nach draußen. Im Schrank sind noch ein paar alte Klamotten."

Was eigentlich hätte passieren sollen, passiert nicht, obwohl ich jetzt ein noch viel größeres Bedürfnis habe, nur einen schnellen Ausflug zu machen und zurückzukehren, um sie zu beanspruchen, während die anderen beiden noch schlafen.

Es dauert nicht lange, bis wir draußen in den Tunneln sind. Meiras Hand liegt in meiner und meine Ohren sind wachsam, und obwohl ich immer noch verdammt geil bin, gibt mir allein ihre Nähe ein Gefühl von Frieden.

Es ist totenstill. Nur das Geräusch des Windes, der

durch den Gang pfeift, und die Gerüche verraten keine Eindringlinge. Als wir den Haupttunnel erreichen, führt uns das schwache Rinnsal aus Licht aus der Öffnung in der Ferne weiter.

"Wenn du ein Glücksspieler wärst ... Wie stehen unsere Chancen, Mad zu besiegen?", fragt Meira, was mich darüber nachdenken lässt, ob ich nicht die einzige Person war, die letzte Nacht nicht schlafen konnte.

"Mein zuversichtliches Ich sagt, dass es keinen Zweifel daran gibt, dass wir ihn auslöschen werden."

"Aber ..." Sie blickt zu mir hinüber, ihre Hand klammert sich fester an meine. Sie ist besorgt, und wie könnte ich es ihr verdenken, wenn wir immer noch keinen richtigen Plan haben, der über das Anschleichen und den Versuch, Mad allein zu erwischen, hinausgeht? Ein Plan, der mit Löchern gespickt ist, die uns umbringen könnten.

"Nichts läuft jemals so reibungslos", gebe ich zu. In Wahrheit ist das der Punkt, an dem mein Kopf steht, unfähig, einen klaren Weg zu sehen, um dies schnell zu beenden.

Meira fasst meine Antwort als Untergangsstimmung auf und schaut nach vorne, Schatten sammeln sich in ihrem besorgten Blick.

"Hey", sage ich und drehe sie so, dass sie mich ansieht. "Du wirst hier rauskommen, dafür sorge ich."

"Nur ich?" Sie bemerkt meinen Fehler schnell.

"Ich werde kein Blatt vor den Mund nehmen, Angel Legs. Ich fürchte um deine Sicherheit und ich würde mich viel wohler fühlen, wenn ich wüsste, dass du irgendwo in Sicherheit bist, während wir drei uns auf Mad stürzen."

Sie starrt mich ausdruckslos an und ich erwarte eine Explosion, aber dass sie nichts sagt, ist schlimmer. Mit einem verbalen Schlagabtausch kann ich umgehen, aber was mache ich mit Schweigen? Ich weiß, dass sie ihren Schwur einhalten wird, wenn ich sie dazu bringen kann, zuzustimmen, aber sie ist so stur.

"Sag etwas", dränge ich.

Sie zuckt mit den Schultern. "Da gibt es nichts zu sagen. Das ist deine Meinung. Es wird nicht in diesem Leben passieren, aber ein schöner Wunsch."

Ihr spöttischer Tonfall ist eher das, was ich erwarte. Trotzdem knirsche ich mit den Zähnen über ihre eigenwillige Entschlossenheit. Es ist meine Schuld, dass ich ihr von meinen Gedanken erzählt habe, und jetzt wird sie vermuten, dass alle Pläne, die ich in die Tat umsetze, sie zurücklassen werden.

"Wir werden sehen", antworte ich und führe sie zurück zum Ausgang des Tunnels. Ihre Hand schmiegt sich an meine und sie mag mich wütend machen, aber ich erwarte nichts anderes von ihr.

Was ich will, ist, sie hier auf jede erdenkliche Weise zu beanspruchen, sie daran zu erinnern, dass ich ihr Alpha bin und dass *sie* in Sicherheit bleibt. Ich will sie beschützen, damit nichts sie jemals wieder berührt. Ich bete, dass die Mondgöttin mir hilft, und ich will sie einsperren, damit ich sicher sein kann, dass sie sich von der Gefahr fernhält.

"Wie lautet der Plan?", fragt sie.

"Wir müssen ihn ausarbeiten", antworte ich wahrheitsgemäß. "Ein großes Ablenkungsmanöver könnte genügen, aber das Schwierige ist, wie wir nahe genug an Mad herankommen, ohne von seinen Wachen angegriffen zu werden."

Ihre Brauen ziehen sich zusammen, als würde sie über

die Antwort nachdenken. "Vielleicht müssen wir ihn irgendwie aus dem Gelände locken?"

"Möglicherweise." Ich zwänge mich grunzend durch die Lücke zwischen den Felsen, die den Eingang blockieren. Den Wald nach Bewegungen absuchend und die Luft schnuppernd, komme ich mit dem Morgentau auf dem Gras in der Nase zurück. Die Luft ist rein.

Als ich mich umdrehe, um Meira zu benachrichtigen, trete ich praktisch auf sie, da sie direkt hinter mir steht.

"Alles sicher?" Sie wölbt eine Augenbraue.

"Lass uns das schnell machen", sage ich und meine Muskeln verkrampfen sich, weil sie sich ohne nachzudenken in Gefahr begibt.

Draußen lugt die orangefarbene Sonne in der Ferne über den Horizont und färbt die Wälder in feurige Farben. Meira eilt in die Nähe der Bäume zu meiner Rechten und ich nutze die Gelegenheit, mich ebenfalls an einem riesigen Strauch zu erleichtern, der sich an einer Stelle befindet, die es mir noch erlaubt, sie im Auge zu behalten.

Ein plötzliches Knacken eines Zweiges lässt mich erstarren, meine Füße kleben am Boden. Ich hebe meinen Kopf in die Richtung des Geräusches, das von tiefer im Wald kommt.

Der laue Wind bringt keine Gerüche. Panik steigt in mir auf, ich schließe meine Hose und ziehe mich zurück.

Ich stoße einen dünnen Pfiff aus und schaue zu Meira hinüber, die dasteht und mich anschaut. Sie hat es auch gehört.

Ich zeige in den Wald, in die Richtung, aus der das Geräusch kam, dann neige ich meinen Kopf, damit sie sich mir anschließt.

Schnelle Schritte bringen sie zu mir, gerade als der

Geruch des Todes mich erreicht, meine Nasenlöcher überflutet und Übelkeit in meinem Bauch auslöst. Untote haben uns aufgespürt.

Bevor ich zurück in die Höhle trete, stolpern vier Gestalten aus dem Wald weiter links von mir, genau dort, wo Meira vor wenigen Augenblicken noch stand.

Sie hält inne und starrt sie an, während ich ihren Arm ergreife, um sie ins Innere zu ziehen. Sobald diese Wichser mich riechen, werden sie durch den ganzen Wald krabbeln.

"Warte." Sie schlägt meine Hand weg und wendet sich wieder den Zombies zu.

"Meira, das ist nicht der richtige Zeitpunkt ..." Doch meine Worte verpuffen, als ich meinen Blick über die todbringenden Monster schweifen lasse.

Bekannte Gesichter, die ich schon einmal gesehen habe. "Warte mal. Sind das nicht-"

"Ja. Sie sind uns schon einmal gefolgt und haben uns nicht angegriffen." Sie geht plötzlich auf sie zu und Unbehagen kräuselt sich in meinem Bauch. Ich will nicht in der Nähe dieser dreckigen Dinger sein.

Sie streifen um sie herum, als wäre sie ein Magnet und ignorieren völlig die Tatsache, dass ich überhaupt hier stehe. Sie macht Schritte auf mich zu und die Kreaturen taumeln hinter ihr her.

Ich weiche zurück und bleibe im Höhleneingang stehen, denn ich bin zu nah an diesen Dingern dran. Ein Zucken, und sie kommen auf mich zu.

"Das ist nah genug", befehle ich.

Meira bleibt etwa zwei Meter entfernt stehen, und wieder halten die Zombies inne.

"Setzt euch", befiehlt sie ihnen.

Sofort fallen alle vier auf den Boden und setzen sich.

Mir klappt vor Schreck die Kinnlade auf. "Wie zum Teufel machst du das?"

Meira dreht ihren Kopf in meine Richtung und lächelt, als hätte sie gerade eine Schatztruhe entdeckt. "Ich glaube, ich habe eine Idee, wie wir Mad zur Strecke bringen können."

19

Meira

Ich stürme in den Bunker, Bardhyl auf meinen Fersen. "Wacht auf! Ich habe unglaubliche Neuigkeiten!"

Gerade als die Worte meinen Mund verlassen, merke ich, dass sie nicht nötig sind. Sowohl Lucien als auch Dušan sind auf den Beinen, angezogen und starren in meine Richtung. Lucien nimmt die Wasserflasche von seinen Lippen, während Dušan einen Bissen von einem großen Cracker nimmt.

"Was ist hier los?", fragt er, Krümel von seinem Ober-teil, einem schwarzen Pullover mit ein paar Rissen am Ausschnitt, abstaubend.

Bardhyl schließt die Tür hinter uns. "Was ich gerade draußen gesehen habe, könnte die Antwort auf alles sein, was wir brauchen", sagt er, Aufregung schwingt in seiner

Stimme mit. "Es scheint, dass unser Mädchen viel besonderer ist, als wir zuerst dachten."

"Raus damit", beharrt Lucien, seine Aufmerksamkeit ganz auf uns gerichtet.

"Ich glaube, ich kann die Untoten, die mir folgen, kontrollieren", sage ich mit fester Stimme. "Ich muss es wahrscheinlich noch einmal versuchen, um sicher zu sein, aber ich habe ihnen gerade gesagt, dass sie sich setzen sollen und sie haben mir gehorcht." Adrenalin schießt durch meine Adern und ich hüpfe auf den Zehenspitzen bei dem, was das für uns bedeutet. "Ich habe nur bis jetzt nie verstanden, warum mir diese vier Zombies gefolgt sind."

Dušan und Lucien blinzeln mich an, als ob ich verrückt geworden wäre.

"Sie sagt die Wahrheit", fügt Bardhyl hinzu. "Wenn ich es nicht mit meinen eigenen Augen gesehen hätte, wäre ich genauso verwirrt wie ihr beiden jetzt."

"Du kannst die vier Untoten, die dir gefolgt sind, kontrollieren?" Dušan wiederholt meine Worte wie geschockt und kratzt sich am Kopf. "Was macht sie so besonders? Was ist mit den anderen Zombies?"

Ich kneife die Lippen zusammen und gehe alle meine Begegnungen mit diesen speziellen Schattenmonstern durch, bis hin zu dem Zeitpunkt, an dem ich sie zum ersten Mal gesehen habe. Dann trifft es mich wie ein Blitzschlag.

"Ich weiß vielleicht, warum. Ich verstehe den Grund nicht, aber-"

"Was ist es?", fragt Lucien, seine Stimme angespannt und ungeduldig.

"Als ich Jae bei der Flucht vor dem Angriff von Mad im Wald geholfen habe, habe ich gegen mehrere Untote gekämpft, um sie davon abzuhalten, sie zu erreichen. Und die vier draußen habe ich, glaube ich, während unseres Handgemenges gebissen."

Bardhyls Keuchen zieht meine Aufmerksamkeit auf sich. "Du hast sie infiziert?"

"Ich glaube ... vielleicht habe ich das." Meine Stimme kommt unsicher heraus. "Was auch immer mich noch immun gegen die Untoten macht, scheint bei ihnen den gegenteiligen Effekt zu haben."

"Verdammte Scheiße!" Lucien fährt sich mit der Hand durch die Haare und geht auf und ab, sein Blick ist meilen-weit entfernt. "Das ändert so viel. Da denkt Mad, dass du der Schlüssel zur Immunität bist. Dabei bist du millionen-fach besser." Er hält vor mir inne, nimmt meine Hände und küsst sie auf den Rücken. "Du, meine Kleine, kannst die Zombies kommandieren. Sie sind deine Sklaven. Allein mit dieser Fähigkeit könntest du die Sektoren beherrschen."

"Lass uns nicht zu weit vorpreschen." Ich verschlucke mich fast an meiner Antwort. Seine Begeisterung ist ein wenig beängstigend. Über Zombies zu herrschen, war noch nie mein Lebensziel, und das hier ist ein Mittel zum Zweck, um Mad loszuwerden und das Ash-Rudel zurück-zugewinnen.

"Ich hatte recht", erklärt Bardhyl und seine Mund-winkel kräuseln sich nach oben. "Du bist unsere hinrei-ßende kleine Zombiekönigin."

Ich erschaudere innerlich bei dem Titel, aber es ist nicht so, dass ich ihn jetzt noch tadeln könnte.

"Die Frage ist", sagt Dušan, der ganz ruhig ist, "wie bekommst du mehr Zombies unter deine Kontrolle, damit wir eine Armee gegen Mad haben? Musst du jeden einzelnen beißen?"

"Höchstwahrscheinlich. Aber was wäre, wenn es etwas anderes wäre ... wenn ich ihnen einen Kratzer verpasse?" Ich weiß nicht, warum ich mit wahllosen Ideen um mich werfe ... Vielleicht ist es die ganze Idee, dass ich herumlaufe und Zombies beiße, um sie zu bekehren. Macht mich das nicht zu einem von ihnen, nur andersherum? Und es war ekelhaft, als ich das erste Mal ihr Blut gekostet habe ... Ich freue mich ganz sicher nicht darauf, es wieder zu tun.

"Es gibt nur einen Weg, das herauszufinden. Wir gehen auf Zombiejagd", befiehlt Dušan.

Mein Mund ist plötzlich trocken, aber ich nicke. So seltsam der Gedanke auch ist, er hat recht. Und wenn das der Weg ist, die Welt von Mad zu befreien, bin ich bereit. Es ist nicht so, dass ich eine Wahl hätte, wenn ich meinen Männern helfen will. Ich richte mich auf und suche nach meinem Mut. "Lasst es uns tun."

Lucien klatscht wie ein aufgeregtes Kind, während Bardhyl grinst, und Dušan zieht mich zu sich heran. "Bist du dir sicher, dass du das machen willst?"

"Nicht wirklich, aber was sind unsere anderen Möglichkeiten?" Ich halte seine Hände etwas zu fest umklammert.

"Ich kann die Angst in deinen Augen sehen." Sein Ausdruck wird weicher, aber hinter seinem Blick liegt Stärke, als wäre er bereit, mich aufzufangen, falls ich bei dieser Mission scheitere. "Wovor hast du Angst?"

"Dass ich versage und das hier irgendwie ein riesiges Missverständnis ist, das euch drei umbringen wird." Meine Arme zittern.

Besorgnis runzelt seine Stirn. "Wenn dir mehrere Zombies da draußen folgen, sind wir dem Irren schon einen Schritt voraus." Seine Hände drücken meine leicht, während seine Worte mich beruhigen.

"Wie lautet der Plan?" Lucien sieht mich an, mit dem gleichen Ausdruck des Grauens auf seinem Gesicht. "Wir spüren einen Zombie auf und bleiben dann in der Nähe, während du dein Ding machst, für den Fall, dass wir dir zur Hilfe kommen müssen?"

So sehr mich das Grauen auch erfüllt, ich weiß, dass es uns nicht helfen wird, wenn wir uns jetzt zurückziehen. Ich schlucke meine Beklemmung herunter und schlage vor: "Es ist noch Morgen, also sind hoffentlich keine Ash-Wölfe im Wald unterwegs. Also sollten wir es jetzt tun." Ich hasse meinen Vorschlag, aber es ist das Beste. Hier geht es nicht um mich, sondern um die Sicherheit des Rudels.

"Einverstanden", sagen die drei unisono, was mich eigentlich zum Lachen bringen sollte, aber ich bin zu besorgt darüber, dass wir irgendetwas in unserem Plan übersehen haben, das uns wieder einholen könnte. Vor allem muss ich meine strapazierten Nerven beruhigen, dass ich mich wieder in meine Wölfin verwandeln muss. Ich habe immer noch Mühe, sie zu kontrollieren.

Wir sind in Nullkommanichts in den Tunneln und der Gedanke, dass so viel davon abhängt, dass ich das hier schaffe, trifft mich. Es ist eine Sache, die Untoten zum Sitzen zu bringen, aber ich habe keine Ahnung, wie ich eine Armee dazu bringen soll, Mad so einfach anzugreifen, ohne Unschuldige zu verletzen.

Ich schiebe diese Zweifel beiseite. Für den Moment müssen wir einfach sicherstellen, dass sie auf mich hören. Es ist nicht so, als ob wir in einfachen Optionen schwimmen würden, also muss ich das hier zum Laufen bringen.

Sobald wir draußen sind, spitzen sich meine Ohren für Geräusche und mein Blick fällt auf die vier Schattenmonster, die immer noch genau dort auf dem Boden sitzen, wo ich sie zurückgelassen habe. Jeder von ihnen schaut in meine Richtung, scheint meine Männer nicht zu bemerken.

"Ach, verdammt!" Lucien knurrt. "Ich hätte nie gedacht, dass ich so etwas jemals sehen würde."

Bardhyl steht dicht an meiner Seite, und Dušan tritt näher an den Untoten heran. Er bleibt in Armreichweite stehen, aber keiner von ihnen scheint ihn zu beachten.

Bardhyl murmelt: "Ich kann es kaum glauben. Es ist, als wären sie hypnotisiert oder unter einem Bann von etwas. Sie sind dir treu ergeben, hören auf deine Befehle und ignorieren uns fast völlig. Das ist Wahnsinn."

"Ich will das erledigen", sage ich und knacke mit den Fingerknöcheln. In dem Moment, in dem ich aus dem Höhleneingang trete, sage ich: "Aufstehen." Die Untoten erheben sich auf ihre Füße.

Dušan zieht sich sofort panisch zurück, ebenso wie die anderen beiden Männer.

"Ich glaube nicht, dass sie euch angreifen werden", sage ich. Die vier Kreaturen stehen da und starren mich an. "Vielleicht ist es das Beste, wenn ich das alleine mache."

Als ich den Blicken meiner Männer begegne, sehe ich Widerspruch in ihren Augen brennen, aber ich gebe ihnen nicht die Chance dazu. "Alleine bin ich ruhiger. Die Zombies können mich nicht in die Falle locken und ich kann so schneller sein."

"Ich sagte, *keine Trennung mehr*." Dušan erhebt seine Stimme, und das überrascht mich.

Er kommt von einem Ort der Fürsorge, aber auch

meine Nackenhaare steigen auf. "Ich mache das auf meine Art und Weise und du weißt, dass es Sinn macht. Es ist nicht so, dass ich es weit bringen werde."

Er schüttelt den Kopf. "Ich gehe mit dir, und sobald wir Zombies finden, ziehe ich mich zurück."

Ich will nicht weiter diskutieren, wenn ich weiß, dass er keinen Rückzieher machen wird.

"Gut." Ich knöpfe das Hemd auf und ziehe meine Hose herunter, dann steige ich aus ihr heraus.

Ihre Augen sind auf mich gerichtet ... Ich spüre sie wie die Liebkosung eines Liebhabers. Die kühle Morgenbrise umspielt meinen Körper und verursacht eine Gänsehaut auf meiner Haut. Mein Herz klopft in meiner Brust, als ich mich an Luciens Anweisungen erinnere, meine Wölfin hervorzulocken. Ich schaffe das.

Es macht mir immer noch Angst, wie sehr sie sich gegen mich wehrt, wenn ich in Wolfsgestalt bin, was also passiert, wenn ich eines Tages die Kontrolle über sie verliere? Was dann? Wird sie jeden in Sichtweite töten?

Als ob er meine Unsicherheit spürt, flüstert Dušan: "Atme tief ein und aus, dann lass sie aus dir herausfließen."

Wenn es nur so einfach wäre.

Ich schlucke schwer, schließe die Augen und fülle meine Lungen mit Sauerstoff. Mit dem Ausatmen rufe ich meine Wölfin.

Diesmal strömt sie vorwärts und schnell aus mir heraus, wie rauschendes Wasser. Ich verkrampfe mich am ganzen Körper, als ich stöhnend auf die Knie falle, das Stechen ist wie der Schmerz von hundert Klingen, die in meinen Körper schneiden.

Augenblicke später stehe ich schwer atmend da, ein Wolf mit gelbbraunem Fell, die Qualen schmelzen dahin.

Ich freue mich über den scharfen Blick, den frischen Geruch der Kiefern. Und noch bevor ich einen Schritt wegbewegt habe, findet mich der stechende Geruch von Untoten von vorne im Wald.

Sie heult halb, halb knurrt sie. Das Adrenalin schießt durch mich hindurch, als meine Wölfin mich vorwärts schiebt. Ich schiebe sie mental zur Seite, damit nicht nur sie auf dem Fahrersitz sitzt.

Energie schießt durch meinen Körper und ich taumle auf der Stelle.

"Geht es dir gut, Angel Legs?", fragt Bardhyl.

Die vier Untoten beobachten mich, warten auf ein Kommando, während meine Männer neben mir stehen. Plötzlich stürme ich in den Wald, die frische Luft plätschert durch mein Fell.

Ein kurzer Blick zurück zeigt, dass Dušan hinter mir herläuft, aber auch die vier Untoten.

Ich sprinte vorwärts, vorbei an Bäumen und über Baumstämme, als zwei Silhouetten geradeaus verweilen.

Aber ich renne weiter, meine Wölfin weigert sich, innezuhalten. Der innere Kampf in mir ist wie zwei Tiere, die um die Kontrolle kämpfen. Das Nächste, was ich weiß, ist, dass ich direkt in eine Kiefer laufe und dagegen stoße. Ich kann nicht einmal geradeaus laufen, wenn wir beide um die Kontrolle kämpfen.

Meine Wölfin verstummt und ich nutze diesen Moment, um die Luft zu schnuppern. Der stechende Geruch bestätigt, dass die Kreaturen Schattenmonster sind.

Ich röchle und die Wildheit fließt durch meine Adern und ich stürze mich auf die Neuankömmlinge.

Das Laub knirscht unter den Füßen von zwei Untoten, die nach vorne stürmen und ihre Köpfe plötzlich nach oben reißen, als hätte etwas ihre Aufmerksamkeit erregt. Etwas hinter mir.

Dušan.

Mein Herz klopft, als meine Wölfin ein gefährliches Knurren ausstößt.

Ich fliege an einer dichten Baumreihe vorbei und stürze mich auf die erste Kreatur. Ich krache in sie hinein und lasse sie mit einem dumpfen Aufprall zu Boden fallen. Das scharfe Knacken meiner Zähne, die die Knochen in seiner Schulter zermalmen, schneidet durch den stillen Wald. Verdorbenes, abgestandenes, fauliges Blut benetzt meine Zunge, und ich löse meinen Biss. Sogar meine Wölfin stimmt mir zu und weicht zurück.

Der Wind peitscht um mich herum, ich drehe mich und stürze mich in einen Sprint hinter dem zweiten Schattenmonster her.

Ich werfe einen Blick auf die vier anderen Untoten, die im Wald stehen und zuschauen wie Zuschauer in einer Arena.

Ich schließe den Abstand zwischen mir und dem anderen Ungeheuer, dann knalle ich ihm in den Rücken und lege es in kürzester Zeit flach. Ich beiße zu und versenke meine Zähne in seinem Nacken. Ich bin mir sicher, dass das Beißen zuverlässiger sein wird als das Kratzen. Sein Fleisch ist fest und hart. Wie zuvor taumle ich gleich danach von ihm herunter und schüttle den Kopf, um den Geschmack aus meinem Mund zu bekommen.

Ich werfe einen Blick über die Schulter und beobachte, wie das erste Schattenmonster auf die Beine taumelt. Die Schulter, in die ich gebissen habe, hängt tiefer als die andere; dunkles Blut sickert aus der Wunde über die hagere, nackte Brust.

Ich habe meine Tat vollbracht, und während meine Wölfin noch mit dem fauligen Geschmack in unserem Mund kämpft, schiebe ich sie tief in mich hinein. Die Energiefackel klammert sich um mich und ich sauge schnelle Atemzüge ein, um meine menschliche Seite zu rufen.

Dunkelheit steigt in meinem Geist auf, während sie gegen die Verwandlung ankämpft, ihr Hunger schwappt durch mich wie ein Fluss, der über die Ufer tritt. Panik ergreift mich, aber ich gebe nicht nach, lasse sie nicht die Kontrolle übernehmen, lasse sie nicht gewinnen.

Die Luft pulsiert. Ich spanne meinen ganzen Körper an und schiebe sie zur Seite.

Ein warnendes Knurren kracht durch meine Kehle und lässt mich bis in die Knochen erschaudern.

Nein, das wirst du nicht! Ich versteife mich und halte mich fest ... Sie gehört mir und ich lasse mich nicht von einem Tier erobern. Ich schiebe ihre Energie so weit wie möglich in mich hinein. Ich nutze diese Galgenfrist und schleudere mich hinaus.

Meine Verwandlung reißt durch mich hindurch. Ich zucke zusammen bei der Qual, bei dem Trommeln meines Herzens. Ich stolpere aufrecht auf zwei Füßen und falle direkt gegen einen Baum.

Das war zu knapp. Es wird immer schwieriger, sie zu kontrollieren.

Ich wende mich dem herannahenden Untoten zu, beobachte alles, warte darauf, sein Verhalten zu sehen.

Der zweite erhebt ebenfalls auf seine Füße.

Von Dušan ist nichts zu sehen, aber wenn die Schattenmonster vorhin seine Fährte aufgenommen haben, werden sie ihn weiter verfolgen.

"Bitte bleibt stehen", flüstere ich. Ich halte mich fest und schaue von einem Unhold zum nächsten.

Simultan bleiben sie beide ein paar Meter vor mir abrupt stehen. Sie starren mich mit leeren, toten Augen an.

Ein hünenhafter Umriss taucht aus den Schatten in Richtung der Höhle auf. Dušan tritt vor und seine Augen sind weit aufgerissen, der Schock ist auf seinem Gesicht sichtbar. Was denkt er gerade? Was für ein Freak ich bin?

"Fuck, du hast es geschafft!", sagt er, und seine Worte erweichen die Härte in meiner Brust.

"Wo es vier waren, sind es jetzt sechs." Ich grinse ihn an.

Er nähert sich meiner Seite, und keines der Monster geht auf ihn los. Sie nehmen ihn buchstäblich nicht wahr. "Das ist unglaublich."

Ich schaue hinüber und suche seine Augen. "Vielleicht klappt das ja. Ich denke, sechs werden reichen. Ich habe leichtes Spiel mit dem Kommando und wir können das jetzt machen. In das Gelände schleichen. Oder?"

Seine Mundwinkel zucken angespannt. "Wir haben nur eine Chance, ihn mit den Zombies zu überrumpeln. Wir brauchen also mehr von ihnen, denn Mads Wachen wissen, wie man die Untoten ausschaltet."

Ich mache einen Schritt nach hinten. "Ich denke, wir kommen so zurecht", antworte ich.

Er studiert mich eine lange Pause lang. "Was ist hier los, Meira?", fragt er.

Ich schüttle den Kopf und schaue von ihm weg, studiere die Untoten, die uns beobachten. Sie stehen so still wie die Stämme, die uns umgeben. Mehr von ihnen dazu zu bringen, mir zu folgen, ist nicht das Problem. Es ist der Prozess, wie ich es tue, ohne die Kontrolle über meine Wölfin zu verlieren. Jedes Mal, wenn ich mich verwandle, mache ich mir Sorgen, dass dies das letzte Mal sein wird, bevor sie mich vollständig übernimmt.

"Lass uns mal sehen, was die anderen darüber denken, wie viele Untote wir brauchen", schlage ich vor und wende mich zum Gehen, doch Dušan stellt sich mir in den Weg.

"Meira." Seine strenge Stimme durchschneidet mich.

"Es ist nichts." Gerade als ich denke, dass ich es endlich geschafft habe, mich zu verwandeln, und meine Männer zu behalten, weigert sich das Universum, mir einen sauberen Schnitt zu geben. Nicht nur, dass ich immer noch immun gegen die Zombies bin, was mich befürchten lässt, dass ich immer noch krank bin, auch meine Wölfin weigert sich, mich zu akzeptieren.

"Rede mit mir", beharrt er und seine Augen verengen sich. "Irgendetwas stimmt nicht, nicht wahr?"

Seine Frage reißt mich aus meinen Gedanken, und ich blinzle Dušan an. Es herrscht Schweigen zwischen uns und ich weiß nicht, warum es mir so schwerfällt, ihm davon zu erzählen. Oder warum es mir Angst macht, die Wahrheit auch den anderen gegenüber zu offenbaren.

"Wir können helfen", schlägt er vor, die Sorge schwimmt hinter seinen Augen.

"I-ich glaube nicht, dass ich vollständig geheilt bin", gebe ich mit leiser Stimme zu. Erst als ich die Reaktion in seinem Gesicht sehe, wird mir klar, warum ich nicht mit meinen Männern darüber gesprochen habe. Seine Lippen ziehen sich zusammen und die Farbe in seinem Gesicht wird um ein paar Nuancen blasser. Furcht verdunkelt seinen Blick. Diese Angst ist wie ein Messer in meinen Eingeweiden, das sich verdreht und verkeilt.

"Weil du immer noch immun gegen die Untoten bist?

Wir werden das in Ordnung bringen, Meira, sobald wir mit Mad fertig sind. Ich verspreche es."

"Nein, es ist nicht nur das." Meine Arme zittern an meiner Seite. Ich lecke mir über die Lippen und lasse die Worte herausrollen. "Ich kann meine Wölfin nicht kontrollieren. Wenn ich mich verwandle, versucht sie, die Kontrolle zu übernehmen, jedes einzelne Mal. Alles was sie will, ist angreifen und jagen."

Er nimmt meine Hände in seine. "Oh, Meira, das ist ganz normal. Als ich mich das erste Mal verwandelt habe, hat mein Wolf die Kontrolle übernommen und alle Hühner der Nachbarn gefressen."

"Und was ist mit deinem nächsten Wechsel und dem danach?"

"Es wird einfacher, sobald du deine Dominanz behauptet hast. Du brauchst dir keine Sorgen zu machen."

"Nein." Ich schiebe seine Hände weg. "Du verstehst es nicht. Es wird nicht einfacher. Jedes Mal, wenn ich mich verwandelt habe, ist meine Wölfin stärker geworden. Es braucht alles, um sie zu bekämpfen."

Ich schlinge die Arme um meinen Bauch und blicke hinüber zu den Untoten, die sich nicht bewegt haben, sondern nur zuschauen. Ich bezweifle, dass sie wirklich verstehen, was hier vor sich geht. Sie wirken wie ein Roboter, der aktiviert werden muss.

Dušan greift nach meinem Arm und hält mich fest. Sein Finger streicht über die Innenseite meines Arms, die Berührung lässt eine Ruhe in meinem Arm aufsteigen. "Hast du deiner Wölfin wenigstens einmal während deiner Verwandlung erlaubt, die Kontrolle zu übernehmen?"

"Natürlich nicht. Bist du verrückt? Was ist, wenn ich das tue und nie wieder die Kontrolle über sie erhalte?"

"Das wirst du", sagt er ernst.

"Das weißt du doch gar nicht. Irgendetwas stimmt nicht mit mir und die normalen Wolfsregeln gelten hier nicht, Dušan. Du hörst mir nicht zu. Was, wenn ich ihr freien Lauf lasse und sie zu dem Monster wird, von dem du fürchtest, dass es aus mir herausreißen könnte? Was ist, wenn ich dann für immer verloren bin, während sie Amok läuft und alle tötet? Was ist, wenn sie dich holen kommt?" Ich schüttle den Kopf, mein Kinn zittert bei dem Gedanken.

Dušan zieht mich in seine Arme und hält mich in seiner starken Umarmung. Ich spüre, wie sich sein Herzschlag beschleunigt, und kann nicht leugnen, dass ich einen Nerv getroffen habe.

"Du lässt dich von der Angst kontrollieren", erklärt er.

Seine Worte machen mich wütend, weil er mir nicht zuhört. "Das ist nicht wahr." Ich stoße meine Hand gegen seine Brust, um von ihm wegzukommen, aber seine Arme sind wie Stahl und er hält mich fest.

"Hör mir zu", sagt er mit einer tiefen, autoritären Stimme. "Unsere Wölfe sind ein Teil von uns. Sie sind unsere anderen Hälften. Und ich weiß, dass es erschreckend ist, aber um deine Verbindung mit ihr zu vervollständigen, musst du die Zügel zumindest bei einer Verwandlung loslassen."

Er ist wahnsinnig! Allein der Gedanke erschreckt mich.

Unbehagen zuckt in meinem Bauch. Wie kann er denken, dass ich das jemals tun kann? Ich verkrampfe mich schon beim Gedanken daran, geschweige denn, es durchzuziehen.

"Ich kann nicht", sage ich und schüttele wieder den Kopf.

"Du hast keine andere Wahl. Der einzige Weg, wie deine Wölfin dir gefügig wird, ist, wenn du ihr zeigst, wie sehr du ihr vertraust."

Ich rümpfe verwirrt die Nase. "Das macht keinen Sinn."

"Doch, das tut es. Und wir werden es heute Morgen tun, sobald wir eine ausreichend große Herde Zombies gefunden haben."

Wut blendet mich und ich reiße mich aus seinem Griff los. "Sag mir nicht, was ich tun soll!" Ich stehe Auge in Auge mit ihm, ein Cocktail aus Angst und Wut kocht in meiner Brust, bis ich keine Luft mehr bekomme.

Seine Kieferpartie krampft sich zusammen und ich erwarte, dass er ausholt, um mich zu packen und mich zu zwingen. Aber das kommt nicht. Nur Worte. "Wir bekommen eine Chance auf das Überraschungsmoment. Um die Familien und Unschuldigen wie Kinley zu retten und ihnen zu helfen, den Fesseln zu entkommen, die mein Stiefbruder ihnen auferlegen wird. Ein paar Zombies werden vom Rudel schnell ausgeschaltet. Wir brauchen eine Armee von ihnen. Es tut mir leid, dass du die Verantwortung nicht gerne auf deinen Schultern trägst. Verdammt, wenn ich könnte, würde ich sie dir sofort abnehmen und sie selbst tragen." Er lehnt sich näher heran, ohne mich jedoch zu berühren. "Aber ich biete dir das Nächstbeste. Mich an deiner Seite, bei jedem Schritt auf dem Weg."

Schmerz drängt an die Oberfläche meiner Gedanken. Was er sagt, ist wahr, aber schlimmer noch, ich kann die Schuldgefühle nicht abschütteln, dass ich zu viel Angst habe, meiner Wölfin die volle Kontrolle zu geben.

Ein Schweißtropfen rinnt mir über den Rücken.

"Du weißt, dass ich recht habe", ermahnt er mich.

"Ja, aber das heißt nicht, dass ich es mag."

Er lacht, und ich hasse es, wie leicht er meine Barrieren durchbricht. Mein Inneres ist ein Schlachtfeld, Emotionen steigen in mir auf wie ein Sturm.

"Wollen wir es tun?" Er streckt seine Hand aus, die Handfläche nach oben.

Ich grolle. "Ich werde es versuchen."

"Das ist alles, worum ich bitte." Er packt meine Handgelenke und zerrt mich auf seine Seite. Bevor ich protestieren kann, sind seine Lippen auf meinen und er entführt mich in eine andere Welt, in der ich meine Sorgen vergesse.

Es ist so unfair, dass er mich so einfach beeinflussen kann. Ich klammere mich an ihn und liebe das Gefühl, dem ich nicht entkommen kann. Feuer entzündet sich zwischen uns, als er gegen meinen Mund flüstert: "Hör niemals auf, an dich zu glauben."

Dušan

*M*ein Herz schmerzt.

Meira ist verängstigt und es bringt mich um, sie so zu bedrängen. In Wahrheit ist es ganz natürlich, unserem Wolf die Kontrolle zu überlassen, wenn wir uns das erste Mal verwandeln. Aber Meira ist nicht gerade ein Vorbild dafür, die normalen Wolfsregeln zu befolgen. Sie hat ein menschliches Elternteil. Sie hat … oder hatte Leukämie. Ihre Wölfin hat sich die meiste Zeit ihres Lebens geweigert, sich zu zeigen. Und dann hat

Mads verdammtes Beruhigungsmittel ihre erste Verwandlung erzwungen. Nichts hier ist normal.

Meine schöne Wölfin muss daran glauben, dass sie
das schaffen kann. Und das nicht nur zum Wohle des
Ash-Wölfe-Rudels, sondern für sich selbst. Wenn sie nicht
bald die Macht an ihre Wölfin abgibt, wird sie niemals ihr
Vertrauen gewinnen. So wird sie ihr ganzes Leben lang
um die Macht während ihrer Verwandlung kämpfen,
anstatt ihre wilde Seite in die Hand zu nehmen.

Sie hält meine Hand, während wir zur Höhle zurück-
wandern, und ich studiere die sechs Untoten, die hinter
uns in unsere Richtung wandern. Es ist unfassbar, dass
die Aggressionen in ihren Augen durch Teilnahmslosig-
keit ersetzt wurde.

Ich bin mehr als stolz auf Meira und auf das, was sie
zu leisten vermag.

Als wir aus dem Wald auftauchen, wenden Lucien
und Bardhyl ihre Aufmerksamkeit in unsere Richtung. Sie
stehen im Eingang der Höhle. Ihre Aufmerksamkeit
richtet sich auf den kleinen Stamm hinter uns.

"Verdammt, ja, ihr habt es geschafft!", jubelt Lucien.

Bardhyl eilt hinunter, um Meira in seine Arme zu
nehmen, und hebt sie vom Boden auf. Ihr Lachen ist ein
Lied der Verheißung, während sie die Schönheit einer
Kriegerin ausstrahlt, die ihre Flügel erst noch entfalten
muss.

"Was kommt als Nächstes?", fragt Lucien.

"Wir finden eine Herde von Untoten", antwortet Meira,
als ihre Füße den Boden berühren. Sie steht aufrecht und
blickt entschlossen zu mir herüber und ich könnte in
diesem Moment nicht stolzer auf sie sein.

Lucien reibt sich vergnügt die Hände. "Wir machen
eine Zombiearmee."

Zu dritt umringen wir Meira. Der Wind weht ihr dunkles Haar über ihr Gesicht und sie hat Mühe, es hinter ihre Ohren zu schieben. Sie ist nackt und schreckt nicht zurück. Ob sie es weiß oder nicht, sie ist schon so viel weiter gekommen, als ihr bewusst ist.

Bardhyl küsst ihr auf den Scheitel. "Gehen wir alle?"

"Nur wenn du mir versprichst, in den Bäumen zu bleiben, wenn wir die Herde finden, damit du nicht von ihnen eingeklemmt wirst", sagt sie, ihre Stimme plötzlich ernst und streng.

"Einverstanden", antworte ich, gefolgt von Bardhyl und Lucien, die dasselbe tun.

Sie sieht zu mir auf, ihr Blick ist aufrichtig und ihr Gesichtsausdruck schreit vor Angst. Es bringt mich um, sie immer noch verängstigt zu sehen, aber wenn ich sie nicht dränge, wird sie die Gelegenheit verlieren, sich mit ihrer Wölfin zu verbinden. Vielleicht hasst sie mich dafür, aber ich würde lieber damit leben, als sie ihr ganzes Leben lang leiden zu lassen.

Sie ruckt von mir weg, ihre Schultern biegen sich nach vorne.

Meine Finger kribbeln mit dem Drang, zu ihr hinüber zu greifen und ihr zu sagen, dass sie nicht alleine ist. Aber eine Welle von Elektrizität tanzt meine Arme hinunter. Sie stöhnt vor Schmerz, bevor sie zu Boden fällt und sich verwandelt.

Wir wachen über sie, und jeder von uns würde alles tun, um sie zu beschützen. Sie bedeutet mir alles und wenn sie das sein wird, was Bardhyl als Zombiekönigin bezeichnet hat, dann werde ich sie noch mehr verehren.

Sekunden später ist sie in ihrem atemberaubenden gelbbraunen Fell, die Ohren gespitzt und der lange Schwanz hinter ihr. Schmerz wütet hinter diesen wunderschönen Augen und ich hoffe, sie hört auf mich und lässt ihre Wölfin frei, sobald wir die Herde gefunden haben.

Sie hebt ihren Kopf, atmet die Luft ein, dann schiebt sie sich an Lucien vorbei und trabt in den Wald.

"Wir bleiben in der Nähe", sage ich, und wir gehen los. Meira übernimmt die Führung, und wir drei geben ihr Rückendeckung. Die sechs Zombies folgen hinter uns. Ich kann nicht leugnen, dass es mich immer noch beunruhigt, sie so nah zu haben.

Wir gehen tiefer in den Wald hinein, weiter weg vom Gelände der Ash-Wölfe, was mich beruhigt. In diesem Gebiet ist es weniger wahrscheinlich, dass Wölfe uns jagen. Aber es dauert nicht lange, bis wir das Stöhnen der Untoten hören.

Riesige Tannen und Eichen umgeben uns, Bäume, die vor grünen Blättern nur so strotzen. Der Ort wäre wunderschön, wenn da nicht die taumelnden Schatten inmitten der Bäume wären. Die entstellten Silhouetten in der Ferne sind genau das, wofür wir hier sind, dennoch kriecht mir ein Schauer über den Rücken.

Meira eilt vorwärts, und wir rennen, um mitzuhalten.

Als der erste Zombie auftaucht, ein fassartiger Mann mit herunterhängendem Hemd und zerrissenen Jeans, richten sich seine Augen auf uns.

Ein gutturales Knurren erschüttert die Luft und plötzlich wird das Stampfen von Füßen auf dem Boden lauter ... näher.

Meira verschwendet keine Zeit und stürzt sich auf den bulligen Mann, bringt ihn schnell zu Fall und reißt ihm den halben Arm ab. Blut sprudelt aus der Wunde und befleckt die Erde.

"Wir müssen uns jetzt verstecken", flüstert Lucien, seine Hand auf meinem Rücken.

In diesem Moment entdecke ich die Welle der Seelen-losen, die aus den Schatten auftauchen. Mindestens einige Dutzend. Es erschüttert mich zutiefst, hier draußen mit so vielen von ihnen zu sein.

Ich drehe mich um und folge Luciens Wahl eines Baumes mit tiefhängenden Ästen. Bardhyl ist bereits dort oben. Ich springe hoch und schnappe mir einen, dann schwinge ich mich hinauf. Hastig bahne ich mir einen Weg zu einem dicken, stabilen Ast, der mein Gewicht leicht tragen kann. Knapp fünf Meter über dem Boden sitze ich dicht am Stamm und habe einen guten Über-blick über das Gelände unter mir.

Lucien sitzt über mir, während Bardhyl auf einem Ast mir gegenübersitzt.

"Wenn das funktioniert, wie bekommen wir dann alle Zombies auf das Gelände?", fragt Bardhyl. "Wir können Kinley ja nicht bitten, uns nicht zu stören, während wir Dutzende von Zombies durch ihr Haus schleppen. Sie wird vor Schreck sterben."

"Außerdem", fügt Lucien hinzu, "könnte es zu einem Engpass kommen, sobald andere Zombies aus ihrem Haus kommen sehen und anfangen, auf sie zu schießen."

Die Gedanken gehen mir durch den Kopf. "Die einzige Möglichkeit, die ich sehe, ist, sie durch einen der Haupt-eingänge auf das Gelände zu bringen."

Ich richte meine Aufmerksamkeit auf Meira. Sie hat bereits drei Kreaturen ausgeschaltet, aber während ich sie dabei beobachte, wie sie jeden Schritt berechnet, wen sie als nächstes angreift, schleicht sich Sorge in meinen Geist. Sie zögert, als sie sich umschaut, und ich seufze. Sie hält immer noch ihre Wölfin fest, anstatt ihr freien Lauf zu lassen. *Verdammt, Meira.*

Das macht sie langsamer, diese zu töten, weil sie ihren eigenen chaotischen Krieg in ihrem Kopf kämpft.

Kälte sickert in meine Knochen bei dem Gedanken, dass ich vorhin nicht bemerkt habe, wie sehr sie mit ihrer Wölfin kämpft. Sie wird für immer die Fähigkeit verlieren, ihre Wölfin zu kontrollieren, wenn sie sie weiter wegstößt.

"Ich bin mir sicher, dass alles klappt", versucht Lucien, mich zu beruhigen. "Die Zombies werden ihr nichts antun."

"Das ist es nicht, worüber ich mir Sorgen mache. Es ist, dass sie die Kontrolle über ihre Wölfin noch nicht aufgegeben hat. Sie hat ihrer Wölfin noch nicht das volle Vertrauen geschenkt."

"Oh, verdammt!"

Ich verkrampfe mich, die Finger umklammern den Ast unter mir, und ich bete zum Mond, dass der Schaden, den sie sich selbst zugefügt hat, noch nicht zu weit fortgeschritten ist.

Doch während mir diese Gedanken durch den Kopf schießen, bricht ein Tsunami von Zombies über die Schatten des Waldes herein.

Das nächste, was ich weiß, ist, dass wohl hundert von ihnen herausströmen.

Mein Herz schlägt mir bis zum Hals, als ich meinen Blick von ihnen abwende und mich Meira zuwende, die eine blutige Spur hinter sich herzieht.

Fuck! Bitte lass mich keinen Fehler gemacht haben, indem ich sie das alleine erledigen ließ.

20

Lucien

"Geh nach rechts!", brüllt Dušan in meine Richtung. "Sie kommt in deine Richtung." Er ist in Menschengestalt und hofft, dass wenn Meira ihn so sieht, er ihr helfen kann, härter zu kämpfen und Macht über ihre Wölfin zu gewinnen.

Bardhyl und ich rennen in unseren Wolfsgestalten, um schneller voranzukommen.

Mein Herz klopft wie wild, ich mache eine Wendung um einen Baum, um in die andere Richtung zurückzukehren. Wir haben Meira mindestens die letzten zwanzig Minuten gejagt. Seitdem sie den letzten Zombie der Herde abgeschlachtet hat, ist sie wild geworden. Meine Brust drückt, wenn ich sehe, wie sie verzweifelt rechts und links durch den Wald rast, verloren und verwirrt.

Egal, was wir tun, wir scheinen keine Chance zu

haben. Und mehr als alles andere ist Meira unsere Priorität.

Halte sie auf, dann bring sie zurück.

Mein Inneres krampft sich vor Angst zusammen, dass ihre Wölfin zu weit weg ist, um wieder kontrolliert zu werden. Es zerreißt mich, zu wissen, dass sie ihr ganzes Leben damit leben muss. Ich bete um ein Wunder, dass es nicht zu spät ist.

Ich stürme schneller, springe über Baumstämme und springe ihr hinterher.

Meira

*I*ch falle.

So fühlt es sich an. Dunkelheit hämmert in meinem Kopf, während meine Wölfin das Kommando übernimmt. Sie rennt wild umher, so außer Kontrolle, dass ich ihre Angst, ihre Verwirrung spüre. Ich hatte sie mit dem Angriff auf die Schattenmonster verloren, ihr Hunger war zu schwer zu zähmen. Selbst jetzt schmecke ich das faulige Blut in meiner Kehle, während ich vor Adrenalin förmlich in Flammen stehe.

Ich schüttle die Schwere ab, die versucht, mich zu ertränken. Noch einmal stoße ich gegen sie, um mir die Kontrolle zurückzuerobern.

Mit allerletzter Kraft stoße ich sie zur Seite. Meine Pfoten schlagen auf dem Boden auf und meine Männer umringen uns.

Ihre Panik ist spürbar, während ich in meinem Kopf

schreie, langsamer zu werden, damit sie mich auffangen können. Sie werden einen Weg finden zu helfen. Das müssen sie.

Denn so kann ich nicht leben.

Gefangen.

Vergessen.

Beherrscht von einer wilden Kreatur.

Sie biegt nach rechts ab und stößt mich aus dem Weg, und die Dunkelheit holt mich wieder ein.

Ich schreie.

Lucien

Bardhyl stürmt vor ihr her, aber sie ist zu sehr damit beschäftigt, nach hinten zu sehen, wie ich näherkomme und Dušan von rechts flankiert.

Sie schwenkt nach links, wie ich es mir gedacht habe, und ich springe ihr diagonal entgegen, um ihr den Weg abzuschneiden.

Schnelle Pfoten tragen mich über den Boden und ich renne auf sie zu, während ich mich durch den Wald schlage.

Sie stürzt über einen Baumstamm, als ich sie erreiche und ich nutze den Moment, um mich von der Kante auf sie zu werfen.

Ich stoße mit meiner Schulter gegen sie und werfe sie um.

Ihr verzweifeltes Knurren durchschneidet die Luft. Wir knallen beide auf den mit Laub bedeckten Boden.

Mit dem Schwung rollen wir uns ab, verheddern uns in einem wilden Durcheinander aus Knurren und aufgewirbeltem Dreck.

Mein Kopf dreht sich. Der Boden ist hart und unnachgiebig, aber ich mache mir Sorgen um sie.

In dem Moment, in dem wir zum Stehen kommen, klettere ich auf meine Füße, genauso wie Meira, die ein Knurren in ihrer Kehle ausstößt.

Sie weicht von mir zurück, die Lippen zusammengepresst, die Ohren flach an den Kopf gelegt. Ich suche in ihren Augen nach meiner Gefährtin, aber alles, was ich sehe, ist eine wilde Wölfin.

Eine Phantomhand ergreift mein Herz und drückt es zusammen.

Bardhyl springt plötzlich aus den Schatten. Er ist bereits in seiner menschlichen Gestalt. Er landet auf ihrer anderen Seite.

Sie flüchtet vor ihm, aber ich bin in Sekundenschnelle bei ihr, als Bardhyl rennt und über ihren Rücken springt.

Sein Gewicht bringt sie schnell zu Boden. Sie knurrt eine Warnung, sich zurückzuziehen, ein verzweifelter und verängstigter Laut, der mich innerlich zerreißt.

Bardhyl wartet keine Sekunde, er hält sie immer noch unten, packt ihren Kopf und drückt ihre Wange auf den Boden, damit sie ihn nicht beißt.

Dušan stürmt an den Sträuchern vorbei und gesellt sich zu uns. Er wirft sich auf die Knie, damit sie ihn sehen kann. In Sekundenschnelle bin ich an ihrem Rücken, packe ihre strampelnden Hinterbeine und halte sie fest, während Bardhyl sich hinter sie kniet und seine großen Hände auf ihren Oberkörper drückt.

So grausam das auch scheint, es ist der einzige Weg.

Wenn sie flieht, wird Meira kämpfen, um herauszukommen. Und wenn ihre Wölfin erschöpft ist und sie herauskommt, wer weiß, wohin ihre Wölfin sie dann gebracht hat?

Aber je mehr ich ihren bockenden Körper betrachte, ihre Not höre, desto mehr zerbricht mein Herz bei dem Gedanken, dass wir vielleicht zu spät sind, um ihre Wölfin zu retten. Ihre Stärke ist außergewöhnlich. Sie hat über hundert Zombies angegriffen und wir drei ringen immer noch darum, sie niederzuhalten, aber was nützt das, wenn sie sich nicht mit ihrem Tier verbinden kann?

"Meira", beginnt Dušan. "Hör auf meine Stimme. Konzentriere dich auf mich und ziehe dich zurück. Du hast das Sagen. Du bist die Wölfin." Er hört nicht auf, sie zu ermutigen, sie seine Stimme hören zu lassen.

Sie war so lange allein in ihrem Leben, dass ich mich frage, ob ihre Wölfin überhaupt noch etwas anderes kann, als allein zu leben. Unsere Wölfe tauchen zwar erst in der Pubertät auf, aber sie können die Emotionen, die wir haben, spüren und erleben.

Meira bockt härter gegen uns und ich schaue auf. "Es funktioniert nicht. Du musst sie dominieren", fordere ich.

"Er hat recht", fügt Bardhyl hinzu. "Das ist die einzige Möglichkeit, wenn sie sich noch nicht beruhigt hat. Ihre Wölfin ist zu wild."

Dušan ist untröstlich, und ich kann es ihm nicht verdenken. Er hat sie dazu gedrängt, das zu tun. Aber in Wahrheit sind wir alle genauso verantwortlich. Jeder von uns ist es ihr schuldig, sie in diese Lage gebracht zu haben. Die Rettung des Rudels hat sie an den Rand getrieben und nicht ein einziges Mal haben wir sie gefragt, ob sie wirklich bereit ist.

Ich knirsche mit den Backenzähnen, Wut peitscht durch mich hindurch.

Dušan nickt nur und augenblicklich fließt mit seiner Veränderung eine Ladung Elektrizität durch die Luft.

Sein donnerndes Knurren steigt durch ihn hindurch und überzieht selbst mich mit einer Gänsehaut von der Kraft, die er ausstrahlt. Manche Wölfe sind als Anführer geboren; ihre Wölfe tragen eine enorme Macht in sich. Allein ihre Anwesenheit kann andere Wölfe in die Unterwerfung treiben, und Dušan ist ein solcher Alpha.

Mit einem plötzlichen Kopfschütteln schälen sich seine Lippen zurück und er stößt ein tiefes, raues Knurren aus. Die verkrampften Muskeln in seinem Nacken spannen sich an, der Klang ist erdig und trägt eine tödliche Warnung in sich.

Meira bleibt regungslos liegen. Ihr Brustkorb hebt und senkt sich schnell mit ihrer Angst. Dennoch rollt ein Grollen durch ihre Kehle.

Bardhyl grinst halb, aber ich kann sehen, dass es ein Kampf ist. "Angel Legs ist eine Kämpferin."

Dušan ruckt plötzlich nach vorne, sein Mund und seine Zähne krallen sich sofort in Meiras Hals. Er beißt zu. Nicht, um sie zu töten, sondern um sie mit seiner eigenen Kraft am Boden zu halten. Um seine Dominanz zu behaupten, um die Wölfin dazu zu bringen, sich zurückzuziehen, verdammt.

Bardhyl und ich lassen sie los. Das ist etwas, das zwischen dem Alpha und einer Omega ausgemacht wird. Wenn Meira ihre Wölfin nicht kontrollieren kann, dann übernimmt Dušan erst einmal das Kommando.

Bedrohliches Knurren durchdringt die Stille.

Meira bewegt sich nicht, ihre Wölfin ist sich bewusst,

dass ein solcher Biss sie töten könnte, also sitzt sie schweigend da.

Und Dušan wird sie so lange niederzwingen, bis sie
sich unterwirft.

Bardhyl presst seinen Kiefer zusammen und beobachtet sie.

Wartet.

Komm schon, Kleine. Gib einfach nach.

Ein brutaler Wind rauscht vorbei, raschelt in den
Ästen und lässt meine Haut frösteln. Alles, woran ich
denken kann, ist die Not, die Meira ihr ganzes Leben lang
durchgemacht hat. Sie hat ihre Familie verloren. Allein in
den Wäldern gelebt. Nicht verstanden, warum sie anders
war. Und sie jetzt so auf der Seite liegend auf dem Boden
zu sehen, macht mich krank in meinem Magen.

Ich weiß nicht, wie lange wir gewartet haben, aber als
Meira sich endlich beruhigt, überkommt mich
Erleichterung.

Augenblicke später verwandelt sich ihr Körper und
streckt sich. Dušan zieht sich zurück und setzt sich auf
seine Fersen.

Bardhyl und ich nähern uns ihr. Wir knien alle um sie
herum, während sie sich verwandelt.

Im Nu liegt unsere Seelenverwandte zwischen uns auf
dem Boden, in sich zusammengerollt, nackt und
zerschrammt von ihrem früheren Angriff auf die Untoten.

Sie reckt ihren Kopf nach oben und sieht jeden von
uns an, die Wölfin immer noch in ihren Augen.

Ich habe sie noch nie so verängstigt gesehen, und ihre
Reaktion bricht mir das Herz.

"I-ich d-dachte, ich würde nie ..." Ihre Worte brechen
und Tränen fließen über ihr Gesicht. Der Schrecken, zu

wissen, dass sie in der Wölfin festsitzt, muss beängstigend gewesen sein.

Dušan zieht sie in seine Umarmung, ein Arm liegt unter ihren Knien, der andere an ihrem Rücken, und sie rollt sich an seine Brust. Ihre leisen Schluchzer sind Klingen in meinem Herz.

"Es tut mir so leid", flüstert Dušan ihr zu.

Ich habe ihn noch nie um Verzeihung bitten hören, aber der Herzschmerz in seiner Stimme lässt mich erstarren.

Bardhyl ist genauso in seinen Gedanken versunken, in seinem Kummer über das, was wir heute fast verloren hätten.

Auf dem Weg zurück zur Höhle, die zu den Tunneln führt, wandert unsere Zombieherde durch den Wald. Es sind so viele von ihnen, dass es mich beunruhigt. Mein Puls rast, denn in Wahrheit kann ich nicht sagen, ob sie unter Meiras Kontrolle stehen oder wilde Kreaturen sind.

Wie auch immer, wir vier gehen schnell und lautlos zu unserer Höhle. Als wir eintreten, werfe ich einen Blick zurück.

Mindestens drei Dutzend Zombies schlängeln sich durch den Wald, stöhnend, taumelnd, Blut hinter sich herziehend.

Bardhyls Gesicht verzieht sich. "Glaubst du, sie sind die Harmlosen?"

"Ich hoffe es, verdammt noch mal", antworte ich. Dann verschwenden wir keine Zeit und eilen zu dem Bunker in den Tunneln.

Meira

*D*ie Dunkelheit hängt noch immer wie Spinnweben an meinem Kopf. Selbst als ich mit meinen drei Wölfen in dem unterirdischen Raum im Bett liege, kann ich das Gefühl nicht abschütteln, von der Dunkelheit verschluckt zu werden, tiefer und tiefer zu fallen. So fühlte es sich an, als ich unter der Macht meiner Wölfin stand.

Der Schrecken stieg so hart und schnell durch mich hindurch, dass ich schwor, das wäre mein Ende. Alles, was ich mir vorstellte, war die Wölfin, die in den Wald rannte und ich würde für immer in meinem eigenen Kopf gefangen sein.

Ich zittere, während Dušan mir mit einem feuchten Tuch über die Stirn wischt. Er setzt sich auf die Kante des Bettes, während Lucien mich mit einer Decke zudeckt und Bardhyl mir ein weiteres Kissen in den Rücken steckt.

"Es tut mir leid", sagt Dušan.

Es ist seltsam, diese Worte von einem mächtigen Alpha zu hören. Er hat meine Wölfin in die Unterwerfung gezwungen, um mir zu helfen, aufzusteigen, und ich verdanke ihm alles. Aber der Schmerz ist in sein Gesicht gezeichnet und er denkt an unser Gespräch im Wald, bevor ich mich verwandelt habe. Es ist in seinen Augen zu sehen, die Last, die das Gewicht der Welt trägt. Auch ich habe daran gedacht.

Ich nehme seine Hand in meine und lege sie an meine Brust. "Was passiert ist, liegt an keinem von euch."

Er schüttelt den Kopf. "Die Schuld liegt bei niemandem außer bei mir, denn ich wusste es besser." Der Kummer in seiner Stimme zertrümmert meine Entschlossenheit.

"Das darfst du nicht sagen, wenn draußen alles chaotisch ist. Wenn wir kaum Zeit haben, über die Dinge nachzudenken." Ich hebe seine Hand an meine Lippen. "Wir können nicht erfolgreich sein, wenn du anfängst, dich zu hassen."

Lucien und Bardhyl setzen sich ebenfalls auf das Bett, rücken näher zusammen, schweigen aber vorerst.

"Meira, verstehst du, was heute passiert ist?", erklärt Dušan, seine Stimme ist dünn.

Ich lecke mir über die trockenen Lippen und nicke. "Im Grunde genommen habe ich null Kontrolle über meine Wölfin." Meine Stimme bricht.

Er beugt sich vor und streicht mir lose Haarsträhnen aus der Stirn. "Wenn du deine Wölfin zu oft wegstößt, ohne Vertrauen aufzubauen, verlierst du für immer die Fähigkeit, dein Tier zu kontrollieren."

Ich starre ihn an. "Was meinst du mit *für immer*?" Schon jetzt dreht sich mein Magen um sich selbst. So lange habe ich mich danach gesehnt, meine Wölfin loszulassen, und jetzt, wo ich es getan habe, bin ich kurz davor, sie wieder zu verlieren. Alles nur wegen meiner Angst.

Meine Kehle schnürt sich zu.

Seine Mundwinkel kneifen. "Es bedeutet, dass du dich aus freiem Willen verwandeln kannst, aber wenn du das tust, wird der Wolf dich in Tierform kontrollieren. Du wirst Mühe haben, dich zurückzuverwandeln, so wie du es heute getan hast. Es tut mir leid." Er hält inne und atmet schwer. "In unseren Augen bist du immer noch ein Wolf, immer noch einer von uns."

Ich blinzle die Tränen weg, die zu fließen drohen, und blicke von einem Alpha zum nächsten, jeder starrt mich mitleidig an. Und ich hasse mich dafür, dass ich mir wünsche, die Welt würde sich öffnen, damit ich in meinen

Tränen ertrinken kann. Ich war schon immer stark, habe immer alle Widrigkeiten überstanden.

Ich bin eine Überlebenskünstlerin.

Aber egal, wie oft ich mir das sage, ich kann die Tränen nicht aufhalten. Dušan greift hinüber und fängt eine auf, als sie über meinen Kiefer rollt.

"Ich kann mich also nicht mehr wirklich verwandeln, oder?", frage ich mit schwacher Stimme.

Er senkt seinen Blick und nickt. "Es ist sicherer, wenn du es nicht tust."

"Das sind keine guten Neuigkeiten", krächze ich, und mein Versuch zu lächeln, um das Grauen zu verdrängen, fühlt sich gezwungen und schief an. Ehe ich mich versehe, schluchze ich in meine Hände. Tiefes, herzzerreißendes Weinen, als würde meine Brust aufplatzen.

Meine drei Männer schließen sich um mich und halten mich, während ich um den Verlust von etwas weine, das ich erst vor kurzem gewonnen habe. Ich komme mir dumm vor, dass ich mich davon so sehr aus der Ruhe bringen lasse, wo ich doch ohne meine Wölfin aufgewachsen bin. Aber die ersten paar Male, als ich mich verwandelt habe, hat etwas in mir geweckt. Eine urtümliche Seite, und zum ersten Mal in meinem Leben fühlte ich mich vollständig. Jetzt ist es weggerissen worden und was übrig ist, bin ich.

Das gebrochene Mädchen ohne Wolf.

Mein Schluchzen wird lauter, als die Realität mich einholt. Ich werde meiner Wölfin nicht mehr vertrauen können. Und ich verabscheue mich dafür, dass ich einen so schrecklichen Fehler gemacht habe, der mich so viel gekostet hat. Dafür, dass ich mich von der Angst beherrschen ließ.

Ich weiß nicht, wie lange wir eng aneinander gekuschelt bleiben, aber als ich schließlich den Kopf hebe und die Tränen wegwische, bin ich entschlossen, mit dem, was ich habe, etwas zu verändern.

Ich blicke zu meinen drei Alphas auf und sage: "Konzentrieren wir uns darauf, unser Rudel zurückzubekommen, dann können wir uns um diesen ganzen Mist kümmern. Ich habe das alles bei meiner letzten Verwandlung nicht durchgemacht, um es dann zu vergeuden. Da draußen sind über hundert Untote unter meiner Kontrolle. Und ich bin verdammt wütend und ich will etwas zerstören ... oder jemanden, der Mad heißt." Meine Stimme zittert.

"Ich bin bereit", bestätigt Lucien und drückt seine Hand auf mein Bein. "Ich weiß, wie es sich anfühlt, so viel zu verlieren, aber so wie Dušan mir geholfen hat, wieder auf die Beine zu kommen, werden wir für dich da sein. Aber jetzt lass uns erst einmal ein paar Leuten in den Arsch treten."

Bardhyl steht auf meiner anderen Seite. "Ich hätte wissen müssen, dass es einen Grund gibt, warum ich mich so schnell in dich verliebt habe. Du bist eine Überlebenskünstlerin. Das sind wir alle, und das macht uns zu den gefährlichsten Wölfen da draußen." Er stiehlt einen Kuss und ich lehne mich gegen ihn. "Ich bin bereit, Stacheln herauszureißen."

In Momenten, in denen so viel schiefläuft, macht es den Unterschied aus, meine drei Wölfe an meiner Seite zu haben.

Dušan lehnt sich zurück und lächelt mich an.

"Worüber denkst du nach?", frage ich.

"Ich bin bereit, mein Rudel zu retten und euch endlich ein Zuhause zu geben, in dem ihr immer geliebt und beschützt werdet."

Ich möchte bei all ihren herzlichen Worten wieder weinen, aber die Zeit zum Weinen ist vorbei.

Mad will kämpfen. Also bringe ich ihm einen Krieg.

21

Meira

"Sind alle bereit?", fragt Dušan. Der Wind rauscht durch sein dunkles Haar, ein Kontrast zu diesen hypnotisierenden blauen Augen. Sie leuchten heute heller als je zuvor, und sie gehören einem Krieger, der genug vom Davonlaufen hat.

"Ich bin bereit", antworte ich, ebenso wie Lucien und Bardhyl, obwohl beide damit beschäftigt sind, die Armee von Schattenmonstern anzustarren, die sich im Wald hinter Dušan ausbreitet. Die Kreaturen schauen in unsere Richtung und selbst ich gebe zu, dass es unheimlich ist, dass so viele von ihnen den Wald bevölkern. Eine ist so eklig wie die andere, sie sind nur Instrumente, sage ich mir. Da ist keine Seele in ihnen, keine Emotion. Sie sind nur leere Hüllen, die einen Virus in sich tragen.

"Ich denke immer noch, dass sich einer von uns Meira anschließen sollte", sagt Lucien mit rauer Stimme, und die

Art, wie er mich ansieht, wie seine Hände in meine gleiten, erweicht mich. Er macht sich Sorgen ... verdammt,
das tun wir alle. Nach dem, was ich heute Morgen durchgemacht habe, kann ich es ihm nicht verdenken.

"Einverstanden", sagt Bardhyl.

Ich schwenke meinen Blick zu ihm hinüber, der auf
meiner anderen Seite steht, und lehne mich an ihn, damit
er weiß, wie viel er mir bedeutet. "Ihr seid alle unglaublich, aber wir waren uns schon einig. Ihr drei brecht durch
die Tunnel in das Gelände ein und ich warte mit dieser
zusammengewürfelten Gruppe von Untoten am Hintereingang, damit ihr die Hintertür öffnen könnt."

"So sehr ich es auch hasse, sie zu verlassen, es macht
Sinn", fügt Dušan hinzu. "Wenn sie von über hundert
Zombies umgeben ist, wird kein Wolf an sie herankommen. Außerdem wird sie im Wald auf einem Baum auf
uns warten, selbst wenn die Ash-Wachen in der Nähe
sind, wird sie nicht entdeckt werden. Und wenn wir drei
zusammen auf dem Gelände sind, ist es einfacher, jeden
abzuwehren, falls wir gefunden werden."

Ich nicke. "Es ist die einzige Möglichkeit, alle Kreaturen in die Siedlung zu bekommen. Und wenn ich nahe
genug an Mad herankomme und ihn und seine treuen
Männer von den Unschuldigen weglocken kann, dann
werde ich die Zombies auf sie loslassen." Ich hoffe mit
jeder Faser meines Seins, dass allein der Anblick der
Kreaturen Mads Verderben sein wird. Seine Männer
werden in Panik geraten, und Dušan, Lucien und Bardhyl
können ihn ausschalten.

Nun, das ist zumindest der Plan.

Lucien und Bardhyl stehen die Bedenken in die
Gesichter geschrieben. "Ich hasse es wirklich, mich
wieder aufzuteilen", sagt Bardhyl, und Lucien nickt.

"Ich weiß", sage ich, "aber wir müssen so viele wie möglich einschleusen, falls die Wachen einen von euch ergreifen."

"Los geht's", befiehlt Dušan. Er blickt mich an, während seine Hand nach meiner greift. "Wir bringen dich in die Nähe des Geländes, dann gehen wir zu dritt in die Tunnel."

Ich richte meine Haltung auf und trete vor, der raue Wind zerrt an meiner schwarzen Baggy-Hose und dem T-Shirt, das mir lose von den Schultern hängt. Ich hätte mir nie vorstellen können, so leger gekleidet in den Krieg zu ziehen, aber eine Rüstung war leider nicht in der Kleidersammlung im unterirdischen Raum zu finden. Außerdem kommt mein Schutz von den Dutzenden von untoten Körpern, die mir folgen.

Ich lege meine Hand in die von Dušan und wir vier eilen in den Wald. Wir manövrieren uns um die stehenden Toten herum und es ist schwer, nicht zu wissen, dass sie da sind. Mir läuft ein Schauer über den Rücken, wenn ich sehe, wie nah die Monster an meinen Männern sind. Kaum sind wir an ihnen vorbei, drehen sie sich um und folgen uns. Schon bald haben wir einen langen Schwanz in unserem Kielwasser, mit Lucien und Bardhyl ganz dicht hinter uns.

"Das ist irgendwie unheimlich," murmelt Lucien.

"Wenn ich jemals als eines dieser Dinger zurückkomme", sagt Bardhyl mit sanfter Stimme, "hack mir den Kopf ab. Ich will nicht wie ein Fiesling wahllos auf der Suche nach Nahrung umherirren."

"Bruder, du wirst tot sein und nicht mehr genug Gehirn haben, um über das Essen hinaus zu denken."

"Was ist, wenn wir uns die ganze Zeit in ihnen getäuscht haben? Sie müssen eindeutig irgendeine Fähig-

keit haben. Wie sonst könnten sie Meiras Befehle
verstehen?"

Ich werfe einen Blick über die Schulter zu ihnen, das
Gespräch der Männer macht mich neugierig auf die
Antwort. "Vielleicht ist es nur ein Muskelgedächtnis. Ein
paar Worte, die sie erkennen und deren Bedeutung? Was
auch immer in meinem Blut ist, mit dem ich sie infiziere,
muss uns bis zu einem gewissen Grad verbinden, also
könnte es eine Kombination von Dingen sein." Ich zucke
mit den Schultern, obwohl mir der Gedanke durch den
Kopf geht, dass mein Einfluss vielleicht nicht ewig anhält.

"Das ist eine Theorie", erwidert Lucien, während
Bardhyl nickt.

Dušan sagt: "Was zählt, ist, dass sie im Moment deinen
Befehlen folgen."

"Auf jeden Fall." Ich drücke leicht seine Hand.

Wir schweigen für den Rest des Weges durch den
Wald und werden bald langsamer, als wir uns dem
hinteren Teil der Siedlung nähern.

Als das Gelände endlich hinter den Bäumen, die uns
umgeben, in Sicht kommt, krampft sich mein Magen
zusammen.

Schlurfende Füße auf dem Boden nähern sich hinter
uns und die meisten der Schattenmonster haben innege-
halten und starren in meine Richtung. Die dichten Bäume
und die Schatten sind der perfekte Ort, um sich zu
verstecken.

"Dieser Platz sollte funktionieren", sage ich.

"Und das ist dein Baum, Cupcake", sagt Bardhyl und
stellt sich neben eine riesige Tanne mit schwer beladenen
Ästen, die sich an der Basis nach außen spannen und sich
nach oben in den Himmel strecken. Ich kann nicht
anders, als mich an einen Weihnachtsbaum zu erinnern.

Etwas, das ich schon ein paar Mal in alten Büchern gesehen habe. Eine Tradition, die die Menschen früher feierten. Der Grund für die Festlichkeiten war nicht klar, aber es ging offensichtlich immer um viel Essen, Geschenke und einen Baum wie diesen, der in den spektakulärsten Farben geschmückt war. Es muss wunderschön gewesen sein.

"Das wird reichen." Lucien geht auf den Baum zu, weicht einigen Zombies aus, die ihm im Weg stehen, und wir folgen ihm.

Dušans Griff zieht mich zu ihm. "Bleib in deinem Versteck, egal was passiert, bis wir dich holen kommen. Wir werden schnell die hintere Tür von innen öffnen. Denk immer daran, wie sehr ich dich liebe."

Bevor ich antworten kann, sind seine Lippen auf meinen. Ich lehne mich gegen ihn, meine Hände auf seiner Brust, und küsse ihn zurück, nicht bereit, mich zu trennen. Seine Arme lassen meine los und sie gleiten um meinen Rücken. Atemlos und heiß fasse ich in sein Shirt, brauche mehr von diesen weichen, vollen Lippen und der Art, wie seine Zunge meinen Mund erkundet.

Jemand räuspert sich. "Pass auf, dass du die Zombies nicht auf Ideen bringst." Die Fröhlichkeit in Luciens Stimme lässt uns auseinandertreten, und ich schaue ihn an und rolle mit den Augen.

Lucien nutzt die Gelegenheit, den Abstand zwischen uns zu verringern und zieht mich an meiner Taille an seinen Körper. Er küsst mich, diese verruchten Lippen pressen sich gegen meine, sein Griff gräbt sich voller Verlangen in meine Hüften.

Finger gleiten meinen Rücken hinauf und ich merke, dass es eine dritte Hand ist und nicht die von Lucien. Ich löse mich aus unserem Kuss und flüstere ihm zu: "Bitte pass auf sie auf."

"Ich liebe dich, Babe. Wir schaffen das schon."

Als ich mich zu Bardhyl umdrehe, packt er meine Taille und hebt mich in Sekundenschnelle von den Füßen. Ich keuche und umklammere seine Schultern, während ich meine Beine um seine Hüften schlinge. Seine Lippen stehen in Flammen. Und wir küssen uns, als wäre dies unser letzter Tag auf Erden, gierig und verzweifelt. Ich liebe es, wie er immer rauer als die beiden anderen mit mir umgeht und ich hinterher geschwollene Lippen habe.

Nach wenigen Augenblicken löst er sich von meinem Mund und hebt mich mit seinen starken Händen hoch, während er uns zu dem am tiefsten hängenden Ast dreht. "Halt dich fest, ich helfe dir auf."

Ich schnappe nach einem Ast, der rau anfühlt.

Bardhyls Hände fahren an meinen Beinen hinunter und er packt die Rückseite meiner Oberschenkel, dann schiebt er mich höher.

Eilig werfe ich ein Bein über den Ast und hangle mich hoch, bis ich sitze. Ich blicke nach unten und werfe Bardhyl einen Kuss zu.

"Ich liebe dich. Benimm dich und bleib da oben", befiehlt er.

"Ich verspreche es", sage ich.

Ein letzter Blick in meine Richtung mit einem herzlichen Lächeln, und die drei gleiten inmitten der Untoten in den Wald und verschwinden aus dem Blickfeld. Die Dichte der Tannennadeln an diesem Baum macht es schwierig, viel zu sehen. Langsam stehe ich auf, halte mich am Stamm fest und erinnere mich an meine Zeit, in der ich in Bäumen lebte. Eine Zeit, die sich anfühlt, als wäre sie ewig her.

Ich klettere auf den nächsten Ast, der einen besseren Aussichtspunkt bietet. Dort in der Ferne steht der hohe, metallene Zaun des Geländes mit einem kleinen Blick auf die Hintertür. In mir kribbeln die Nerven, dass Ash-Wölfe meinen Männern auflauern werden. Ich kaue auf meiner Unterlippe und muss diese Gedanken einfach beiseite-schieben, sonst machen sie mich noch verrückt.

Ich lasse mich nieder, mache es mir bequem, indem ich mich rittlings den dicken Ast setze und den Rücken an den Stamm lehne.

Nun starre ich hinaus und warte, in der Hoffnung, dass alles nach Plan läuft.

Bardhyl

*I*ch atme schnell und fülle meine Lunge. Wir sind den ganzen verdammten Weg zurück zur Höhle und durch die Tunnel gerannt. Jetzt schnappen wir in Kinleys Haus an der Hintertür nach Luft.

Lucien späht durch einen Spalt zwischen den dicken Vorhängen aus dem Fenster, während Dušan die Tür leicht angelehnt hat und in den Hinterhof starrt, der in die Wälder innerhalb der Siedlung mündet.

"Ist die Luft rein?", frage ich und werfe einen Blick zurück in das leere Wohnzimmer. Wir haben Kinley in ihr Schlafzimmer geholfen und sie hat die Tür geschlossen, um sich in Sicherheit zu bringen, bis das hier vorbei ist, falls der Kampf in der Nähe ihres Hauses ausbricht. Wir haben ihr nur das Nötigste erzählt, aber genug, um zu wissen, was draußen passieren wird.

Dušans Plan ist einfach, aber das sind die besten Pläne meistens. Wenn wir Mad direkt angreifen, würden wir nur seinen Wachen gegenüberstehen. Wir würden überwältigt werden. Ein massiver Einbruch in die Siedlung wird dafür sorgen, dass er von seinen Wachen weniger geschützt wird, während sich Panik ausbreitet. Und dann werden wir zuschlagen.

Ich kenne das Arschloch lange genug, um zu wissen, dass Mad sich nicht die Hände schmutzig macht. Er schickt seine Männer los, um in den Wäldern nach uns zu suchen, während er sich in die Siedlung zurückzieht und es ruhig angehen lässt. Verdammter Mistkerl. Sein kleiner Aufstieg an die Spitze wird nur von kurzer Dauer sein.

"Niemand zu sehen", flüstert Dušan. "Wir schlagen uns zur Baumgruppe durch, die zum Hintereingang des Geländes führt. So werden wir nicht so leicht entdeckt und können das Tor für Meira öffnen."

Die Tür zum Haus schwingt auf, und wir sind auf dem Weg.

Ein starker Wind zerrt an uns. Mein Magen verkrampft sich und ich halte den Kopf gesenkt, werfe verstohlene Blicke nach beiden Seiten. Niemand zu sehen, der uns beobachtet, wie wir drei über das weite Gelände rennen und in die Baumgruppe am Rande der Siedlung eindringen. Es ist nicht genug, um uns komplett zu verbergen, aber die Schatten sind ein Schutz, sollte jemand in diese Richtung blicken.

Ich kann nicht aufhören, an Meira zu denken und zu beten, dass sie in Sicherheit ist. Sie ist von Zombies umzingelt, aber die Ash-Wölfe sind im Wald, und ich hoffe inständig, dass sie oben im Baum bleibt.

Wir stürmen weiter, rasen den Hang hinauf und
bleiben dicht bei den Bäumen. Ich bleibe hinter Dušan
und Lucien und schaue immer wieder über meine Schulter. Meine Haut kribbelt, wenn ich hier draußen bin; ich
fühle mich verdammt ungeschützt. Ich verabscheue es,
dass ich mich in meinem Zuhause alles andere als sicher
fühle. Und deshalb möchte ich Mad langsam ermorden,
ihn dazu bringen, sich zu winden und zu weinen. Und die
Würmer, die ihm blindlings folgen, werden ebenfalls
meinen Zorn zu spüren bekommen. Ich habe mir gedank-
lich eine Liste mit Namen notiert. Keiner von ihnen ist
mir entgangen. Ich vergesse sie nicht.

Dušan blickt zurück und signalisiert mit zwei Fingern,
dass wir nach links zur Hintertür gehen, wo sich der Wald
im Inneren des Geländes ausbreitet und uns bessere
Deckung bietet.

Wir bewegen uns zügig und ich scanne die hügelige
Landschaft, die zurück zur Festung führt ... das Zuhause,
das wir zurückerobern werden.

Ungefähr ein Dutzend Rudelmitglieder streifen in der
Nähe der Rückseite des Gebäudes umher und ich kann
nur vermuten, dass sie Wachen sind. Seit Mads erzwun-
gener Übernahme scheinen die meisten des Rudels in
ihren Häusern versteckt zu bleiben. Das ist auch besser
so, denn so bleiben sie außer Gefahr.

Lucien schwingt scharf nach rechts, zusammen mit
Dušan, als sich die Haare in meinem Nacken aufstellen.
Die Luft wird dichter und ich spüre, dass jemand in der
Nähe ist. Ich greife nach Luciens Oberteil, gerade als eine
Gruppe von Gestalten vor uns auftaucht, wo der Wald
dichter und dunkler ist. Dušan hält mit uns inne.

Die Wachen, vielleicht zwanzig an der Zahl, kommen
so plötzlich auf uns zu, dass ich zurückweiche.

Der Wind trägt ein Brummen mit sich, dicht gefolgt von donnernden Schritten, die ebenfalls hinter uns auftauchen. Meine Nerven sind angespannt und ich fahre herum, als eine Faust mitten in mein Gesicht kracht.

Ich stöhne auf, der Schmerz wandert im Zickzack über meinen Nasenrücken und Sterne tanzen in meinem Sichtfeld. "Was zum Teufel?!"

Wut schießt durch mich hindurch und ich stürze mich schon auf den Feind, bevor ich klar erkennen kann, wer es ist. Wen kümmert das schon, wenn ich ihn zu Boden reiße?

Schlag um Schlag mache ich ihn fertig, meine Wut ein rasender Stier, der mich treibt und drängt. Wenn unser Krieg begonnen hat, werde ich keinen Rückzieher machen.

Jemand kracht in meine Seite und wirft mich zu Boden. Ich brülle und springe auf die Beine, als eine Wand aus Wachen auf mich zustürmt. Lucien und Dušan kämpfen ihre eigenen Kämpfe, aber sie sind in der Unterzahl.

Das ist nicht Teil des Plans ... wir haben einen schweren Fehler gemacht. Wir sind davon ausgegangen, dass Mad diesen Eingang mit der üblichen Anzahl von Wachen besetzt lassen würde.

Ich weiche zurück, meine Beine rutschen unter mir den Abhang hinunter. Mein Wolf schiebt sich vorwärts, als die Sirene abrupt losgeht, genau in dem Moment, als weitere Wachen aus der Richtung des Hintereingangs auftauchen. Nur hat der Alarm nichts mit einem Einbruch zu tun. Er soll Mad ankündigen, dass wir gefangen wurden. Das war eine verdammte Falle.

Fuck!

Lucien und Dušan sehen mich beide an und der

Schreck steht in ihren Augen. Die Wachen kommen von allen Seiten auf uns zu und die Erkenntnis, dass wir in eine Falle getappt sind, wird immer deutlicher. Es gibt keinen Weg, wie wir uns hier herauskämpfen können und ich sehe es auch in ihren Gesichtern. Ich knirsche mit den Zähnen, Wut blutet in jede Faser meines Wesens.

Zwei Wachen stürzen sich auf Lucien, doch er wirft die eine beiseite und die andere trifft ihn mit einer schwingenden Faust ins Gesicht. Drei weitere Wachen umkreisen Dušan. Ich stürze mich auf sie, als noch mehr Männer auf mich zustürmen und ich von ihrer schieren Kraft nach hinten geschleudert werde. Der harte felsige Untergrund schrammt wie Feuer über meinen Rücken, während ich Lucien und Dušan aus den Augen verliere.

Instinktiv rapple ich mich wieder auf, weiche zurück und suche nach einem Stein oder einer anderen Waffe.

Schwer atmend sehe ich jedem meiner Angreifer in die Augen. Arschloch-Alphas und -Betas am unteren Ende der Rudelhierarchie. Ich werde jeden einzelnen von ihnen vernichten.

Dann stürmen sie auf mich zu.

Fäuste, Knie, Knöchel. Sie finden mich. Hämmern auf mich ein. Ich schlage so wild wie möglich um mich, brauche ein paar Sekunden, um mich zu verwandeln, aber es kommen immer mehr dazu.

Ich packe einen am Hals und drücke zu, seine Lippen kräuseln sich mit einem Knurren nach oben. Währenddessen verpasse ich einem anderen einen Schlag ins Gesicht. Ein harter Schlag trifft mich am Hinterkopf und gelbe Sterne glitzern in meiner Sicht.

Ich drehe mich um, mein Magen zieht sich zusammen von dem Schmerz, der über meinen Schädel schießt. Noch bevor ich die Scheiße aus dem Wichser herausprügeln kann, schlagen zwei andere auf meinen Rücken ein und bringen mich zu Fall. Wut steigt in mir auf wie ein Inferno.

Ich bocke und werfe mich gegen ihn, keuche jedes Mal, wenn ein Schlag mich trifft. Immer mehr von ihnen kommen und lassen mir keine Chance, überhaupt auf die Beine zu kommen.

Blut tropft aus meinem Mund und meiner Nase, und zum ersten Mal seit langer Zeit überkommt mich Angst bei der Erkenntnis, dass wir den Mund vielleicht zu voll genommen haben.

22

Meira

Eine grelle Sirene heult durch die Luft. Plötzlich und laut.

Ich zucke zuerst zusammen, weil ich es nicht erwartet habe. *Bitte lass das nicht über meine Männer sein.* Das letzte Mal, als ich dieses Geräusch hörte, war Dušan außerhalb der Siedlung gefesselt und als Futter für die Untoten zurückgelassen worden.

Ich blinzle durch die Lücken in dem Baum, in dem ich sitze, in Richtung des Geländes, aber ich bemerke keine Aufregung. Aber jenseits des Zauns sieht es vielleicht anders aus.

Meine Finger zittern, als ich mich am Ast festhalte, und ein tiefer Schmerz beißt in meine Brust.

Was, wenn sie gefangen sind? Und ich auf sie warte und sie nie kommen werden?

Ich kaue auf meiner Unterlippe, nage an ihr, unsicher,

was ich tun soll. Sie sagten, ich solle hier oben bleiben, und ich bin hin und her gerissen.

Bleiben.

Gehen und nach ihnen sehen.

Fuck!

Die Sirene nervt mich wie eine Mücke, die sich weigert, mich in Ruhe zu lassen. Und dieser Moskito schreit förmlich danach, dass ich zum Gelände laufen soll.

Entschlossenheit flammt in mir auf. Es wächst das Bedürfnis, sie zu finden, ihnen zu helfen.

Ich umklammere den dicken Ast, auf dem ich sitze, die Finger graben sich in das Holz. Unten ist nichts zu sehen, außer den Untoten, die sich in der Nähe des Baumes befinden und auf mich warten.

Dringlichkeit klammert sich wütend an mich. Während sich meine Kehle bei dem Gedanken zusammenzieht, dass ich meine Wölfe in den Tod schicke, indem ich nichts tue.

Dunkelheit leckt an den Rändern meines Geistes, kommt in Wellen über mich.

Ich zittere, zapple, einen Knoten aus Angst in meinem Bauch.

Ich schnappe nach Luft und steige nach unten, unfähig mich selbst aufzuhalten, selbst wenn ich es versuchen würde. Ich werde nie in der Lage sein, mit mir selbst zu leben, wenn ich nicht nachsehe. Und ich habe schon genug Reue, mit der ich leben muss.

Ich springe hinunter und meine Füße küssen den Boden.

Die umliegenden Schattenmonster recken ihre Köpfe hoch, die Augen auf mich gerichtet, plötzlich aufmerksam. Ich wende mich von ihnen ab und sprinte so leise wie möglich durch den Wald in Richtung des Geländes, wobei ich mich in den Schatten halte.

Bitte, lass es ihnen gutgehen. Bitte!

Hinter mir bewegen sich die Untoten langsam, also hoffe ich, dass wenn ich schnell genug bin, die Wachen am Tor die Zombiehorde nicht sehen werden, die auf sie zukommt.

Ich erinnere mich, dass es nicht weit vom Zaun entfernt mehrere Bäume gibt. Wenn ich auf einen von ihnen klettere, sollte ich einen besseren Blick auf das Gelände haben. Je weiter ich mich bewege, desto spärlicher werden die Bäume.

Meine Haut kribbelt bei dem Gedanken, so leicht ungeschützt zu sein, aber ich werde mich nicht zurücklehnen, wenn meine Wölfe in Gefahr sind. Wie Dušan sagte, haben wir eine Chance, das Überraschungsmoment zu schaffen ... und das liegt an mir. Wenn Mad sie gefangen hat, dann ändern sich unsere Pläne.

Ich ducke mich unter einen Ast und weiche einer großen Tanne aus, als ein Schatten über mich fällt. Ein Schauer fährt mir in die Knochen.

Ich drehe mich um und stehe einem riesigen Grobian gegenüber, mit kurzgeschorenem Haar und einer krummen Nase. Seinem bitteren Geruch nach zu urteilen, ein Beta, der definitiv zu Mad gehört, da er so nah an der Siedlung steht. Omegas und Betas sind nicht füreinander geschaffen, daher riechen sie für mich nicht besonders attraktiv.

Ich schrecke zurück und schaue schnell zu den Schattenmonstern ... Sie sind immer noch nur Schatten in der Ferne des Waldes und bewegen sich zu langsam.

Verdammt!

Ich werfe meine Hände hoch, als er sich nähert. Er

grinst, was mir eine Gänsehaut verursacht, dann trete ich ihm hart gegen das Knie.

Das verschafft mir einen Sekundenbruchteil, aber es ist genug. Ich wirbele herum und sprinte los, direkt zum Waldrand. Und meine Angst begleitet mich ... Wenn es nur eine Wache gibt, dann gibt es noch mehr und wenn ich auf die Lichtung stürme, wird das ihre Aufmerksamkeit erregen. Ich schaue immer wieder zurück und die Untoten sind immer noch zu weit weg, vermischt mit den Schatten des Waldes.

Ich weiche nach links und rechts aus, um dem Schwachkopf auszuweichen, der jetzt auf mich zukommt.

Die Sirene endet abrupt, und eine ohrenbetäubende Stille legt sich über das Land. Meine Ohren pulsieren, mein Herz klopft laut in ihnen.

Der Bastard schnappt sich mein Oberteil und reißt mich nach hinten. Ich stolpere und knalle gegen seine Brust. Verzweiflung durchflutet mich, zusammen mit Bildern, wie er mich schlägt, bis ich bewusstlos bin. Dann bin ich zu nichts mehr zu gebrauchen.

Sein heißer Atem streift über meine Wange. "Diesmal entkommst du nicht, Omega-Schlampe."

Wut brennt durch mich hindurch, und ich knalle meine Ferse auf seinen Fuß und schiebe mich von ihm weg. Eiserne Finger schnappen um mein Handgelenk, zu schnell, als dass ich entkommen könnte. Panik verschluckt mich.

Ich schwinge mich wieder herum und meine Faust kracht in die Seite seines Kopfes. Gerade als er knurrt und mich näher an sich reißt, ramme ich mein Knie tief in seine Eier und genieße jeden Moment seines in sich zusammenfallenden Gesichtsausdrucks.

"Fass mich nicht an, verdammt!" Ich stoße meine

Fäuste in seine Brust und er fällt um, krümmt sich zusammen und stöhnt.

Ich drehe mich um, um zu entkommen, aber ich stoße mich an einem festen Gegenstand. Ich pralle zurück und taumle, um mein Gleichgewicht zu finden.

Das andere Arschloch packt mich an den Haaren, zerrt mich zu sich und spottet: "Du wagst es, die Hand gegen uns zu erheben, du erbärmliches, pestverseuchtes Miststück?"

Schmerz brüllt über meine Kopfhaut und Tränen füllen meine Augen. Ich kratze an seiner Hand, um ihn dazu zu bringen, mich loszulassen. Jeder Zentimeter von mir zittert.

Ich knirsche mit dem Kiefer, weigere mich, ihm nachzugeben.

Plötzlich zerrt er mich an meinen Haaren über das Land und aus dem Wald heraus. Verzweifelt renne ich, um mit seinen langen Schritten mitzuhalten. Ich bin durch seinen Griff halb nach vorne gebeugt, so dass ich nicht einmal zurückblicken kann, um zu sehen, wie weit die Untoten entfernt sind.

Verdammt, wenn es jemals eine Zeit gab, in der ich sie an meiner Seite brauchte, dann ist es jetzt.

Der Wichser, der mich festhält, hält inne und knurrt. "Macht die verdammte Tür auf." Er schlägt mit der Faust gegen die Tür und ich recke meinen Kopf hoch, um zu sehen, dass keine Wachen am Zaun patrouillieren.

Doch von drinnen dringen schwache Rufen zu uns. Mein Magen verkrampft sich bei dem Gedanken, dass ich vielleicht die ganze Zeit recht hatte und meine Männer gefangen sind.

Der Hass auf Mad brennt mir bis in die Eingeweide. Ich möchte ihn so sehr leiden lassen.

Als der Mann ein weiteres Mal gegen die Tür hämmert, schlage ich ihm eine Faust in die Rippen, dann noch eine.

Er grinst, sein Griff wird fester und reißt mich an den Haaren.

Ich schreie auf und drehe mich gerade so weit um, dass ich hinter uns schauen kann.

Die Untoten tauchen wie eine große Welle aus dem Wald auf und ich war in meinem ganzen Leben noch nie so glücklich, sie zu sehen.

Ein Knarren ertönt von der sich öffnenden Tür zum Gelände und raubt mir die Aufmerksamkeit.

"Kommt rein, verdammt!", brüllt eine andere Wache von drinnen. "Wir haben sie."

Ich schreie und schlage auf den Arm meines Entführers ein, grabe meine Fersen in den Boden, um ihn zu bremsen. Irgendetwas.

Ich verdrehe den Kopf, während die Schattenmonster näher und näher kommen.

Nur noch ein bisschen mehr Zeit.

"Schau mal, was ich gefunden habe." Er zerrt mich in Richtung seines Freundes, dem fast die Augen aus dem Kopf fallen. Sein Blick ist auf etwas über meiner Schulter gerichtet.

"Zombies!"

Ich spüre, wie der Mann, der mich festhält, schwankt, als er herumwirbelt.

"Verdammt noch mal, wo kommen die denn her?" Seine Stimme zittert.

Ich trete und schlage gegen ihn, um zu entkommen, während er mich in das Gelände zerrt. Ich falle auf die Knie und sein Griff lockert sich.

In meiner Verzweiflung krieche ich weiter und stoße mich vom Boden ab.

Dicke Arme schlingen sich um meine Mitte, als er mich in seine Arme zerrt. "Nein, das tust du nicht."

Ich schreie und strecke meine Hände nach dem Untoten aus.

"Kommt zu mir!", krächze ich.

In Sekundenschnelle fallen sie wie ein Sturm über uns her, laufen unbeholfen, schief, aber sie donnern trotzdem weiter. Dünne, zerlumpte Dinger, die heute zu meinen Rettern werden.

Aggressiv ringt der Rohling mit mir, wirft mich über seine Schulter und stürmt durch die riesige Metalltür in die Siedlung.

Der Wächter der Tür stößt sie zu, gerade als mehrere Untote in den Eingang knallen.

Er knurrt und drückt seine Hände gegen die Metalltür, seine Füße stemmen sich in die Erde. "Helft mir!", brüllt er.

Aber es gibt keine anderen Wachen in diesem Bereich.

Der Mann, der eine Schulter gegen die Tür drückt, wird nach hinten geschoben, seine Füße rutschen über den Boden. Als ich durch den Spalt schaue, drängt Welle um Welle von ihnen zu mir. Er hat keine Chance.

Und dann höre ich das plötzliche Hämmern am nahen Zaun, immer wieder, ich weiß genau, was passiert.

Sie reißen ihn nieder.

Ich will, dass sie ihn niederreißen und hier reinkommen.

Der Rohling, der mich festhält, wirft mich zu Boden, als wäre ich nichts weiter als ein Sack. Ich falle hart auf meine Hüfte, aber ich stolpere auf die Füße, als sein Handrücken auf die Seite meines Gesichts prallt. Seine

Knöchel fühlen sich an, als hätte man mich mit einem Sack Steine geschlagen.

"Bleib unten!", höhnt er.

Sterne tanzen in meinem Blick und ich falle flach auf den Rücken. Feurige Schmerzen durchzucken mein Gesicht. Ich schreie auf und fasse mir an die Wange, während mein Kopf sich anfühlt, als würde er in zwei Hälften zerbrechen. *Elender Mistkerl.*

Um mich herum wird das Stöhnen immer lauter und plötzlich heult die Sirene wieder auf.

Diesmal geht es um einen echten Einbruch.

Mein Gesicht pocht mit einem scharfen Schmerz. Die Welt torkelt für ein paar Sekunden, dann beruhigt sie sich.

Ich blinzle, um meine Augen zu klären, als die beiden Wachen panisch in meine Richtung stürmen. Die eine stürmt den Hügel hinunter zur Festung hinauf, während die andere auf mich zukommt.

Er will mich packen, aber ich rolle mich hektisch von ihm weg und springe auf meine Füße.

Er ist zu sehr damit beschäftigt, über seine Schulter zu schauen, als ich ihm schnell ausweiche, um die Kreaturen zu erreichen, aber seine Hand ergreift meinen Arm. Sein Griff drückt, bis es weh tut.

Ich drehe mich und schlage meine Faust in seinen Griff. "Lass mich in Ruhe", schreie ich.

Sein Gesicht ist weiß wie ein Laken, doch er zerrt mich immer noch hinter sich her.

Ich verliere den Halt und falle auf die Knie, während er mich am Arm zerrt.

Die Untoten sind über uns und rasen jetzt direkt neben uns her.

Der Idiot, der mich festhält, blickt zurück. Er überschlägt sich und seine Augen quellen aus dem Kopf, als er sieht, wie nah er ihnen ist.

Dann tut er, was jeder verängstigte Mensch tut ... Er lässt mich los und rennt wie verrückt den Hügel hinunter.

Schattenmonster versammeln sich auf beiden Seiten von mir, hinter mir und mit der heulenden Sirene habe ich wohl einen höllischen Auftritt hingelegt, der nicht unbemerkt bleiben wird.

23

Lucien

Ein Tritt in die Rückseite meiner Beine lässt meine Knie direkt neben der Festung auf den Boden aufschlagen. Mein Magen kribbelt und ich verkrampfe mich vor Wut. Dušan und Bardhyl sind auf beiden Seiten von mir, ihr tiefes, gutturales Knurren passt zu meinem eigenen. Mads Männer haben uns in einen Hinterhalt gelockt und ich schäume vor Wut, dass er uns reingelegt hat.

Plötzlich kreischen die Sirenen durch die Luft und kündigen einen Durchbruch an. Ich rucke mit dem Kopf in Richtung Hintereingang. Dort huschen Schatten in den Wäldern der Siedlung umher und bewegen sich unberechenbar. Was zur Hölle ist das?

Haben sie Meira gefunden?

Ich schaue zu Dušan und Bardhyl hinüber, die die Bewegung auf dem Hügel beobachten.

Mein Adrenalinspiegel steigt, als ich mir vorstelle, wie die Wachen sie aufspüren und hierher schleifen. Wie haben sie sie gefunden? Ich knirsche mit den Zähnen, denn ich weiß genau, dass sie freiwillig vom Baum heruntergestiegen sein muss.

"Was zum Teufel ist hier los?", brüllt Mad, marschiert vor uns her und starrt den riesigen Hügel hinauf auf das Schattengewirr inmitten der Baumgruppe. Alles, was ich mir vorstellen kann, ist, wie leicht ich ihn jetzt angreifen kann, ihn innerhalb eines Herzschlags töten kann. Leicht - wenn da nicht eine Gewehrmündung auf unseren Hinterkopf gerichtet wäre.

"Jack", bellt Mad. "Geh sofort da rauf! Finde heraus, was hier los ist." Dann wendet er sich an uns. "Es gab nie einen Zweifel, dass ihr vor mir auf den Knien enden würdet", freut er sich.

Ein Mann, dessen Ego aus jeder Pore seines Körpers strömt, ist abstoßend, und trotzdem ist er stolz darauf. Seine Aufmerksamkeit richtet sich auf Dušan. "Jetzt bist du nicht mehr so großartig. Nur zwei Männer folgen dir, während der Rest treu an meiner Seite bleibt." Er klopft sich auf die Brust, ein Hauch von Arroganz umspielt seine Mundwinkel.

Ich sehe es jetzt ... Dieser unbedeutende Mann hat sein ganzes Leben damit verbracht, den anderen zu beweisen, dass er größer und besser ist. Sein verzweifeltes Heischen nach Anerkennung und das krankhafte Bedürfnis, als erfolgreicher Mann, der den Aufstieg an die Spitze des Rudels geschafft hat, wahrgenommen zu werden, hat sein Leben lang an ihm genagt.

Das ist der Grund, warum er Dušan mit bösartigem Hass anstarrt. Eifersucht kann jemanden furchtbar bösartig und rachsüchtig machen.

"Stefan", schnauzt Dušan und benutzt Mads richtigen Namen. Etwas, das ich selten von ihm höre, und die wenigen Male, die er ihn benutzt hat, waren, wenn er verdammt wütend auf ihn war. "Das ist nicht das, was du bist. Die meisten des Rudels sind verängstigt in ihren Häusern. Du kannst ein Rudel nicht allein mit Angst regieren. Das weißt du. Dein Vater hat uns das immer wieder gesagt."

Mad spuckt auf den Boden, nur Zentimeter von uns entfernt. "Fick dich. Leicht zu sagen, wenn du beansprucht hast, was rechtmäßig mir gehört. Er war mein Vater vom Blut her, nicht deiner, aber du dir das Recht genommen, Alpha des Rudels zu sein, nicht wahr?"

"Könnte damit zu tun haben, dass du zu schwach warst, gegen den vorherigen Alpha zu kämpfen, um die Ash-Wölfe zu beanspruchen", knurrt Bardhyl. "Also hast du das Rudel übernommen, wie alle feigen Schweine es tun. Durch Betrug."

Der Wächter hinter ihm verpasst ihm einen Schlag auf den Hinterkopf. Der Schlag lässt mich zusammenzucken, als Bardhyl durch den Aufprall mit dem Gesicht voran auf den Boden fällt. Er stöhnt, zwingt sich aber auf die Knie. Blut tropft von dem Schlag an seinem Hals herunter.

Ich balle meine Fäuste. Mein Blut rast vor Rachedurst. Das Bedürfnis, all diese Bastarde zu zerstören, verschlingt mich. Als ich an Mad vorbeischaue, sehe ich, wie Jack und zwei andere den Hügel hinaufgehen, und es gibt kein Anzeichen dafür, was weiter oben den Aufruhr verursacht.

"Heute ist mein Glückstag. Zu sehen, wie ihr drei endlich draufgeht." Mads Oberlippe kräuselt sich.

Er hebt den Kopf zu den Wachen hinter uns und sieht aus, als wolle er den Befehl geben.

Ich versteife mich, verschränke meine Arme, bereit, das Arschloch hinter mir zuerst anzugreifen.

Ein plötzlicher Schrei, dunkel und furchteinflößend, definitiv zu einem Mann gehörend, schallt vom nahe gelegenen Hügel durch die Luft.

Wir blicken alle in diese Richtung.

Zwei Wachen sprinten hinunter, Jack und seine Gefolgsleute tun es ihnen plötzlich gleich und stürmen los, als würde der Tod sie jagen.

Nahe dem Rand der Bäume taumelt ein Haufen Untoter vorwärts, Dutzende von ihnen strömen aus den Schatten. Ihr Stöhnen geht in der Sirene unter. Ich möchte von den Dächern schreien. *Verdammt ja!* Es wird verdammt noch mal Zeit, und ich weiß, dass es Meira ist. Ich bete diese kleine Wölfin an.

"Wer zum Teufel hat die reingelassen?", brüllt Mad. "Erschießt sie!" Er zittert, sein Gesicht ist rot vor Wut.

Mein Herz macht einen Sprung und donnert, als noch mehr dieser dreckigen Kreaturen, die der beste Anblick der Welt sind, nach vorne schlurfen.

Jemand erhebt sich vor den Zombies vom Boden. Mit ihrem langen dunklen Haar, das ihr über die Schulter fließt, sie ist wie eine Göttin, die aus der Unterwelt aufsteigt und deren Anhänger sich um sie scharen. So morbide das auch klingen mag, es hat etwas Spektakuläres, sie mit einer solchen Macht zu sehen.

"Meira", flüstert Bardhyl, und Dušan stockt der Atem. Während andere sie fürchten, lieben wir sie bis in die Hölle und wieder zurück.

Die Waffe bewegt sich von meinem Hinterkopf weg, und um uns herum ertönen panische Stimmen. Ich balle meine Fäuste, als Dušan auf die Füße klettert. Bardhyl und ich folgen ihm.

Mad peitscht zu uns herum, seine Augen sind groß. "Erschießt die drei, sofort!", schreit er die Wachen hinter uns an.

Mein Magen zieht sich zusammen und der Schreck drückt mir die Kehle zu.

Als ich über meine Schulter schaue, sind die Wachen zurückgewichen, die Waffen in ihren Händen zittern. Es ist eine Sache, aus der Sicherheit eines Zauns auf Zombies zu schießen, aber direkt vor ihnen zu stehen, bringt eine rohe, ursprüngliche Angst hervor.

Ein explosiver Schuss ertönt und meine Aufmerksamkeit richtet sich auf eine Wache, die auf die Monster zielt, die auf uns zu laufen.

Meira. Ich kann sie nicht sehen. Hat sie den Monstern ein Kommando gegeben? Wo zum Teufel ist sie, wenn Mads Männer feuern? Der Schrecken, dass ihr etwas zustößt, ergreift mich.

Die Welle der Untoten ist wie ein Tsunami, unerbittlich, und es jagt mir einen Schauer über den Rücken.

"Wir müssen los und sie finden", schlage ich vor. "Wir wissen nicht, welchen Befehl sie ihnen gegeben hat."

Dušan dreht sich um und rennt hinter Mad her, der abgelenkt ist.

Bardhyl stürmt auf eine Wache zu, die ihm den Rücken zudreht, und bringt sie zu Fall.

Und plötzlich schließen sich die Mauern des Chaos' um uns herum. Alles, woran ich denken kann, ist Meira zu finden, dann Mad zu erledigen, und ich wende mich den Untoten zu.

Plötzlich knallt etwas so hart in mich, dass ich vor

Schmerz zische und sich meine Wirbelsäule nach innen
wölbt.

Ich drehe mich zu der Wache um, die ihre Waffe
direkt auf meine Brust richtet, und ein dumpfer, kalter
Schmerz erfüllt mich. Meine Füße sind wie am Boden
festgenagelt, während der Tumult um mich herum
verblasst, und das Pochen meines Herzens sagt mir, dass
es das war.

Bardhyl

Zombies stürmen auf uns zu, während die
Wachen mit ihren Waffen herbeieilen, um sie
aufzuhalten, und wild um sich schießen.

Peng. Peng. Peng.

Verzweifelt suche ich die Gegend nach Meira ab.
Einen Moment stand sie auf der Spitze des Hügels mit
den Zombies, dann verschmolz sie mit ihrer Masse und
verschwand.

Wut schießt mir durch den Kopf, während die Sirene
in der Ferne wie ein Wolf heult. Wo zum Teufel ist sie?
Während Kugeln fliegen, krampft sich mein Inneres
zusammen bei dem Gedanken, dass sie erschossen wird.

Ein harter Schlag trifft mich an der Schulter. "Geh
verdammt noch mal zu Boden!"

Ich grunze vor Schmerz, ich wirble herum und
schwinge meine Faust. Ich treffe den Bastard am Kopf,
folge seinem Sturz und verpasse ihm zwei weitere Schläge
ins Gesicht.

Jemand stößt mir einen Fuß in den Rücken und

drückt mich flach auf den Wachmann. Schnell rolle ich von dem ersten Kerl herunter und sehe, wie der andere Täter stolpert, um seinen Schritt zu fangen, nachdem er von einem Zombie angestoßen wurde. Doch er hebt nun seine Waffe in meine Richtung. Also stoße ich mein Bein nach vorn und treffe ihn mit der Ferse in die Leiste. Er stolpert rückwärts, schreit wie ein Baby, und ich stehe auf.

Einige Meter entfernt sehe ich Lucien, der wie versteinert scheint und den Mann ansieht, der eine Waffe auf seine Brust richtet. Ich schlucke schwer.

Säure brennt durch meine Adern und versengt meine Eingeweide. Ich kann mich nicht einmal daran erinnern, mich bewegt zu haben, aber ich sprinte zu ihnen hinüber und rolle wie eine Lawine seitlich über den Kerl hinweg.

Er fällt zu Boden, seine Waffe geht los und feuert in die Luft.

Meine Ohren klingeln mit einem gewaltigen Summen.

Verzweifelt packe ich das Handgelenk des Mannes und drücke es, bis er die Waffe fallenlässt. Zur Sicherheit verpasse ich ihm noch einen Kopfstoß ins Gesicht. Mein Kopf dreht sich, aber das ist es verdammt wert. Er schreit auf, Blut spritzt aus seiner Nase.

Lucien ist in Sekundenschnelle da und prügelt die Scheiße aus ihm heraus, während ich auf die Füße klettere.

"Immer muss ich deinen Arsch retten", stöhne ich und grinse meinen Freund an. Er dreht sich zu mir um, eine Blutspur auf seiner Wange von dem Typen, den er gerade verprügelt hat. Sieht aus wie Kriegsbemalung, und es passt zu ihm.

"Ich hatte ihn genau da, wo ich ihn haben wollte", antwortet er und lächelt dabei dankbar. "Wo ist Dušan?

Das letzte, was ich gesehen habe, war, dass er hinter Mad hergelaufen ist."

Ich blicke über den Hof.

Überall ist Chaos, aber von ihm ist keine Spur zu sehen. Hat Mad ihn mitgenommen? "Wir müssen sie und Meira finden."

Die Zombies kommen immer näher. Sie schwärmen aus und bedecken die Hänge wie Heuschrecken, die zum Fressen kommen. Die etwa drei Dutzend Wachen kümmern sich nicht einmal mehr um uns, nicht, wenn sie damit rechnen, lebendig gefressen zu werden.

"Vielleicht ist es keine schlechte Idee, den Zombies aus dem Weg zu gehen, bis wir wissen, dass sie uns nicht fressen werden", schlage ich vor. "Und lass uns nebenbei diese abtrünnigen Wichser, die für Mad arbeiten, ausschalten."

"Verdammt, ja!" Lucien reißt sein Oberteil hoch und über den Kopf und zieht sich so schnell aus, dass er schon halb verwandelt ist, noch bevor seine Hose den Boden berührt. Er springt als sein grauer Wolf heraus, und ich rufe meinen ebenso schnell, der scharfe Schmerz der Verwandlung ist tief und quälend, aber ich umarme ihn, während ich mich für den Krieg bereit mache.

In dem Moment, in dem ich nach vorne springe, erreicht uns die erste Welle Zombies. Sie stürmen vorwärts, greifen nicht an, sondern rennen über jeden hinweg, der ihnen im Weg steht.

Alle schreien, als das Inferno zuschlägt.

Lucien und ich rennen zur Seite und gehen ihnen aus dem Weg. Aus meiner Perspektive hat kein einziger Untoter jemanden angegriffen. Sie halten an, sobald sie die Festung erreichen, also muss das Meiras Befehl gewesen sein.

Die verängstigten Wachen scheinen das nicht zu bemerken und schreien wie im Wahn, stoßen gegen die Kreaturen, die sich auf dem Hof ausbreiten, und schießen auf sie. Aber es ist unmöglich, dass sie genug Munition für die ganze Herde haben.

Und das ist unser Moment. Ich tausche einen Blick mit Lucien aus, dann stürze ich mich in die Masse und er tut dasselbe. Es ist ein seltsames Gefühl, sich gegen die Untoten zu stemmen ... Monster, die ich mein ganzes Leben lang gefürchtet habe, und jetzt sehen sie mich an. Ich reibe mich an ihren Schultern.

Es ist lächerlich.

Aber ich frage mich auch, ob Meira sich so fühlt, wenn sie immun gegen sie ist.

Als ob sie unantastbar wäre.

Ein Schrei kommt von links von einem Kerl, der sich schüttelt und versucht, die Monster um ihn herum nicht zu berühren.

Dunkelheit gleitet über mich, und ich fühle kein Bedauern. Es ist an der Zeit, diesen Schwachköpfen ihre längst überfällige Strafe zukommen zu lassen.

24

Meira

*I*ch sprinte von den Zombies weg, überquere das Gelände und eile zur Seite der Festung. Noch vor wenigen Augenblicken ritt ich auf der Welle der Untoten und nutzte sie als Schutzschild gegen die Kugeln. Mein Herz schlägt mir immer noch bis zum Hals. Doch jetzt schlägt es hektisch, nachdem ich Dušan entdeckt habe, der Mad hinterhergerannt ist. Sie liefen den breiten Weg zwischen dem Gebäude und dem hohen Zaun hinunter. Mehrere seiner Wachen sind ihnen gefolgt, und das beunruhigt mich zutiefst.

Verzweifelt rase ich ihnen hinterher, denn ich will Mad tot sehen, und ich traue ihm alles zu, auch, dass er Dušan auf diese Weise in eine Falle lockt.

Der Haupthof ist ein Schlachtfeld. Es gibt so viele Schattenmonster, dass es schwierig ist, zu erkennen, wer wer ist da unten. Ich habe die Untoten angewiesen, zum

Gebäude hinunterzulaufen, in der Hoffnung, dass das ausreicht, um die Wachen in Angst und Schrecken zu versetzen und sie zum Zurückweichen zu bewegen. Es scheint funktioniert zu haben, denn sie versuchen verzweifelt, den Zombies zu entkommen.

Meine Füße bohren sich in den Boden und mit gesenktem Kopf sprinte ich den Hang hinunter und in Richtung des Ganges neben der Festung.

Vor mir winden sich zwei Wölfe in einem wilden Kampf. Fell und Reißzähne sind alles, was ich in dem bösartigen Kampf sehe. Dušan gegen Mad, der Größe des Wolfes nach zu urteilen. Donnerndes Gebrüll ertönt um uns herum, urwüchsig und explosiv. Die Art, wie sie sich heftig aufeinander stürzen und ineinander verbeißen, lässt mich frösteln. Zwei Wachen, die noch in menschlicher Gestalt sind, beobachten sie, und mir entgeht nicht, dass einer ein Gewehr in der Hand hält.

Eis füllt meine Adern.

Wird er Dušan erschießen?

Meine Beine explodieren in einer schnellen Bewegung, gerade als der graue Wolf mit den schwarzen Ohren, der Mad sein muss, aus dem Kampf zur Seite geworfen wird. Er rollt sich ab und landet mit einem Schnauben auf der Seite. Blut verfilzt sein Fell, sprenkelt seinen Körper. Er rappelt sich auf.

Mein Alpha steht aufrecht, ringt nach jedem Atemzug, Blut läuft an der Seite seines Wolfsgesichts herunter. Aber er bleibt stark, mit erhobenem Kopf und einem Knurren aus seiner Kehle, das seine Zähne entblößt. Das Bild ist erschreckend. Doch ihn so kraftvoll, so brutal zu sehen, erwärmt mein Herz. Ich liebe jeden Zentimeter von ihm noch mehr, wenn er so dominant ist.

Ich ducke mich hinter einige Bäume vor der Festung.

Alle sind zu sehr mit dem Kampf beschäftigt, um mich zu
bemerken, und ich habe auch nicht vor, mich erschießen
zu lassen.

Dušan verschont Mad nicht eine Sekunde. Er stürmt
auf ihn zu, verpasst ihm einen Kopfstoß in die Seite und
wirft ihn von seinen Pfoten. Doch im selben Moment
knurren die beiden Wachen und fallen auf ihre Hände
und Knie. Innerhalb eines Herzschlages zerreißt ihre Kleidung und fällt von ihnen ab, während sich ihre Körper
vergrößern und in kohlrabenschwarzem Fell explodieren.
Das Knacken von Knochen erfüllt die Luft.

Es geschieht so schnell, dass Schrecken in mir
aufsteigt. Meine Wölfin erhebt sich in mir bei meiner
gesteigerten Angst. Sie drängt darauf, loszurennen, um
das für mich zu erledigen. Aber das wäre Selbstmord.
Wenn ich sie loslasse, kann ich mich nie wieder zurückverwandeln.

"Dušan, pass auf!", schreie ich und laufe hinter dem
Baum hervor.

Die beiden Wachen sind schon auf ihm, der Kampf ist
plötzlich drei gegen einen.

Wut flammt in mir auf, mein Körper erhitzt sich durch
die Wut, dass sie sich alle gegen ihn wenden. Natürlich
würden sie das nicht in einem fairen Kampf machen.

Ich stürme auf sie zu und schnappe mir den ersten
Stein, den ich erblicke und der etwa die Größe meiner
Faust hat, dann schnappe ich mir einen kurzen,
dicken Ast.

Mein Gehirn ist wie betäubt von den schrecklichen,
grausamen Geräuschen ihrer barbarischen Schlägerei.
Mein Kopf dreht sich, sie werfen sich auf Dušan und
schnappen nach ihm. Sie bewegen sich mit enormer
Geschwindigkeit.

Der Anblick meines verletzten Seelenverwandten wird mich für immer verfolgen. Ich atme zittrig ein und schleudere mit all meiner Kraft einen Stein auf einen der Wächterwölfe.

Klatsch.

Er trifft ihn direkt am Kopf, direkt unter dem Ohr, hart genug, um ihn von Dušan zu stoßen. Er taumelt auf seine Füße und schüttelt den Kopf. Aber ich verschwende keine Sekunde und sprinte auf ihn zu.

Meine Knie zittern, als ich auf ihn zustürme. Bevor er reagieren kann, stoße ich das spitze Ende meines Stocks direkt zwischen seine Rippen. Mit meinem ganzen Gewicht treibe ich den Ast in ihn hinein und durchbohre seine Haut. Er sinkt tiefer ein, als ich erwarte.

Er jault auf und weicht von mir zurück, zieht mir den Ast aus den Händen, der immer noch zwischen seinen Rippen steckt. Seine Schreie gesellen sich zu den chaotischen Geräuschen, die die Luft durchfluten. Er bricht zusammen und verwandelt sich zurück in seine menschliche Form, er ist bereits ohnmächtig.

Ich wende mich dem Kampf zu und bemerke, dass jetzt Dušan nur noch mit der Wache kämpft, aber Mad ist aus dem Kampf geflohen. Mein Herzschlag beschleunigt sich. Wo zum Teufel ist er?

Ein plötzlicher, lauter Pfiff durchschneidet die Geräusche. Mein Kopf schwingt in Richtung der Rückseite der Festung.

Mad steht etwa fünfzehn Meter entfernt, nackt, sein Körper ist mit Bisswunden und blauen Flecken übersät. Er hält jetzt das Gewehr, das die andere Wache trug. Der Gewehrkolben ist gegen die Schulter gepresst, eine Hand hält den Schaft, die andere am Abzug. Er zielt auf Dušan.

Die Dunkelheit überfällt mich und raubt mir alle

Gedanken ... nimmt mir alles, bis auf das Knallen der
Waffe, die abgefeuert wird.

Ich schreie und renne auf Dušan. "Lauf!"

Mein Herz donnert, während sich meine Welt auflöst
und sich viel zu langsam bewegt, als dass ich ihn jemals
rechtzeitig erreichen könnte.

Die Kugel trifft Dušan direkt in die Brust mit einer
solchen Wucht, dass sie ihn nach hinten schleudert. Er
schlägt mit einem dumpfen Aufprall auf dem Boden auf.
Die Wache neben ihm wirft sich zu Boden und wird nur
knapp von der Kugel verfehlt.

Mein Inneres zerspringt wie Glas und ich bin blitzschnell an seiner Seite. Ich falle auf die Knie und schreie:
"Dušan, bitte sag mir, dass es dir gutgeht! Bitte!"

So viel Blut strömt aus seiner Brust, wo er ange-
schossen wurde. Ich kann nicht einmal die Kugel in dem
Gewirr aus Blut und Fell sehen.

Seine Augen sind glasig und er schaut zu mir hoch.

Tränen laufen mir über die Wangen. Ich zerbreche.
"D-Du m-musst heilen." Ich verschlucke mich an meinem
Atem und hasse das Gefühl, das mich überkommt. Ich
werde ihn verlieren. Die Leere, mit der ich mein ganzes
Leben gelebt habe, drängt sich in mir wieder auf.

Der Schmerz, die quälende Verzweiflung, der ständige
Kampf, einen weiteren Tag zu überstehen. All diese
Gefühle sind in einem Knoten verheddert und schwellen
in mir an.

Er atmet immer noch, zieht raue keuchende Atemzüge ein.

Ich schluchze unkontrolliert, als sich sein Körper
wieder in seine menschliche Form verwandelt.

Vor mir liegt mein Dušan, zitternd, auf die Seite
gerollt. Tiefe klaffende Wunden bedecken seinen Körper,

genau wie bei Mad. Ich drücke meine Hände auf seine Brust, um die Blutung zu stoppen. Sein Mund bewegt sich, aber es kommen keine Worte heraus.

"Halte einfach durch. Du wirst heilen. Das machen Wölfe so. Bitte verlass mich nicht. Wage es nicht, Dušan."

Blut sickert zwischen meinen Fingern hindurch, rinnt an meiner Hand hinunter und tropft auf den Boden.

Er braucht Hilfe.

"Halte durch." Mein Flehen rutscht mir über die Lippen, während weitere Tränen fallen.

Plötzlich packt mich jemand an den Haaren und reißt mich nach hinten.

Ich schreie auf, greife nach hinten, um mein Haar zu befreien, ich strample mit den Füßen, um der Bewegung zu folgen, mein Herz donnert.

"Es ist vorbei. Er ist tot und du gehörst mir." Mads heisere Worte zerren an mir.

Ich bekomme keine Luft mehr vor lauter Wut, die auf mich einprasselt. Meine Lunge zieht sich zusammen, ebenso wie meine Muskeln. Und ich kann nicht aufhören, Dušan anzuschauen, aber ich weiß nicht, ob seine Fähigkeit eine Schusswunde heilen kann. Er liegt auf dem Boden in einer Blutlache.

Das ist verdammt noch mal zu viel. Ich schreie und zittere heftig.

Ich habe schon einmal alles verloren, und ich werde nicht zulassen, dass man mir noch einmal jemand nimmt. Ich trete und bocke gegen Mad, meine Hände krallen sich in meine Haare. Aber innerlich sterbe ich, weil Dušan leidet.

Mein ganzer Körper pulsiert vor Adrenalin.

Mit ihm kommt ein Hass, der in mir wütet und sich durch mich hindurchfrisst.

Ich bin gebrochen. Ich war schon immer so, und es gibt nur einen Weg, das wirklich zu beenden.

Mein Monster lauert knapp unter der Oberfläche, stupst mich an, um herauszukommen, um frei zu sein.

Sie ist meine Rettung, sie war es schon immer, das sehe ich jetzt. Und ohne sie kann ich Mad nicht aufhalten.

Und in einem plötzlichen Moment der Verzweiflung öffne ich meine Schleusen für meine Wölfin.

Sie braucht kein Zureden und stürmt aus mir heraus, so schnell, dass ihr brutales Knurren sogar mich erschreckt. Sie ist ein Sturm der Rache und ich lasse sie frei, wohl wissend, welche Konsequenzen das für mich hat. Und ich bereue es nicht ein Moment.

Ich kann nicht mit mir selbst leben, wenn ich nicht alles in meiner Macht stehende tue, um diesen verdammten Bastard zu erledigen, der schon längst hätte sterben sollen.

Sein Griff lockert sich, als meine Verwandlung mich durchschüttelt, mich auseinanderreißt, als hätte jemand eine Klinge in meinen Körper geführt und mich dann wieder zusammengenäht. Die Welt wird schärfer und zum ersten Mal lockere ich meinen Griff um meine Wölfin.

Du bist frei, sage ich ihr. *Jetzt gibt es nur dich.* Ich schaudere, meine Gedanken sind ständig bei Dušan, während die andere Hälfte von mir in heftiger Wut ertrinkt.

Meine Wölfin fährt ohne jede Aufforderung meinerseits herum.

Mad hebt sein Gewehr, seine Lippen sind verzogen, als er mich ansieht, aber meine Wölfin stürzt sich auf ihn und treibt ihn zurück. Das Gewehr fällt aus seiner Hand, als er nach Verstärkung schreit.

Eine große Gestalt knallt so abrupt in meine Seite, dass die Welt um mich herum kippt.

Meine Wölfin schnappt nach der Wache, die sich über mich beugt, und beißt sie ins Gesicht. Ihre Wildheit ist erschreckend und animalisch.

Er kreischt vor Schock, umklammert die Seite seines Kopfes und schlägt mich mit seiner anderen Hand weg. Ich schmecke sein Blut, der metallische, kupferne Geruch ertränkt mich. Meine Wölfin spuckt das Ohr des Mannes auf den Boden, und es ekelt mich an.

Als ich aufstehe, entweicht ein Knurren aus meinem Mund und der blutrünstige Hunger meiner Wölfin überflutet mich. Zum ersten Mal überkommt mich ein neues Gefühl der Zuversicht.

Ich hebe meinen Blick und begegne Mads Augen.

Er weicht zurück, seine Augen sind auf das Gewehr gerichtet, das er einige Meter entfernt fallen gelassen hat.

Und ich fordere ihn allein mit meinem höhnischen Blick auf, es einzusammeln.

Meine Wölfin erstarrt, beobachtet ihn, die Ohren angelegt, der Atem ist flach.

Hol's dir, Arschloch.

Er trifft seine Entscheidung und sie ist genauso, wie ich gehofft habe.

Mad macht einen verzweifelten Sprung zur Waffe hin.

Meine Wölfin rennt los.

Wir krachen in ihn hinein, bevor er einen weiteren Schritt machen kann. Adrenalin rast durch meine Adern. Scharfe Zähne beißen in seinen Hals, meine Wölfin schüttelt ihn wild, und reißt ein Stück heraus, das aus ihrem Maul baumelt ... meinem Maul. Es ist schwer zu sagen, wenn ich das alles fühle und schmecke, ob das wirklich ich bin.

Jetzt ist sie nicht mehr zu stoppen. Sie geht zurück und reißt ihn in Fetzen. Bricht Knochen, zerreißt Fleisch. Seine schrecklichen gurgelnden Laute sind ein zu schneller Tod für ihn. Doch er hat es nicht verdient, noch einen Moment am Leben zu sein. Er ist eine erbärmliche Ausrede für ein Leben.

Nachdem er mir meinen Dušan genommen hat, muss er leiden.

Mein Griff um meine Wölfin wird plötzlich härter, als blinde Wut mich verbrennt. Und ehe ich mich versehe, stehe ich mit meiner Wölfin da und beobachte gierig Mads letzte Atemzüge, stehle ihm alles, so wie er es mir und so vielen anderen angetan hat.

Kupfernes Blut erfüllt meine Sinne und warmes Blut tropft über mein Gesicht.

Wut verbrennt mich. Ich schreie in meinem Kopf wegen allem, was ich verloren habe, wie hart ich gekämpft habe, um endlich ein faires Leben zu haben. Jetzt ist es weg.

Ich blicke auf Mad hinunter. Seine Augen sind groß und starr vor Schreck, er starrt in den Himmel. Er ist von dieser Welt gegangen, aber nicht früh genug.

Sterne tanzen in meinem Blick und ich blinzle sie weg. Stattdessen drängt sich meine Wölfin noch einmal vor und hebt den Kopf. Sie stößt ein ohrenbetäubendes Heulen aus.

Die Dunkelheit kommt auf mich zu und schlingt sich um mich herum.

Meine Wölfin läuft zurück zu Dušan, der sich nicht bewegt. Dann bäumt sie sich in mir auf. Ich spüre, wie sie sich zurückzieht, bis nur noch ich übrig bin.

Der Schmerz in meinem Herzen vertieft sich bis zu dem Punkt, an dem es jedes Mal höllisch weh tut, wenn ich auf ihn hinunterstarre und nach jedem Atemzug ringe. Ich muss ihm Hilfe besorgen. Es ist vielleicht noch nicht zu spät.

Ich drehe mich um, um jemanden zu holen, als die Qual, die Erschöpfung, die Trauer mich verschluckt. Meine Beine knicken unter mir ein und ich falle in eine Dunkelheit, die mich mitreißt und verschlingt.

25

Dušan

Ich schrecke auf und setze mich so schnell aufrecht hin, dass sich der Raum dreht. Ein unerträglicher Schmerz gräbt sich durch meine Brust. Ich schreie vor Schmerz auf und umklammere meine Brust, als ich auf den Rücken falle. Die Augen geschlossen, atme ich jeden tiefen Atemzug ein und kämpfe mich durch den Schmerz, der kommt und geht, aber langsam nachlässt.

Warte ... Raum?

Ich reiße ein Auge auf, dann das andere und starre hinauf zur weißen Decke mit einer einzigen Glühbirne. Ich drehe meinen Kopf und betrachte die Tür und den Kleiderschrank in meinem Schlafzimmer.

Erinnerungen stürmen auf mich ein.

Die Zombies in der Siedlung.

Der Wahnsinnige, der auf mich geschossen hat, und - nun ja, ich hätte erwartet, dass er mich in ein Gefängnis werfen würde, wenn ich überlebe. Er würde sich ganz sicher nicht die Zeit nehmen, mich zu verarzten. Ich betaste die Verbände, die um meine Brust gewickelt sind, und frage mich, wie ich das überleben konnte. Als ich mich genauer anschaue, bemerke ich, dass die meisten meiner Prellungen und Bisse vom Kampf verheilt sind. Aber eine Schusswunde ist etwas anderes.

Und Meiras süßes Gesicht war das letzte, woran ich mich erinnere, bevor ... ich dachte, ich wäre gestorben.

Leise Schnarchgeräusche kommen vom Ende meines Bettes und ich ziehe die Stirn in Falten, lehne mich nach vorne, was nur einen Schuss Schmerz in meine Brust schickt.

Ich beiße die Zähne zusammen, reite auf der Welle des stechenden Schmerzes, dann schiebe ich meine Beine aus dem Bett. Sie berühren die kalten Dielen, und ich stehe stöhnend auf. Ich kann mich nicht erinnern, wann ich das letzte Mal so starke Schmerzen hatte.

Mit langsamen, quälenden Schritten gehe ich um das Ende des Bettes herum und finde eine Wölfin mit gelbbraunem Fell, die auf dem Plüschteppich schläft.

Mein Herz schmerzt bei ihrem Anblick in Wolfsgestalt, zusammengerollt, schlafend neben meinem Bett. Und die Dinge beginnen, einen Sinn zu ergeben. Sie muss mich gerettet haben, indem sie sich verwandelte und ihre Wölfin auf Mad aufpassen ließ ... aber zu welchem Preis? Um für immer in ihrer Wölfin eingesperrt zu sein?

Ein Hauch von Schuldgefühlen überkommt mich. Für mich hat sie alles geopfert. Ein verzweifeltes, hässliches Gefühl packt mich und meine Knie zittern.

Was habe ich nur getan?

Stück für Stück trifft mich die kalte, harte Wahrheit, immer und immer wieder.

Das war nie die Zukunft, die ich für sie wollte. Ich würde meine sofort aufgeben, um alles für sie zu haben.

Niemals das.

Ich breche zusammen und falle auf meine Knie, das dumpfe Geräusch weckt sie auf. Ihr Kopf ruckt hoch und sie schaut mit verschlafenen Augen zu mir herüber, ihr Fell ist ganz glatt auf der Seite, auf der sie geschlafen hat.

Meine Augen stechen, als ich in diese wunderschönen blassbronzenen Augen starre. Ich greife zu ihr hinüber und umarme sie, während meine Kehle von einer überwältigenden Emotion zugeschnürt wird, die mich erstickt. "Oh, Meira, was hast du getan? Ich bin es nicht wert."

Ich halte sie fest, schließe die Augen und tue so, als wäre sie bei mir, wie früher, wo sie auf eine Weise lacht, die meine dunkelsten Tage erhellt. Um ihre Lippen auf meinen zu spüren. Ich versuche, nicht zu sehr darüber nachzudenken, was ich alles vermissen werde, denn das würde mich zerstören. Sie ist immer noch bei mir, aber der Stich in meinem Herzen schmerzt mehr als die Schusswunde.

Eine plötzliche Ladung Elektrizität fährt mir über die Arme. Ich reiße meine Augen auf, gerade als Meira in meinen Armen heftig zu zittern beginnt. Ihr Körper dehnt sich und sie verwandelt sich in ihre menschliche Form.

Mir fehlen die Worte, denn in einem Moment reißt mein Herz aus, und jetzt platze ich vor einer unfassbaren Freude.

Es dauert nicht lange, bis ich eine wunderschöne, nackte Meira im Arm halte, die mich angrinst. "Weinst du wirklich, weil du dachtest, ich würde mein Leben lang ein Wolf sein? Lucien hat das gesagt, aber Bardhyl hat gewettet, dass du mich trotzdem lieben würdest."

Ich lache, dass sie schon wieder einen Witz macht.

"Nun, sie hatten in beiden Punkten recht." Ich habe so viele Fragen, aber das Wichtigste ist, dass wir noch am Leben sind.

"Wie geht es dir?", fragt sie und blickt auf meinen Verband hinunter. "Jemand hat auf dich aufgepasst." Sie beugt sich vor und küsst meine Lippen, meine Wangen, mein Kinn. "Die Kugel ging direkt durch deinen Oberkörper und hat alle Organe und Arterien komplett verfehlt. Kannst du das glauben? Ich glaube, du hast einen Engel, der sich um dich kümmert."

Die Nachricht schwebt in meinem Kopf, dass ich es irgendwie geschafft habe, einen solchen Schuss zu überleben.

"Und was ist mit dir und deiner Wölfin?", frage ich. "Scheint, als hätten wir alle Überraschungen."

Sie lächelt breit und schmiegt sich an meine Seite, um die Verletzung nicht zu berühren. "Ich habe getan, was du mir gesagt hast, und meiner Wölfin die volle Kontrolle gegeben, und es scheint, dass sie mich belohnt hat, indem sie sich mir unterworfen hat. Ich weiß nicht, warum ich so lange Angst hatte, ihr einfach die Kontrolle zu geben."

"Nach allem, was du durchgemacht hast, ist das verständlich. Das Wichtigste ist, dass du hier bist und mir gehörst."

Sie zieht sich hoch und findet wieder meine Lippen. Wir küssen uns sanft, voller Liebe. Alles, was ich fürchtete zu verlieren.

Als sie sich zurückzieht, kräuseln sich ihre Lippen nach oben und während ich einfach in ihrem Blick ertrinken möchte, rutscht mir die Frage einfach von den Lippen.

"Was ist mit Mad passiert?" Ich möchte nicht über ihn

sprechen, während ich meine Seelenverwandte in den Armen halte, aber ich muss sicher sein, dass es vorbei ist.

"Wir müssen uns nie wieder Sorgen um ihn machen." Sie zwinkert mir so bezaubernd zu, und kann ihr breites Grinsen nicht verbergen.

"Hast du-"

"Ja", unterbricht sie. "Meine Wölfin und ich haben ihn erledigt. Ich wünschte nur, ich hätte das tun können, bevor alles im Chaos versank."

"Manchmal geschehen Dinge aus einem bestimmten Grund, und eigentlich hätte ich ihn schon längst aufhalten müssen. Aber es ist geschafft. Danke, dass du mich da draußen gerettet hast."

Sie zuckt mit den Schultern, fast schüchtern, was mich dazu bringt, sie näher zu mir zu ziehen. "Du hättest das Gleiche für mich getan."

"Auf Anhieb."

Meira

Eine Woche später

"Wie lange noch?", frage ich, während ich in Dušans Büro auf und ab gehe, den Blick von Lucien und Bardhyl abgewandt. Ich kann nicht aufhören, mir Gedanken darüber zu machen, was meine Blutergebnisse zeigen werden. Dass ich immer noch krank bin und es mich langsam zermürben wird? Ich habe seit meiner Verwandlung kein Blut mehr gespuckt, also bete ich mit allem, was ich habe, dass meine Immunität gegen die Zombies eine verrückte Anomalie ist.

Ich werfe immer wieder einen Blick aus dem Fenster, wo die Sonne strahlend scheint. Unten auf dem Gelände der Siedlung bereiten sich die Ash-Wölfe auf die Feierlichkeiten heute Abend vor. Es wird ein Blauer Mond sein, und da es eine Woche her ist, dass Dušan sein Rudel zurückerobert hat, gibt es viel zu feiern. Mad und seine toten Anhänger wurden verbrannt, um sicherzustellen, dass sie nicht als Untote zurückkehren, und tief in den Wäldern vergraben. Außerdem wird Dušan heute Abend seinem Rudel versichern, dass wir sicher sind, dass es kein Heilmittel gibt, wie Mad behauptet hat, aber dass es Veränderungen geben wird, um sie alle besser zu schützen. Die Überlebenden, die Dušan verraten haben, sind bereits in die Wälder geflohen, weil sie wussten, dass der Tod auf sie zukommt. Und zum guten Ende hat Dušan das Serum, das Mad gestohlen hatte, endlich an den X-Clan zurückgegeben, um den Frieden zu bewahren.

Langsam fügen sich alle Teile wieder an ihren Platz.

Trotzdem dreht sich mir der Magen um, während ich auf Neuigkeiten über meine Blutwerte warte. Schritte kommen auf mich zu und ich drehe mich um, um Lucien hinter mir stehen zu sehen. Heute erinnert er mich so sehr an das erste Mal, als wir uns am Straßenrand getroffen haben. Er trägt sein langärmeliges Button-down-Hemd und diese sexy dunklen Jeans, die tief auf den schmalen Hüften sitzen, und nicht zu vergessen seine Cowboy-Stiefel. Sein dunkelbraunes Haar ist aus dem Gesicht gestrichen und seine stahlgrauen Augen glänzen. Jeder Zentimeter von ihm ist spektakulär. Und es gibt einen Grund, warum ich mich in dem Moment in ihn

verliebt habe, als wir uns trafen. Er ist ein wandelnder
Gott.

"Komm und setz dich zu uns." Er nimmt meine Hand.
"Die Blutergebnisse sollten bald fertig sein."

"Dein ständiges Herumlaufen macht mich nervös", sagt
Bardhyl von der dreisitzigen Couch aus, an deren einem
Ende er mit gespreizten Beinen lümmelt, einen Arm auf
dem Schoß, den anderen auf der Lehne des Sofas. Irgendetwas an ihm sieht heute größer aus, breiter, kräftiger. Das
weiße Hemd, das er trägt, liegt an seinem Hals offen, so
dass sich die Muskeln unter seinem Schlüsselbein jedes
Mal spannen, wenn er sich auf der Couch hin und her
bewegt. Langes weißblondes Haar fällt ihm über die
Schultern. Ein Bartschatten bedeckt seine gemeißelte
Kieferpartie, und während er mich ansieht, tätschelt er
seinen Schoß und fordert mich auf, mich auf ihn zu setzen.

Unwillkürlich kräuseln sich meine Mundwinkel als
Antwort nach oben. Mein Körper reagiert automatisch
auf meine Seelenverwandten, so scheint es.

Luciens Finger verschränken sich mit meinen und er
führt mich um den Tisch herum und hinüber zum Sofa.

Ich werfe mich auf das mittlere Kissen, während
Bardhyl eilig seinen Arm um meinen Rücken legt und ich
im Bruchteil einer Sekunde seitlich auf seinem Schoß
sitze.

"Meine kleine Zombiekönigin, glaube nicht, dass du
von mir wegkommst", sagt er und behält seinen Blick auf
mir, während seine Finger meine Haut unter meinem Top
finden.

"Es ist vollkommen okay für mich, wenn ich bei dir
bleibe", antworte ich, auch wenn das Sitzen auf seinem
Schoß mich in Sekundenschnelle zum Glühen bringt und

ich bereits die Ausbeulung in seiner Hose an meinem Oberschenkel spüre.

Lucien macht sich daran, meine Füße anzuheben, damit er neben Bardhyl schlüpfen und sich an meinen Beinen festhalten kann. Heimlich hebt er auch meinen Rock an, um einen Blick darunter zu werfen.

"Hey." Ich schlage seine Hand weg. "Ich habe Unterwäsche an."

Er grinst teuflisch. "Wollte nur mal nachsehen, falls du uns etwas vorenthalten willst."

Ich rümpfe verwirrt die Nase über ihn. "Du denkst, ich entscheide mich zufällig, keine Unterwäsche zu tragen, um dich zu überraschen?"

Beide Männer sehen mich mit einem übereifrigen Gesichtsausdruck an, die Antwort ist in ihre geilen Gesichter gemalt. Ich schüttle den Kopf darüber, wie durchschaubar sie sind.

Plötzlich öffnet sich die Tür, und mein Blick zuckt nach oben.

Dušan schlendert herein und ich schaue ihm hinterher, halb erwarte ich, dass Mariana, die Rudelärztin, bei ihm ist. Aber er ist allein und mein Atem schnürt mir die Kehle zu.

Hat er schlechte Nachrichten und will sie mir alleine überbringen?

Bardhyls Griff um mich wird fester, als ob er mein Unbehagen spürt. Aber ich stoße mich aus seinen Armen und stehe auf, um meinen Alpha, meinen Seelenverwandten, mein Ein und Alles zu treffen.

Er begrüßt mich mit lächelnden blauen Augen, sein schwarzes Haar liegt durcheinander in seinem Gesicht, als wäre er gerade durch den Wind gelaufen.

"Komm her, meine Schöne." Er nimmt mich in seine Arme.

Ich starre ihn zitternd an. "Bitte lass mich nicht warten. Sag es mir einfach. Was haben meine Blutwerte ergeben?"

Er streichelt die Seiten meines Gesichts und küsst mich mit einem Hunger, als würde er sich erlauben, mich wieder fester anzufassen. In der letzten Woche, als wir auf die Ergebnisse der Tests gewartet haben, haben wir das von Mad verursachte Chaos aufgeräumt.

Ich drücke mich näher an ihn heran und küsse ihn fester, in der Hoffnung, dass dies bedeutet, dass er gute Nachrichten hat.

Als ich mich atemlos von ihm löse, starre ich ihn verzweifelt an.

"Das Ergebnis hat gezeigt, dass du immer noch Leukämie hast." Seine Arme legen sich enger um mich.

Ein Schauer läuft mir über den Rücken und augenblicklich steigen mir die Tränen in die Augen. Es ist bescheuert, wie nur ein paar Worte mir einen Schauer über den Rücken jagen.

Lucien und Bardhyl stehen von der Couch auf und stellen sich auf beiden Seiten von mir auf, ihre Hände auf mir.

"Nicht weinen, meine Schöne", versichert Dušan mir. "Du warst schon immer etwas Besonderes und es scheint, weil du dich so spät verwandelt hast, konnte deine erste Verwandlung die Krankheit nicht vollständig auslöschen. Aber sie ruht und ist inaktiv."

Ich verarbeite noch immer seine Worte und versuche, mich mit dem Ergebnis abzufinden.

"Deshalb ist sie auch immer noch immun gegen die

Zombies", fügt Lucien hinzu, woraufhin Dušan nickt. "So kontrollierst du sie also?"

Ich schüttele den Kopf. "Ich weiß es nicht genau. Ich vermute, es hat damit zu tun, dass ich sie beiße."

"Mariana schien zu denken, dass es mit deiner Immunität und dem Biss zusammenhängt, bei dem du etwas von deinem Speichel in ihr Blutsystem eintauscht. Das verwandelt ihren Hunger in Gehorsam dir gegenüber", erklärt Dušan.

Bardhyl umarmt mich von hinten und flüstert mir ins Ohr: "Das ist unglaublich."

"Bist du sicher?", frage ich Dušan, so sehr daran gewöhnt, immer nur schlechte Nachrichten zu hören, dass es mir jetzt schwerfällt zu glauben, dass auf Umwegen alles so gut geworden ist.

"Meine schöne Meira. Du brauchst dir keine Sorgen zu machen." Er packt mich und hebt mich von den Füßen, und ich lache, meine Brust ist kurz davor, vor Glück zu platzen. Ich kann mich nicht erinnern, mich jemals so gefühlt zu haben. Dass ich mir nicht ständig Sorgen machen muss, ob ich überlebe. Darüber, dass mich jemand umbringen will. Dass ich weglaufen muss.

Das ist nicht mehr das, was ich bin.

"Ich kann immer noch nicht glauben, wie sich alles entwickelt hat", sage ich, als er mich auf die Füße stellt. Ich bin von meinen drei Alphas umgeben. "Aber ich habe eine Frage."

"Schieß los", sagt Dušan.

"Was passiert, wenn ich Kinder habe? Werden die auch krank werden?" Es ist verrückt, das zu denken, aber der Gedanke schießt mir durch den Kopf. Aber ich will nicht, dass sie so leiden wie ich; dass sie vor den Zombies sicher sind, ist das, was ich wirklich will.

Zuerst antwortet niemand und ich werde rot bei dem Gedanken, dass ich sie irgendwie in Verlegenheit gebracht habe, über Babys zu sprechen, wo wir doch gerade erst unsere Freiheit gefunden haben.

Schließlich sagt Dušan: "Mariana hat mir gesagt, dass es keine Erbkrankheit ist, aber es kann passieren. Da deine Krankheit aber schlummert, ist es sehr unwahrscheinlich. Und wenn das Kind sich verwandelt, wofür wir sorgen werden, wird seine Wolfsseite es beschützen, so wie sie dich beschützt hat."

Ich blinzle ihn an, und es macht Sinn, obwohl ich mir immer noch Sorgen mache. Ich atme laut aus. "Es ist so viel auf einmal zu verkraften. All diese Veränderungen und was mit mir los ist. Aber du sagst, dass ich kein wirkliches Mittel gegen die Zombies für alle habe."

Er schüttelt den Kopf und ich hätte nicht gedacht, dass es so sein würde, aber es ist die Frage wert.

"Du musst im Moment an nichts anderes denken, als dich in deinem neuen Zuhause einzuleben und uns dreien zu helfen, das Rudel zu führen. Außerdem haben wir die Nordwölfe, die versprochen haben, uns zu besuchen, und ich möchte, dass alles vorbereitet ist, damit sie keinen Grund haben, uns für schwach zu halten."

Meine Augen weiten sich, und schon formt sich ein Plan in meinem Kopf. "Ich habe eine Idee." Ich drehe mich so, dass ich allen drei Alphas gegenüberstehe. "Lasst uns Zombies rund um die Siedlung positionieren. Ich kann ihnen befehlen, dort zu bleiben. Jeder, der es wagt, in die Nähe unseres Geländes zu kommen, wird Angst haben, sich uns zu nähern." Ich zucke mit den Schultern. "Ich denke, das ist eine gute Vorsichtsmaßnahme. Sobald sie verfault sind, ersetzen wir sie. Zum Teufel, es gibt genug von diesen Dingern in den Wäldern."

"Ich liebe diese Idee", stellt Bardhyl fest. "Damals in Dänemark haben wir das mit wilden Wölfen gemacht. Wir haben sie um unseren Lagerplatz herum gehalten. Wenn sie ein Geräusch machten, wussten wir, dass jemand eindringen wollte, und die meisten wurden von ihnen verscheucht."

"Stimmt", sagt Dušan.

Ich schaue zu Lucien hinüber, der schweigt und mich seltsam anstarrt. "Geht es dir gut?", frage ich.

Das Sonnenlicht, das von draußen durch das Fenster fällt, wirft sich auf ihn und lässt ihn leuchten. "Ich bin immer noch bei unserem letzten Gespräch." Er räuspert sich. "Du bist bereit, ein Baby mit uns zu bekommen?"

Die Sanftheit in seiner Stimme und die Zärtlichkeit in seinen Augen machen mich sprachlos, denn sie stammen nicht von jemandem, der Angst hat, sondern von jemandem, der von diesem Tag träumt. Ich trete auf ihn zu und umarme ihn. "Vielleicht nicht sofort, aber ja, wenn das für euch alle in Ordnung ist."

Sein Atem stockt. "Es ist alles, was ich mir immer gewünscht habe."

Er drückt mich an sich, während Bardhyl und Dušan sich der Umarmung anschließen. Ich in der Mitte dieser mächtigen Männer, die mich lieben, die mich in ihrer Zukunft haben wollen. Aber es stellt sich heraus, dass nicht nur sie stark sind. Die ganze Zeit dachte ich, dass ich mit einem Monster in mir lebe. Aber das wahre Ungeheuer war meine eigene Angst.

Mein neues Leben ist alles und ich liebe sie so sehr. Zum ersten Mal habe ich einen Sinn im Leben. Und jetzt habe ich eine Familie.

Ich werde nie wieder allein sein und meine Wangen

tun weh vom vielen Lächeln, dass es endlich aufwärts
geht für mich.

"Wer hat Lust, bald das Kindermachen zu üben?", fragt
Bardhyl aus heiterem Himmel, woraufhin ich mit den
Augen rolle.

Starke Hände, von denen ich denke, dass sie zu Dušan
gehören, schieben sich unter meinen Rock und ich drehe
mich zu ihm um. Aber der Schlingel ist zu schnell. Seine
Finger kringeln sich unter dem Gummizug meiner Unterwäsche und mit einem heftigen Ruck reißt er sie mir vom
Leib. Ich zucke bei der Bewegung zusammen und plötzlich habe ich drei sexuell ausgehungerte Männer, die
mich anstarren.

"Bist du bereit?", fragt er.

Ich weiche von ihnen zurück, die Hitze zwischen
meinen Beinen ist bereits glitschig vor Erregung.

Mein Atem geht schnell und in einem Augenblick bin
ich unersättlich nach ihnen.

"Warte. Ich weiß, dass wir seit einer Woche keinen Sex
mehr hatten, aber-"

"Meinst du, sie will uns ablenken?", fragt Lucien.

"Definitiv", antwortet Bardhyl, ohne seinen Blick von
mir zu nehmen.

Wir haben die Grenze vom ernsthaften Gespräch zum
berauschenden Bedürfnis nach Erlösung überschritten,
und selbst ich kann das Verlangen nicht leugnen, das
mich von innen heraus entzündet.

"Hör mal, wie wäre es, wenn wir alle erst einmal nur
darüber reden?", sage ich und versuche, sie abzulenken.

Als sie seufzen, drehe ich mich um, flitze zur Tür und
werfe ihnen über die Schulter zu: "Tschüss, ihr Trottel."

Sie setzen sich schnell in Bewegung und ich stürme

aus dem Raum, unfähig zu lachen, während ich den langen Korridor hinunter sprinte.

Alles, wovon ich jemals geträumt habe, ist in Erfüllung gegangen und es fühlt sich immer noch surreal an, aber ich bin bereit, daran zu arbeiten, dass es funktioniert.

Und wer hätte gedacht, dass selbst das kaputteste Mädchen der Welt am Ende ihr Happy End finden könnte?

DANKE, DASS SIE VON WÖLFEN BESESSEN LESEN

Bewertungen sind super wichtig für Autoren und helfen anderen Lesern besser zu entscheiden, welche Bücher Sie lesen werden.

Fangen Sie an zu lesen.

www.milayoungbooks.com/duetsche

BALD ERSCHEINT...

Wenn du benachrichtigt werden möchtest, wann Mila Youngs nächster Roman erscheint, melde dich bitte für ihren Newsletter an, indem du hier klickst.

ÜBER MILA YOUNG

Mila Young geht alles mit dem Eifer und der Tapferkeit ihrer Märchenhelden an, deren Geschichten sie beim Heranwachsen begleiten haben. Sie erlegt Monster, real und imaginär, als gäbe es kein Morgen. Tagsüber herrscht sie über eine Tastatur als Marketing Koryphäe. Nachts kämpft sie mit ihrem mächtigen Stift-Schwert, erschafft Märchen Neuerzählungen und sexy Geschichten mit einem Happy End. In ihrer Freizeit liebt sie es, eine mächtige Kriegerin vorzugeben, spaziert mit ihren Hunden am Strand, kuschelt mit ihren Katzen und verschlingt jedes Fantasymärchen, das sie in die Finger bekommen kann.

Für weitere Informationen...
mila@milayoungbooks.com

www.ingramcontent.com/pod-product-compliance
Lightning Source LLC
Chambersburg PA
CBHW050133120726
47903CB00002B/332